이 땅의 유마
대원 장경호 거사의 극락왕생을 기원합니다.

대원 장경호(1899년 9월 7일~1975년 9월 9일).

맑디 맑은 사람으로 살다

보성고등보통학교 졸업 앨범 속의
대원 거사.

청년기.

1930년대 후반 가족 사진.

1950년대 말 가족 사진.

1970년대 어느 여름.

1970년 1월 임직원들과 도봉산에 오르다(가운데 지팡이 짚고 있는 사람).

대원 거사와 추적선화 보살 부부.

대원 장경호 거사 부부 초상.

대원 장경호 거사 묘비.

철강 한길…동국제강

1950년대 동국제강 초기 당산동 공장에서 못을 생산하던 설비.

1960년대 동국제강 부산제강소 상량식에서의 대원 거사.

1960년대 후반의 부산제강소 항공 사진.

1970년대 중반의 부산제강소.

1971년 부산제강소에 국내 최초로 후판 설비 도입. 1980년대 봉강제품 생산 모습.

1987년 부산제강소 100만톤 출하.

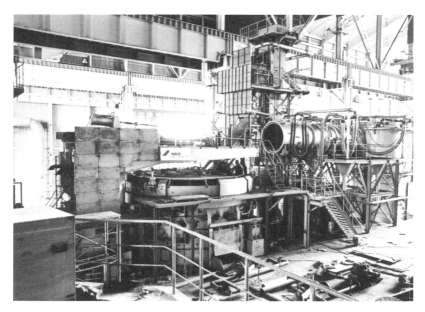

1992년 인천공장 100톤 전기로 설치 공사.

1993년 인천공장 100톤 직류전기로가 건립된 직후 공장 전경.

2003년 포항 봉강공장의 국내 최초
로 도입한 연속 용접 압연설비(위).
1998년 대규모 투자 끝에 세계 최
고 수준의 공장으로 거듭난 동국제
강 포항제강소(오른쪽)

이 땅의 유마거사로 살다

평생을 수행하며 이 땅의 유마로 살았던 대원 거사.

법회에서.

1975년 대원불교대학 졸업식.

1973년 대원정사 개원 법회(네모 안은 현재의 대원빌딩).

1982년 건축중인 대원불교회관(네모 안은 현재 모습).

18

대한불교진흥원 다보빌딩.

1988년 불교방송국 개국 설립추진위원회 구성, 1990년 개국.

평생의 좌우명이었던 '자아를 발견하고 지상에
낙원을 이룩한다' 는 문구는 그의 좌표인 동시에
많은 이들에게 감화를 주었다.

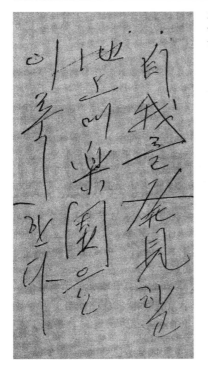

20

牛僧이 쉽기

一次 死는 그거나 목前에다꼭 某尙 万有는 理性에 뿐있니다
現在 一切法界中에 一部分이다
自他가 分別없는 真法界에서
분명하는것은 과호 사의 과간다
나는 20살에거부터 그体念을 제有固
하엿으나 아는것으로되는것만이다
修練은하에 歐得가에가 其人이머
는것이다

心造万有 一切唯心造
萬法歸一 釋他外在
信   覚   体得一致

열반송

이 땅의 유마
대원 장경호 거사

대원장경호거사평전간행위원회

대원사

발간사

이 땅에 태어난 것을 너무도 감사하게 여긴 이가 있었습니다. 또 불교를 신봉하게 된 것을 너무나 감사하며 행복해 한 이가 있었습니다. 그분이 바로 한국 불교의 중흥이라는 일념으로 평생을 살다 가신 대원 장경호 거사입니다. 오늘날 그는 동국제강의 창업자로 일반인에게 알려져 있지만 한국 불교에 조금이라도 관심이 있는 사람이라면 서슴지 않고 그를 이 땅의 유마거사라고 부를 것입니다. 대원 장경호 거사는 국가의 기간산업인 철강산업으로 보국하려는 뜻을 품고 제강공업에 큰 업적을 남기었고, 살아서 불교 대중화에 헌신하였을 뿐 아니라 열반에 이르러서는 사재 전액을 불교계에 헌납하여 불은에 보답한 이 시대의 진정한 불자였습니다.

나라의 주권을 잃어버렸던 일제 강점기에 소년 시절을 보내며 많은 번뇌와 좌절을 겪어야 했던 대원 거사는 일찍이 부처님을 만나 길을 찾았고, 불교는 평생의 지침이 되었습니다. 스물일곱에 구하(九河) 스님을 모시고 통도사 안거를 마치며, "나는 이제 상업에 종사하여 큰돈을 벌리라. 하여 그 모든 것을 불교에 바치겠다"고 맹서를 하였습니다. 거사는 서원을 이룩하기 위해 하루 네 시간씩의 참선과 매년 선방 안거에 입방하는 등 철저한 수행자였으며, 동국제강을 창업하여 국가의 경제 성장에 기여한 성공한 기업가였습니다.

장경호 거사는 부처님께 맹서한 대로 불교의 발전을 위해 1967년 불서보급사를 설립하여 문서 포교를 시작하였으며, 1970년에는 재단법인 대원정사를 설립하여 도심 포교의 전형을 구축하기 위해 불교회관을 기공하였습니다. 1973년 남산록에 대원정사를 준공하여 불교계 최초의 교양대학인 대원불교대학이 문을 열었습니다. 거사는 또 불교 신행단체인 대원회를 통해 대중불교 운동을 본격화하였으며, 시민선방을 개원하는 등 시대에 앞선 불교 포교 활동에 진력을 다하시었습니다.

대원 거사는 평소 "라디오를 틀면 목탁 소리가 늘 나오고 스님들의 법문을 언제 어디서나 들을 수 있는 방송을 세워야 한다"는 염원을 자주 말씀하셨습니다. 거사는 불교방송 설립을 위해 관계 기관에 분주히 찾아다니면서 방송 기자재를 도입하고 설립 허가 신청서를 관계 기관에 접수하였지만 허가를 받지 못하였습니다. 1975년, 명이 다하였음을 헤아리고 불교 중흥을 위해 써달라고 거액을 기탁, 그 재원으로 그해에 대한불교진흥원이 설립되니, 훗날 불교방송 개국의 실질적 기반이 되었던 것입니다. 아마도 대원 장경호 거사의 선각적 활동이 없었더라면 오늘의 방송 포교는 요원하였을지도 모를 일입니다.

대원 거사가 기탁한 재원으로 설립된 대한불교진흥원은 불교방송국 설립과 지속적인 지원을 통해 한국 불교의 새 장을 열었으며, 거사의 유지를 받들어 군법당 건립과 불서 보급 및 학술·신행 단체에 지원을 하는 등 부처님 가르침을 보다 넓게 펴기 위해 성실히 노력하고 있습니다.

한국 불교 현대사의 한 획을 그은 대원 장경호 거사께서 열반하신 지 꼭 서른 해가 되었습니다. 그동안 거사의 유지를 담은 각종 불교 대중화·현대화의 불사들이 이어져 오고 있으나 정작 한국 불교의 유마거사에 비견되는 장경호 거사의 큰 뜻과 발자취에 대해서는 제대로 정리하지 못한 참회의 마음으로, 늦었지만 대원 장경호 거사 평전을 발간하여 옷깃을 여미며 고인의 영전에 올립니다.

아쉬움이 있다면 옛 시간을 돌려 놓기엔 세월이 너무 흘러 대원 거사의 삶과 뜻을 담기에 역부족이었다는 것입니다. 그러나 여러 고승 대덕 스님들과 관계자 및 대원 장경호 거사 자손들의 많은 협조 덕택에 이 책을 마무리할 수 있었음을 기쁘게 생각합니다. 이 책이 나올 수 있도록 큰 도움을 주신 동국제강, 대한불교진흥원, 또한 취재와 원고 작업을 성실히 수행한 박원자 작가 등 도움을 주신 여러분에게도 감사의 말씀을 전하는 바입니다.

이 책을 오늘을 사는 모든 불자의 이름으로 대원 장경호 거사의 영전에 헌상합니다.

불기 2549년 8월 16일
대원장경호거사평전간행위원장

송 석 구

26

목 차

이 땅의 유마
대원 장경호 거사

大圓 張敬浩 居士

일체는 오직 마음이 지은 것이니

1975년 늦봄, 장경호는 몸의 통증을 느끼면서 이생에서 자신에게 주어진 시간이 얼마 남지 않았음을 예감했다. 부인과 함께 그의 둘째아들이 대사로 있던 스웨덴 여행길에서였다. 19세기의 마지막 해인 1899년에 태어나 일흔 일곱 해를 살아온 생을 이별해야 할 순간이 다가온 것이다.

그는, 마치 한순간처럼 느껴지는 지난날을 떠올렸다. 대한의 남아로 태어나 불법을 믿고 받들게 된 것을 행복으로 생각하고 감사하게 살아왔던 날들이었다. 나라를 빼앗긴 채 일제의 압제 속에서 사업을 시작하고 성장시켜, 나라를 되찾는 기쁨과 나라의 은혜에 보답하고자 했던 보람이 함께했던 시간들이었다. 불법으로 자신의 삶을 다져왔던 세월이었다.

너른 바다를 메워 철강공장을 세워서 이 나라 기간산업의 근간을 이루게 했던 보람의 시간들, 고요한 산사의 선방에 앉아 혼신의 힘으로 정진했던 시간들을 뒤로하고 그는 담담히 자신에게 남은 시간들과 마주했다.

먼저 그는 불심(佛心)이 깊었던 둘째아들 상문(相文)을 찾아가 자신이 꿈

1973년 미국 라스베이거스 여행길에서 찍은 말년의 대원 거사.

꾸었던 불사(佛事)의 뒷일을 부탁하고는 귀국했다. 그런 다음 둘째아들을 제외한 다섯 아들을 불러모았다. 자신을 도와 동국제강 그룹을 일구어 성장시킨 자식들이었다.

"이제 가야 할 것 같다. 돌아보건대, 나는 한평생 국가와 사회, 그리고 부처님께 많은 은혜를 입었다. 국가와 사회와 부처님의 은혜를 입은 내가 그 은혜에 보답하는 길이 무엇인가 곰곰이 생각해왔다. 이제, 낙후한 한국 불교의 중흥 사업을 위해 재산을 내놓으려 한다."

다시 그는 제행무상(諸行無常)이라는 대도(大道) 앞에서 숙연한 마음으로 펜을 들었다. 국가의 최고통치자에게 한국 불교 중흥을 위한 간곡한 심정을 담아 편지를 썼다.

"……

　본인 장경호는 평소 소박한 생활신조로써 남자로 태어난 것과, 대한민국에 태어난 것과, 불교를 신봉하게 된 것을 행복으로 생각, 항상 감사하였습니다. 그리고 소비산업이 아닌 국가의 기간산업을 일으켜 산업보국하려는데 뜻을 두고 시작한 제강공업이 조그마한 업적이나마 남기게 되었다면 그것은 국가·사회의 은혜에 힘입은 바 큰 것이며, 이 또한 감사하지 않을 수 없습니다.

　본 소불자(小佛者)는 평생을 통해서 오직 근면과 검약으로 일관해서 기업을 키워 나왔사오며, 그 결과 본인에게 돌아오는 얼마간의 사유재산을 모으게 되었습니다. 이 재산은 저에게는 필생의 피와 땀의 대가라 할 수도 있을 것입니다.

　……

　불교가 인간정신을 선도(善導)하고 어려운 때일수록 국가민족을 수호 발전시키는 데 중요하다고 확신하게 된 본인은 오직 불교 중흥이라는 일념으로 조그만 사재를 내놓게 되었습니다.

　본 소불자가 이토록 불교 중흥을 염원하게 된 것은 그 어떤 주의나 사상보다도 불타의 정신이 건전하며 인간의 행복과 사회윤리를 진작하고 국가를 사랑하고 지키는 데 불교가 큰 몫을 하리라고 믿기 때문입니다.

　……"

　나라의 주권을 상실했던 일제 강점기에 태어나 광복과 동족상잔의 전쟁이라는 격동의 역사를 살면서 그가 추구했던 것은 나라에 대한 보은과 그의 삶을 정확하고 지혜롭게 이끌어주었던 부처님에 대한 보은이었다. 그는 죽음 앞에서 그 두 가지 보은을 위해서 자신이 소유하고 있던 전 재산 30억 원을 국가에 내놓았다.

서른두 살에 처음 사업을 시작해 일흔일곱 살까지 근면과 성실과 절약으로 모은 개인 재산 전부였다. 그의 삶 전부가 불교를 바탕으로 이루어졌듯이 그는 자신의 모든 것을 그렇게 이 땅의 불교 중흥을 위해 온전히 회향했다.

또한 한평생을 참선에 몰두했던 불자로서 뼈아프게 스며드는 육체의 고통 속에서도 그가 긴 세월 묻고 또 물었던 화두를 놓지 않았다. 죽음과도 같은 깊은 고요[禪靜]에 들었다가 나와 그가 세상에 두고 간 메시지는 이러했다.

"마음이 일체 모든 것을 만들며 세상의 모든 것은 마음으로 이루어졌으니, 이를 믿고 깨달아야 '참사람[眞人]'이 된다."

한평생 '심조만유(心造萬有) 일체유심조(一切唯心造)', 그 아홉 글자로 마음을 경영한 수행자였고, '저'와 '내'가 둘이 아니라는 불이사상(不二思想)을 가슴에 품어 기업을 일군 경영인이었던 그는, 짧지만 불법의 모든 것을, 그리고 쉼 없는 수행을 통해 온몸으로 깨달았을 강렬한 메시지를 남기고 영원한 고향으로 돌아갔다. 언제나 말없이 머금었던 조용한 미소와 머문 바 없는 베풂만을 남기고서.

일흔일곱 해 그의 삶은 일제의 탄압과 나라의 광복과 동족간의 전쟁의 소용돌이를 거쳐온 지난(至難)한 시간들을 수행 하나로 뚫어 수처작주(隨處作主) 입처개진(立處皆眞), 삶의 매순간 주인이 되어 진실됨으로 살았던 수행자의 일생이었다.

1975년 9월 9일, 그가 영원의 고향으로 떠나자 많은 사람들이, "그의 수행의 깊이는 이 땅의 유마거사와 같았고, 사업가로서는 치밀하고 정확하며 드넓은 시각으로 앞일을 내다보았던 지혜로운 한국의 철강인이었으며, 무엇보

조계산 선암사에서. 대원 거사(가운데)는 한평생을 참선에 몰두했으며 불교 중흥을 위해 자신의 모든 것을 온전히 회향했다.

다 수행승과 다름없었던 그가 늘 머금었던 조용한 미소를 잊지 못하노라"고 회고했다.

생전에 그와 깊은 교유를 나누었던 김용주(전 전남방직 회장)는 영결식에서 그를 이렇게 애도했다.

"사람이 일생을 산다는 것은 영욕이 점철되는 것인데, 형은 큰 사업을 일으켜 나라를 부강하게 하고, 또 뭇사람의 가슴에 부처님의 뜻을 심으셨고, 일생을 통해 생불(生佛)로 사셨으니 너무나도 값진 것이었소."

대원정사에서 거행된 고 장경호 거사 10주기 추모 법회.

38 이 땅의 유마 대원 장경호 거사

그의 삶을 가장 적절하게 드러낸 추도의 말이었다. 철강업을 통해 나라를 구하겠다는 민족 정신을 품은 기업가였던 그의 삶에는 선지(禪旨)를 꿰뚫기 위해 일생을 산 매서운 수행자의 모습이 있었으며, '자아를 발견하여 지상에 낙원을 이룩하자'라는 기치 아래 대중불교 운동을 펼친 전법자(傳法者)의 모습이 함께 있었다.

묵묵히 견성의 길을 걸었던 구도 수행자의 모습과 중생교화에 대한 끝없는 관심과 헌신이 내재했던 보살행의 전형을 보인 그는 아무리 사업으로 분주했어도 선 수행(禪修行)을 멈추지 않았던 수행자였다. 전쟁중에도, 나라에 반란이 일어났던 날에도 좌선 삼매에 들었던 그는 30년 전, 그렇게 세속의 연을 놓고 떠났다.

그러나 그가 씨앗으로 남긴 불교 중흥에의 원력은 세상에 싹을 틔워 꽃을 피우고 있다. 기업가로서 지녔던 그의 지혜는 이 땅의 민간 철강산업의 선도 그룹으로 매출 3조 원의 시대(2004년 현재)를 연 동국제강(東國製鋼)으로, 불교사상과 정진에서 얻은 지혜와 자비는 도심의 포교당 대원정사(大圓精舍)로, 불교계 불교교양대학의 첫 문을 연 대원불교대학(大圓佛敎大學)으로, 신행단체 대원회(大圓會)로, 장학재단 대원정사로 피어났다. 그리고 오늘, 불교 중흥 사업을 지원하기 위한 대한불교진흥원(大韓佛敎振興院)으로, 온 나라에 불음(佛音)을 떨치는 불교방송(佛敎放送)으로 그의 정신은 이어지고 있다.

한순간도 멈춤 없이 추구해서 얻었던 '마음의 힘', 지혜를 기업경영에 쏟아부었던, 그리고 다시 기업경영에서 얻은 이윤을 사회에 환원시키고 '자연'으로 돌아간 그의 일흔일곱 해의 삶은, 이 땅에 불교 중흥의 원력으로 왔다간 보살의 삶이었다고 이 땅의 현대사는 전한다.

조선인의 분노를 성공의 발판으로 삼다

대원(大圓) 장경호(張敬浩)는 1899년 9월 7일 인동(仁同) 장씨 남산파(南山派) 31대손으로 부산 동래군 사중면 초량동에서 태어났다. 부친 장윤식(張允植), 모친 문염이(文念伊)의 네 아들 가운데 셋째아들로 태어나, 어린 시절을 지금의 부산시 동구 초량동 207번지로 기록되고 있는 중앙시장 뒤 청과시장이 자리하고 있는 곳에서 보냈다.

고향 부산이라는 도시는 그에게 많은 것을 주었다. 기업을 부산에서 시작했고, 부산이라는 지리적 위치로 인해 6·25동란 때 피해를 입지 않을 수 있었고 이것은 그에게 사업 기반을 확실하게 자리잡게 했으며, 그가 자주 찾으며 불법을 탐구하고 정진했던 통도사가 곁에 있던 곳이었다.

그가 어린 시절을 보낸 당시는 을사보호조약과 한일합방을 체결하는 등 우리 민족에게 가장 뼈아픈 시기였다. 1910년 8월 22일 한일합병조약이 체결되고 8월 29일에 호국조서(護國詔書)가 내려져 온 나라 안이 비분과 통곡으로 가득 차 있을 때였다.

1911년에는 조선교육령을 공포하여 '조선인을 천황에게 충량한 신민으로 양성하고 일본 국민다운 품성을 함양하는 것' 등을 식민지 정책 목표로 내세웠고, 지금의 초등학교에 해당하는 보통학교에서는 칼을 찬 교사들이 학생을 가르칠 만큼 식민지 교육을 철저히 통제하고 감독했다. 사립학교의 교과내용은 물론 수업내용 등을 통제하고, 강습소와 야학 등의 민간 교육기관도 탄압했던 시기였다. 식민지 탄압으로 인한 민족의식이 나라 안팎에서 고조되고 있던 시기이기도 했다.

부농이었던 부모 밑에서 비교적 평범하게 성장하던 그가, 부모 곁을 떠나 서울로 올라간 것은 열네 살 때였다. 1912년, 서울의 보성고등보통학교(입학 당시에는 보성중학교라 하였고 1914년에 개칭하였다. 현 보성고등학교)로 진학을 한 것이다.

당시 신학문을 배우기 위해 부산에서 서울까지 유학한 예는 드문 일이고 보면 그의 집안이 비교적 넉넉했으리라는 걸 짐작하게 한다. 당시 보성고등보통학교로 유학온 이는 그와 4·19 직후 과도정부 수반이었던 허정(許政), 단 둘뿐이었다고 전해진다. 보성고등보통학교 학적기록부에는 허정이 5회 졸업생으로, 장경호가 7회 졸업생(1916년 4월 1일 졸업)으로 기재되어 있다.

보성고등학교(普成高等學校)는 당시 절박해지는 국내외 정세에 대응하여 이용익(李容翊)이 서울 중부 박동(지금의 수송동 조계사 터)에 설립한 사립학교로서 교육을 통한 구국(救國)의 목표로 세워졌다.

설립자인 이용익은 조국의 운명이 바람 앞의 등불과 같은 국난에 처해 있을 때 서민 출신으로 재상의 반열에까지 오른 사람으로 '학교를 세워 나라를 버틴다〔興學校以扶國家〕', 즉 '나라를 구한다' 는 건학정신으로 보성고등학교를 창설했다. '보성(普成)' 이라는 이름은 고종(高宗)이 내린 것으로 '널리 사람다움을 열어 이루게 한다' 는 뜻이다. 1906년 서울 박동 교사에서 신입생

보성고등보통학교 제7회 졸업 앨범에
실린 당시 학교 건물과 장경호. 장경
호는 자랑스런 보성인으로 보성고등
학교 홈페이지에 올라 있다.

張 敬 浩

42 이 땅의 유마 대원 장경호 거사

246명으로 출발한 보성고등학교는 국민들이 고난을 겪을 때마다 구심점 역할을 했다.

장경호와 동시대를 함께했던 보성고등학교 출신으로 정치인, 독립운동가 등의 인물을 보면 보성학교의 특성을 알 수 있다. 독립운동가로는 윤기섭(1회), 김붕준(2회), 박노호(2회), 현상윤(4회), 송계백(5회), 최승만(6회), 김도연(6회) 등의 선배와 동료 엄항섭(7회) 등이 있고, 정치인으로는 변영태(1회, 국무총리), 임병직(3회, 외무부장관), 허정(5회, 과도정부 수반)이 있다. 작가로는 염상섭(2회, 소설가), 김상용(12회, 시인), 이상(17회, 시인)이 있으며, 교육자로는 현상윤(4회, 초대 고려대 총장), 조백현(7회, 초대 서울대 농대 학장)이 있다.

그가 학교에 다니던 시절은, 일제가 무단통치를 하면서 식민지 조선의 모든 항일조직과 민족해방 운동을 짓밟았던 때였다. 그리고 병합을 전후로 의병 전쟁과 계몽 운동 계열 등 운동 세력을 탄압했고, 의병 운동을 뿌리뽑는다며 민간인도 철저히 탄압해 전국을 공포 분위기로 몰아넣으며 식민지 지배의 기초를 다져나가던 시절이었다.

그는 이러한 시대적 배경 속에서 학교를 다니면서 국권을 잃은 민족의 아픔을 수없이 느껴야 했다. 민족을 총칼로 짓누르며 인권을 유린하는 일본인들의 갖은 만행을 보면서 그는 울분과 슬픔을 삼키면서 학창시절을 보냈다.

일제 무단통치의 실상은 목불인견이었다. 조선총독부를 두어 행정 · 입법 · 사법 · 군대 사용권에 이르는 무제한의 권력을 거머쥔 식민지 지배의 절대권력을 휘둘렀다. 헌병경찰제를 두어 언론 지도, 사회풍속 개선, 신용 조사, 경제 연구 등 모든 권한을 가지고 우리 민족의 일상생활까지 억눌렀다. 초대 조선총독이 부임해 와서 '조선인은 우리 법규에 복종하든지 아니면 죽음을 각오하든지 그 어느 것을 택하지 않으면 안 된다' 라고 말했을 만큼 우리 민족을 폭압의 공포정치 속으로 밀어넣었다. 또 일제는 민족 교육과 언론 등의 활동을 철저히 탄압했다. 신문·잡지·서적 등을 폐간하거나 발매 금지 압수 처분을 내렸다.

이러한 시기를 건너온 그는 고통에서 벗어날 통로를 찾았고, 그러한 목마름은 그의 삶의 토대가 되었던 불교와 만나게 했다. 어려서부터 과묵하고 언행이 조용했던 그는 삶의 근원적인 물음을 깊이 했으며, 끊임없이 조국의 장래와 자신의 앞날에 대해서 모색했다.

시대적 상황이 한 사람의 일생에 미치는 사상적 영향이 실로 크다는 것을 전제로 할 때, 그가 일제의 비인간적인 압제 아래서 어린 시절과 청장년기를 보냈던 시대적 환경은, 훗날 기업을 일으켜 국가와 사회에 대한 보은을 회향한 것과 무관하지 않다.

국가가 존립하지 않고는 개인의 행복도 종교도 그 어떤 것도 존립할 수 없다는 뼈저린 교훈은 그가 절치부심 불교라는 종교를 통해 민족의 정신을 성숙시키고 국가를 성장케 하려는 노력으로 이어지게 했다.

격동의 한국 근현대 역사의 한복판을 걸어온 그들 세대가 공통적으로 가진 영향이기도 할 것이나, 그의 삶에서 유난히 도드라졌던 기업을 통한 민족에 대한 사랑과 불법을 중흥시키고자 했던 염원은, 그가 온몸으로 절절히 건너왔던 시대적 배경이 큰 원인이 되었음을 부인할 수 없다.

동생의 죽음, 인간은 어떤 존재인가

감성이 가장 예민한 시기인 청소년 시절에 겪는 가족의 죽음만큼 삶을 뒤흔들어 놓는 것은 없을 것이다. 네 형제 중 막내인 동생의 갑작스러운 요절은 장경호의 생활을 송두리째 흔들어 놓을 만큼 충격적인 것이었다. 손도 써볼 겨를 없이 세상을 떠나버린 동생의 죽음 앞에서 열일곱 살의 그는 말문을 닫았고, 말수 적은 그를 더욱 사유하는 인간으로 만들었다.

수재라고 불릴 정도로 명석하고 착한 동생이 말없이 일상에서 사라졌고, 그러한 동생의 부재는 그에게 인간의 존재에 대해 진지한 물음을 갖게 했다. 사람은 어디서 와서 어디로 가는가, 사랑하는 동생은 어디로 갔단 말인가, 죽음 너머의 세상은 무엇인가, 유한한 삶을 어떻게 살아야 하는가, 인간은 어떤 존재인가.

오랫동안 불면의 나날들을 보내며 방황을 했는데, 그때 머릿속에 떠오른 것이 있었으니 그것은 '나무아미타불'이었다. 어렸을 적, 할머니를 따라가 법당에서 불렀던 이름, 아미타불이었다. 법당 안의 어른들 사이에 섞여 아무

의미도 모른 채 불렀던 아미타불의 음률은 왠지 모르게 그의 가슴속에 깊이 박혀 있었고, 살아오면서 때때로 그것을 마음 깊숙한 곳에서 꺼내어 부르곤 했다.

'나무아미타불 나무아미타불'

가만히 부르고 있으면 가슴으로 따뜻이 감겨왔던 평화를 그는 잊지 못하고 있었다. 이 세상 모든 생명의 대명사인 아미타불을 부르면서 마음을 안정시 켰던 것인데, 아마도 그의 그러한 신심은 오랜 생에 걸쳐온 습행이 그대로 풀 려나온 것이었으리라.

아미타불을 부르면서 마음의 위로를 찾던 그는 어느 날, 통도사를 찾았다. 어려서부터 가끔씩 찾았던 고향처럼 느껴지는 푸근한 절이었다. 할머니를 따 라가 가끔 인사드렸던 통도사의 주지 구하(九河) 스님이 동생의 죽음으로 고 뇌에 차 있는 그에게 말씀하셨다.

"평범한 사람의 눈으로 보기에는 인간의 수명은 유한하지만 부처님의 눈 으로 보면 인간의 생명은 영원한 것이라네. 인간의 참 존재는 불성(佛性)이 라는 기운으로 가득 차 있는 것이네. 동생이 세상에서 사라진 것은 이생의 인연이 다한 것일 뿐 영원한 생명으로 지금도 자네 곁에서, 그리고 이 세상 에 존재한다네. 영원한 수명을 지니고 있고, 영원한 빛으로 이루어진 생명 이 곧 부처고 중생이라네. 그걸 아미타불이라고 하지. 마음을 한곳으로 모 아 아미타불을 부르게. 부른 만큼 마음이 편해질 걸세."

젊은 그에게 봉착해 있던 삶은 고통의 세계였다. 나라를 빼앗긴 나라의 청 년으로서 그보다 더 큰 고통은 없었다. 일제의 총칼 앞에 속수무책 신음하는 내 나라 내 동포의 모습은 젊은 청년에게 뼈아픈 고통이었고, 함께 이야기하

통도사의 옛 모습. 할머니를 따라 어려서부터 가끔씩 찾았던 통도사는 대원 거사에게 고향처럼 푸근한 절이었다.

고 함께 밥을 먹던 동생이 하루아침에 사라진 것은 그에게 더할 수 없는 아픔
이었다.

　구하 스님께 들었던 '죽어도 죽지 않는 생명, 그것은 빛으로 존재한다' 는
이야기는 동생을 잃고 실의에 빠져 있는 그에게 커다란 위안으로 다가왔을
뿐만 아니라 '인간의 존재' 에 눈을 뜨게 했다.

　그리고 그날, 당시 지적인 승려로서 교리에 밝던 구하 스님에게 '불교' 를
들었다. '왜 고(苦)가 있는가, 왜 삶이 고인가, 그것으로부터 벗어나는 길은
무엇인가. 고통의 원인을 모두 제거했을 때의 상태는 어떠한가. 그러므로 인

간은 무엇을 추구해야 하는가.'

구하 스님은 짧지만 분명하게 불교의 핵심만을 전했다. 평소 독서의 폭이 넓고 지적이던 그가 들은 부처의 가르침은 자신이 당면해 있는 고통이 무엇이며 어디에서 왔으며 그 고통을 소멸한 모습은 어떠한 것이며 고통을 없애는 방법은 무엇인가를 명백하게 밝혀놓은 것이었다. 구하 스님의 일목요연한 말씀은 그의 가슴으로 강하게 휘몰아쳐 들어왔다.

그러나 그는 그날의 그 폭풍우처럼 휘몰아쳐 들어왔던, 부처라는 한 위대한 선각자의 가르침이 평생 그의 삶을 관통하고 지배할 줄은 알지 못했다.

학교로 돌아온 그는 불교서적을 탐독하기 시작했고, 얼마 되지 않아 고통으로부터 출발하고 있는 부처의 가르침에 마음이 활짝 열림을 느꼈다. 세상의 불분명했던 것들이 조금씩 선명하게 보이기 시작했다. 넓디넓은 바다를 본 것처럼 차츰 숨통이 트였고, 노도 없이 망망대해를 가다가 나침반을 얻은 듯 안심이 되었다.

그의 온 생애를 지배했던 불교에의 첫 발자국을 그는 그렇게 내딛었다. 열일곱 살에 맞닥뜨렸던 어린 동생의 죽음은, 그의 생애를 관통하고 지배했던 불교를 만나는 계기가 되었고 인간 존재에 대한 철학적 사유를 깊이 하게 하는 큰 사건이었다.

3 · 1 독립 만세시위에 참여하다

1916년 보성고등보통학교를 졸업하고 맞은 3 · 1운동은 그의 삶을 전환시키는 계기가 되었다. 3 · 1운동 만세시위에 참여했던 그는 그 일을 계기로 일본으로 유학을 떠났다가 자신의 길을 확실히 발견하게 되었기 때문이다.

민족자결이라는 세계정세에 고무되어 먼저 나라 밖에 있는 조선인들이 독립선언을 발표했고, 나라 안에서도 1918년 말부터 천도교 · 기독교 · 불교계의 지도자와 언론 · 교육계의 지식인 등 이른바 민족대표들이 독립선언을 논의해오던 그 즈음, 그는 학교를 졸업하고 독립운동에 깊은 관심을 가지고 있었다.

1919년 2월 27일 독자적으로 독립선언을 추진하던 학생대표들과 민족대표들은 비밀리에 인쇄한 독립선언서를 종교 학생 조직을 통해 전국에 배포하고 3월 1일 탑골공원에서 독립선언식을 갖기로 합의했다. 그러나 많은 학생과 시민이 모이면 군중심리에 따라 뜻밖의 동요가 있을지 모른다는 이유로 민족대표들은 3월 1일 오후 2시 인사동 태화관에 모여 독립선언서를 읽었다. 그리고 학생들은 오후 2시가 지나 탑골공원의 육각정에 뛰어올라가 독립선언서를 낭독하고 조선이 독립국임을 선언하자 '조선독립만세'의 함성은 온 하늘을 찔렀다.

온 민족의 가슴속 깊이 묻어두었던 독립의 열망을 한꺼번에 터뜨린 3·1만세시위는 온 나라 안으로 확산되어갔다. 만세시위가 일어난 뒤 3월 18일자 「각성호외보」 3호는 이렇게 외치고 있었다.

"대포 철함은 제군의 가슴속에 있다. …… 제군의 철함대포로 천하의 어떤 물건인들 부서지지 않겠는가! 우리 신성형제는 생존하려면 분발할 것이요, 분발은 생존의 길이다."

또 3월 15일자 「경상북도 청도군 용문면의 격문」은 이렇게 외치고 있었다.

"우리 동포 형제는 이 기회를 놓치지 말고 삼천리 강토를 탈환하라. 죽음은 한 번 뿐이고 두 번도 아니다. 동포여 이때가 어느 때냐. 한 번 분발하라. 기회는 다시 오지 않는다. 피와 피, 대한독립만세!"

『함께 보는 한국근현대사』(역사학연구소 지음, 서해문집 발간)

이 격문의 내용이 말해주듯, 전국으로 확산된 온 국민의 독립에 대한 열망은 하늘을 찔렀다. 이제 스무 살이 막 넘은 그의 가슴도 뜨겁지 않을 리 없었다. 절규하는 대한독립만세 소리가 그의 가슴에도 가득했으리라.

그가 다닌 보성고등학교는 3·1운동 당시 교장 최린과 졸업생을 비롯하여 많은 학생들이 시위를 주동하였으며 학교 구내에 있는 보성사(普成社)에서 「독립선언서」 3만 5천 부와 『조선독립신문』 1만 부를 인쇄하여 3·1운동의 중심적인 역할을 하였다. 천도교에서 경영하던 보성사는 최남선이 설립한 광문회의 신문관(新文館)과 더불어 당시 인쇄계를 주도했던 인쇄소였다. 보성사의 가장 큰 업적은 3·1운동 때 발표된 「독립선언서」를 인쇄한 것이었다. 1919년 2월 최남선이 기초한 독립선언서가 신문관에서 조판된 뒤 보성사로 넘겨져 그 달 27일 오후 6시부터 10시까지 극비리에 인쇄를 완료하여 28일 전국 각지에 보냄으로써 3월 1일 독립선언식을 거행할 수 있었다.

그는 보성고등학교를 졸업하고 3·1운동 만세시위에 가담했는데, 그가 얼마만큼 만세시위에 관여했는지는 확실하지 않다. 그러나 그 일로 인해서 일본 경찰에 쫓겨 다니게 되었고, 수사망을 피해 일본으로 건너간 것으로 보인다.

신학문을 공부해서 나라를 구하는 데 일익을 할 계획이었다. 그는 만주로 떠나는 허정과 헤어지면서 '기필코 나라를 되찾자'고 굳은 맹세를 하였다고 한다.

'형님'이라고 불렀던 허정과는 훗날까지 돈독한 우정을 나누었는데, 그들이 장년이 되었을 때 한 사람은 기업가로, 한 사람은 정치인으로 다시 만났다. 그는 허정이 과도정부의 수반으로 있다가 정치 일선에서 물러나 어려운 살림에 처해 있을 때 말없이 도와주었다고 한다. 그리고 그때 함께 만세운동을 했던 동료들을 경제적으로 도왔다고 한다.

길을 발견하다

일본으로 건너간 그는 1년 만에 다시 돌아왔다. 일본인들의 조선인에 대한 비인간적인 대우와 모멸 속에서 그는 귀국을 선택할 수밖에 없었을 것이다.

속국민으로 대하는 일본인들의 모멸적인 차별과 냉대는 청년의 가슴에 비수로 꽂혔으리라. 조선인만을 따로 수감하는 구치소는 물론 조선인을 담당한 경찰이 따로 있어서 감시가 심한 것을 볼 때마다 솟아오르는 분노를 억제하곤 했을 것이다.

그러나 일본에서의 1년은 그가 어떻게 살아야 할 것인가 하는 고민을 충분히 했던 시간들이었고, 깊은 고뇌와 방황 끝에 자신이 가야 할 길을 발견한 세월이었다. 그는 물었다.

'그들보다 문화가 앞섰던 우리 민족이 어쩌다가 나라를 빼앗기고 그들의 총칼 앞에 있단 말인가. 어떻게 살아야 할 것인가. 인간답게 사는 길은 무엇이며 어떤 길로 가야 하는가. 나라를 잃은 국민으로서 어떻게 국가에 헌

청년기의 대원 거사. 나라를 빼앗기고 총칼 앞에 선 민족을 보며 자신이 가야 할 길을 찾아 진지한 탐색을 계속하던 시기였다.

신할 것인가. 이미 아이 둘을 둔, 한 가족을 책임져야 할 가장으로서 어떤 길을 가야 할 것인가.'

일본에 있는 동안 그는 참혹한 세월 앞에서 간절하고 진지하게 탐색했다. 그는 인생의 지표를 찾아 밤새워 책을 읽었고 많은 사람을 만나면서 자신이 가야 할 길을 모색했다. 철학과 문학과 사회과학, 그리고 종교 서적 등 독서에 깊이 몰입한 끝에 그는 드디어 '한 길'을 찾아냈다. 그리고 귀국해 가족의 곁

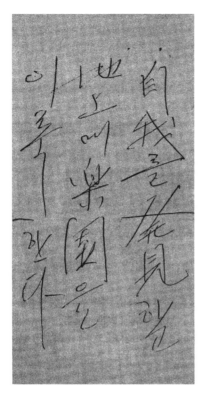

대원 거사의 자필 '자아를 발견하고 지상에 낙원을 이룩한다'. '진정한 나'의 발견은 평생 그의 좌우명이 되었다.

으로 돌아왔던 것이다.

그때 그가 발견한 '한 길'은 그의 생을 관통했다. 그리고 그 하나로 세상을 보았으며 우주를 이해했고 그 하나를 탐구하는 데 최대한 몰두했다. 그 '한 길'은 그의 인생관이었으며 세계관이었고 우주관이었다. 그리고 그 '한 길'은 그가 기업인으로 세상을 사는 데 위대한 힘을 발휘했고, 그 힘은 그가 가진 많은 것을 세상에 회향하게 하는 충분한 자산이 되었다.

그가 발견한 것은 '불교'라는 마음의 철학이요 종교였다. 열일곱 살에 동생의 죽음으로 고뇌하고 있을 때 그의 삶으로 들어왔던, 마치 광맥을 품고 있는 거대한 산을 대하는 것 같

았던, 보물로 가득한 깊이를 알 수 없는 바다를 보았던 것 같은 느낌으로 만났던 불교를 그는 다시 만난 것이었다.

그가 불경을 통해서 발견한 것은 '나'라는 존재의 참모습이었다. '천상천하(天上天下) 유아독존(唯我獨尊)'이라는 인간의 존엄성과 '일체의 모든 존재는 불성(佛性)을 지니고 있으며 모두 성불해 있다'는 인간 평등의 진리였다. 그러므로 그러한 자아, 곧 '진정한 나'의 발견만이 삶의 고통과 미혹에서 벗어날 수 있다는 발견은, 평생 그의 좌우명이 될 만큼 강렬한 것이었다.

나라를 빼앗긴 시대의 아픔 앞에 서 있던 그에게 2,600년 전에 왔던 인류의 한 스승의 가르침, 즉 '인간은 누구나 모두 존엄하다는 천상천하 유아독존의 선언'과 '모든 존재는 이미 성불해 있다'는 말씀은 희망의 빛이었다. 끊임없이 바른 길로 나아가면 어떠한 힘도 발휘할 수 있다는 가르침은 그를 힘차게 일으켜 세웠다.

총칼을 들이대고 남의 나라를 빼앗은 자도 총칼 앞에 신음하고 있는 자도 모두 마음이 만들어낸바, 불성으로 가득한 존엄한 존재라는, 그러므로 일체가 평등하다는 깨달은 이의 가르침에 그는 전율하지 않을 수 없었다.

열일곱 살에는 마음에 들어오지 않았던, 아니, 너무 깊어 알 수 없었던 사상이었다. 불완전하고 모순덩어리처럼 보였던 인간이라는 존재가 모두 부처님 성품을 가진, 그래서 이미 성불해 있다는 가르침으로 인해 도무지 풀 길이 없어 보였던 개인적·사회적·국가적 모든 모순이 이 위대한 사상 앞에서 풀릴 것 같은 예감을 그는 느꼈던 것이다.

"내가 스무 살 때 나라를 잃은 슬픔 속에서 인생의 지표를 찾을 수 없어 방황하였다. 구할 수 있는 책은 모두 구해서 읽었다. 사람도 많이 만나보고 지혜를 얻고자 했으나 항상 만족치 못하였다. 크게 생각되는 바가 있어 불경을 탐독했다. 얼마 후 나는 한 가지 결심을 하게 되었다. 그것은 '부처님 말씀대로 살면 사람 노릇 하겠구나' 하는 것이었다. 그 후 나는 술·담배·고기를 먹지 아니했다. 부처님의 가르침에 어긋나는 일은 결코 하지 아니하였다."

그가 지인들에게 했던 말이다. 그리고 그는 죽음을 앞두고 이렇게 썼다.

"일찍이 부처님께서는 절대적 자아 발견으로 이 모순을 해결하는 밝은 길을 교시하였습니다. 그것은 '천상천하 유아독존'이라는 인간 가치의 선언과 '일체중생(一切衆生) 실유불성(悉有佛性) 개공성불(皆共成佛)'이라는 인간 평등의 진리입니다. 이 외침은 유한한 인간에게 무한한 가치를 부여하고 영원한 희망과 불멸의 광명을 비추어 주었습니다. 세간에서 부르짖는 인간 회복의 길이 바로 여기에 있다고 봅니다."

인간에게는 생의 지침이 될 단 하나의 정신을 발견하는 것이 중요하다. 그 하나의 정신이 생의 방향을 가르기 때문이다. 그는 일찌감치 인간은 누구나 존엄하며 평등하다는 사상을 발견해 평생 견지했고, 이 사상을 바탕으로 중생을 교화하고자 했던 것이다.

그리고 또 하나, 일본에 머물면서 느꼈던 것은 가난한 후진국가가 겪는 비참함이었다. 그는 이 비참함을 경제를 통해서 구해야겠다는 결심을 했다. 경제적으로 독립이 되어야 개인의 정신도, 국가도 독립할 수 있다는 사실에 깊이 눈을 떴다. 그가 경제인으로서의 삶을 살게 되는 첫 결심이었다.

그는 자신이 어느 길을 가야 할지 그리고 무엇을 해야 할지를 부처라는 위대한 선각자의 가르침에서 발견했고, 경제를 부흥시켜서 나라에 힘을 보태야겠다는 결심을 굳게 하고는 지체 없이 고국으로 돌아왔다. 1920년, 그의 나이 스물두 살 때였다.

사람의 일생은 어느 때 누구를, 또 무엇을 만나느냐에 따라 삶의 방향이 바뀐다. 불교라는 창을 통해 본 '나'라는 존재, 세상이라는 실체는 그에게 갈 길을 정확하게 해주었고, 평생 수행에 몰두하게 했으며, 그의 사상이 되었다. 또 그 사상은 '자아를 발견하여 지상에 극락을 이룩하자'는 종교 운동으로 이어졌다.

참선 수행을 시작하다

    그는 일본에서 돌아와 맏형 장경택(張敬宅)이 경영하는 목재소에서 일을 했다. 그리고 한편으로는 농사를 크게 짓는 두 형들에게 가마니를 공급해주는 가마니업도 함께 했다. 맏형은 꽤 큰 목재소를 경영하면서 소작을 주고 있을 만큼 살림이 넉넉했고, 둘째형 장경수(張敬守) 또한 대농이었다.

    그가 스물두 살에 일본에서 돌아와 서른한 살에 첫 사업체인 대궁양행(大弓洋行)을 설립했으니까, 한 10년 정도 목재소와 가마니업을 하면서 여러 가지 경영의 기초를 배운 셈이다.

    그는 열여섯 살에 부산 태생인 추명순(秋命順)과 혼인하여 그 동안 큰아들 상준(相俊)과 큰딸 복임(福任) 외에 둘째아들 상문(相文), 둘째딸 덕애(德愛), 셋째아들 상태(相泰), 넷째아들 상철(相哲) 등 여섯 아이를 둔 아버지가 되어 있었다. 아마도 그의 이십대는 한 가정의 가장으로서의 역할과 꾸준히 사업을 위한 길을 모색했던 시절이었다고 할 수 있을 것이다.

    그러나 무엇보다 그가 이십대를 살면서 온 마음이 끌렸던 것은 참선 수행

부산 월내 묘관음사 선방. 이십대에 참선 수행을 시작한 대원 거사는 여러 곳의 선지식들을 찾아
다니며 일흔일곱 되던 해 영원한 고향으로 돌아갈 때까지 수행을 계속하였다.

이었다. 십대에서 이십대 초반에 폭풍처럼 밀려왔던 불교에의 끌림은 이십대
에 그의 정신을 몰두하게 했다.

그는 많은 불교서적을 읽으면서 불교의 요체를 파악했고 정견(正見)을 확
립했다. 불교가 어떤 종교인지, 무엇을 말하고 있는지, 어떤 정확한 눈을 갖
추고 있어야 하는지, 세상을 어떻게 바라보아야 하는지 그는 이해하였고 믿
었다.

그렇게 공부하다가 구하 스님에게 받은 '화두'는 그의 불교공부에 결정적
인 전환을 맞게 했다. 이십대 초에 일본에서 돌아와 인사차 구하 스님을 찾아
갔을 때, 스님이 한 말은 본격적으로 공부를 시작하게 하는 계기가 되었던 것
이다.

"이제, 참선 수행을 하게나. '내가 누구인가' 하는 존재에 대한 물음이지. 참나를 찾는 일일세."

아마도 그가 불교에 대해 올바로 눈을 틔운 것을 감지하고 화두를 주었을 것이다. 그날, 그가 받은 화두는 '만법귀일(萬法歸一) 일귀하처(一歸何處), 만법은 하나로 돌아가는데 그 하나는 어디로 돌아가는가'였다. 그가 평생 품으며 '참나'를 찾게 했던 화두였다.

"본래성불(本來成佛), 우리가 본래 부처라는 말이지 않는가? 그런데 우리가 고통으로 얼룩진 중생으로 살아가는 것은 '나'라는 실체가 본래 없는 것을 있다고 고집하기 때문이지. 그 '있다'라는 관념 하나 때문에 좋으니 나쁘니, 옳으니 그르니 분별심을 내는 것이지. 그 분별심만 내지 않으면 그 자리가 곧 성불의 자리라네. 그 '있다'라고 하는 분별심을 쓸어버리는 것이 화두야. 앉으나 서나 자나깨나, 그 화두 하나에 몰두해보게. 대자유인의 삶을 살게 되는 지름길이요, 부처되는 길이라네."

이십대부터 시작해서 일흔일곱, 영원한 고향으로 돌아갈 때까지 그가 놓지 않았던 화두를 그렇게 받았다. 그리고 그날, 일어서는 그에게 마지막으로 일러준 구하 스님의 말은 젊은 가슴에 깊이 박혔다.

"옛 선사의 말씀에 '수처작주(隨處作主)면 입처개진(立處皆眞)'이라는 말이 있지. 가는 곳마다 주인이 되면, 서는 곳마다 진실이 드러난다는 뜻이라네. 어디서나 주인된 삶을 살면 어떤 고통도 능히 해결할 수 있고, 권력이나 재물 등 모든 것도 함부로 휘두르거나 낭비하지 않고 의롭게 승화시킬 수 있다네. 참선 수행은, 그렇게 주인된 삶을 살게 하는 첩경이라네. 명심하게나."

'수처작주 입처개진, 가는 곳마다 주인이 되면 서는 곳마다 진실이 드러나리라.' 구하 스님의 그 말씀은 이십대의 젊은 장경호에게 깊이 깊이 가슴에 새겨졌고, 일평생 좌우명처럼 품어 실천하게 했다.

이십대, 선어록(禪語錄)을 읽다

그는 목재소 일과 가마니업을 하는 바쁜 일상 속에서도 불교공부를 게을리 하지 않았다. 화두를 받은 그는 선어록들을 읽으면서 발심을 했다. 『벽암록(碧巖錄)』, 『전등록(傳燈錄)』, 『무문관(無門關)』, 『선가귀감(禪家龜鑑)』, 『선교결(禪敎訣)』, 『조주어록(趙州語錄)』, 『나옹록(懶翁錄)』 등 많은 책들을 읽었다.

그가 일평생 참선으로 수행한 것은 구하 스님에게 화두를 받으면서 들었던 강한 메시지 때문이기도 했고, 불교서적을 읽으면서 수행의 필요함을 절감했던 데 이유가 있었다. 그리고 또한 한말과 일제 초기에 걸쳐서 한국 선맥(禪脈)의 중흥이라고 할 만큼 선종이 성하게 되는 시대적 흐름에 영향을 받았을 것이다. 그가 청장년기를 보냈던 당시에 이미 한국근현대사에서 빼놓을 수 없는 선승이며 불교 대중화 운동의 선구자인 용성(龍城) 스님이 포교당을 만들어 민중들에게 참선을 지도했고, 경허·만공 등의 선사들이 선지식으로 이름을 드날리고 있을 때였다.

어느 날 읽은 보조 국사의 수심결(修心訣)의 내용은 그의 가슴을 치며 다가왔다.

"자기의 마음이 참 부처이다. 요즘 사람들은 어리석어 길을 잃어버린 지 오래되어 자기의 마음이 참 부처인 줄을 알지 못하고, 자신의 밝은 성품이 참다운 진리〔眞法〕인 줄을 모른다. 진리를 구하려 하면서도 높은 성인들만이 얻을 수 있는 것으로 여기고, 부처를 찾으면서도 자신의 마음을 살피지 않고 먼 곳에서만 구하려 한다.

만약 어떤 사람이 '마음 밖에 부처가 있고, 성품 밖에 진리의 법이 있다'고 말하면서 이러한 뜻을 그릇되게 믿은 채로 불도(佛道)를 구한다면, 그러한 사람은 아무리 오랜 세월 동안 부처님 앞에서 몸을 불사르고 팔을 태워서 공양하고, 뼈를 부수어 골수를 내고 피로 먹을 삼아 경전을 쓰고 하루에 아침 한 끼만 먹으며 눕지도 않고 항상 앉아 선정을 닦고, 뿐만 아니라 모든 대장경을 다 읽고, 온갖 고행을 닦는다 할지라도 그것은 모래를 삶아 밥을 짓는 것과 같아서 단지 고생만 할 뿐 아무 이익이 없는 어리석은 일이다.

오직 자기 마음이 부처인 줄 알면 갠지스 강의 모래알처럼 많은 진리의 가르침과 한량없는 묘한 진리를 구하지 않아도 저절로 얻게 될 것이다.

그러므로 부처님께서 말씀하시기를 '일체의 중생들은 모두 부처의 지혜와 덕을 갖추고 있을 뿐만 아니라 모든 중생들의 갖가지 허망된 생각까지도 모두 부처의 원만히 깨달은 묘한 마음〔如來圓覺心〕에서 나왔다'고 말씀하셨다. 그러므로 나의 마음을 떠나서 부처를 이룰 수 없음을 알 수 있다.

과거의 모든 부처님들도 오직 마음을 밝힌〔明心〕 분들이며, 현재의 모든 성현들도 마찬가지로 마음을 닦은 분들이다. 그러므로 앞으로 수행할 사람들도 마땅히 이러한 진리를 의지해야 한다.

바라건대 모든 수행하는 사람들은 절대로 마음 밖에서 진리를 구하지 말라. 마음의 성품은 깨끗하여 번뇌망상에 물들지 않아서 본래부터 스스로 원만히 성취된 것이니 오직 망녕된 생각만 버리면 곧 그대로가 부처인 것이다."

그는 이 수심결의 내용을 즐겨 읽었고 또 귀감으로 삼아 공부했다.

"일체의 중생들은 모두 부처의 지혜와 덕을 갖추고 있을 뿐만 아니라 모든 중생들의 갖가지 허망된 생각까지도 모두 부처의 원만히 깨달은 묘한 마음에서 나왔다."

"망녕된 생각만 버리면 곧 그대로가 부처인 것이다."

얼마나 희망을 주는 진리인가. 이미 나라는 존재는 지혜와 덕을 지닌 부처이니 옳다 그르다, 좋다 싫다, 높다 낮다 하는 허망된 생각만 버리면 되는 것이다.

그러나 '마음이 곧 부처다' 라는 성현들의 가르침은 그냥 알아지는 게 아니었다. 수많은 시간, 그것을 전제로 목숨 내놓고 정진해서 삼매에 들어야 온전히 깨달아지는 것이었다. 수행은 자신이 부처인 것을 깨닫기 위한 지극히 험난한 고행의 길이었고, 반드시 실천해야 할 길이었다.

그는 선어록들을 지침으로 삼아 화두에 몰입해 들어갔다. 특히 그가 사무치게 받아들인 것은 나옹 선사의 어록이었다. 친구의 죽음으로 인해 십대에 출가를 한 나옹 선사의 삶은, 열일곱 살에 동생의 죽음으로 인해 불교와 만났던 그에게 친숙함으로 다가왔고, 무엇보다 나옹 선사가 출가해서 목숨 내놓고 생사의 본질을 밝히려 노력했던 그 처절한 수행 이력이 마음에 들어왔던 것이다. 선 수행에 대한 당부 또한 절절하기 그지없었다.

나옹 선사는 다음과 같이 말하고 있다.

"화두를 참구함에 있어 먼저 신심과 의지가 견고해야 하며, 하루 종일 화두를 들어서 마침내 저절로 의심이 일어나는 경지에 이르게 되면 마치 물살 급한 여울의 달과 같아서 부딪쳐도 흩어지지 않고 움직여도 없어지지 않는 지경이 되어 크게 깨침에 가까워지리라."

나옹 선사는 나옹록의 '공부십절목(工夫十節目)'에서 이렇게 가르치고 있다. 그는 아예 공부에 관한 부분을 메모해 가지고 다니며 읽었다.

1. 세상 사람들은 모양을 보면 그 모양에서 벗어나지 못하고, 소리를 들으면 그 소리에서 벗어나지 못한다. 어떻게 하면 모양과 소리를 벗어날 수 있을까.
2. 이미 소리와 모양에서 벗어났으면 반드시 공부를 시작해야 한다. 어떻게 그 바른 공부를 시작할 것인가.
3. 이미 공부를 시작했으면 그 공부를 익혀야 하는데 공부가 익은 때는 어떤가.
4. 공부가 익었으면 나아가 자취〔鼻斢〕를 없애야 한다. 자취를 없앤 때는 어떤가.
5. 자취가 없어지면 담담하고 냉랭하여 아무 맛도 없고 기력도 전혀 없다. 의식이 닿지 않고 마음이 활동하지 않으며 또 그때에는 허깨비 몸이 인간 세상에 있는 줄을 모른다. 이쯤 되면 그것은 어떤 경계인가.

佛紀二千九百六十七年庚辰五月　日

懶翁集 全

五臺山 月精寺藏版

『나옹집(懶翁集)』. 많은 선어록 가운데 나옹어록은 대원 거사에게 가장 친숙하게 받아들여졌다. 고려 말기에 이미 초간된 바 있는 나옹 화상 어록에 행장과 여러 내용을 보충하여 1940년 강원도 월정사에서 출간하였다.

6. 공부가 지극해지면 동정(動靜)에 틈이 없고 자고 깸이 한결같아서, 부딪쳐도 흩어지지 않고 움직여도 잃어지지 않는다. 마치 개가 기름이 끓는 솥을 보고 핥으려 해도 핥을 수 없고 포기하려 해도 포기할 수 없는 것 같나니, 그때에는 어떻게 해야 하겠는가.

7. 갑자기 120근 되는 짐을 내려놓는 것 같아서 단박 꺾이고 단박 끊긴다. 그때는 어떤 것이 그대의 자성(自性)인가.

8. 이미 자성을 깨쳤으면 자성의 본래 작용은 인연을 따라 맞게 쓰인다는 것을 알아야 한다. 무엇이 본래의 작용이 맞게 쓰이는 것인가.

9. 이미 자성의 작용을 알았으면 생사를 벗어나야 하는데, 안광(眼光)이 땅에 떨어질 때에 어떻게 벗어날 것인가.

10. 이미 생사를 벗어났으면 가는 곳을 알아야 한다. 사대는 각각 흩어져 어디로 가는가.

나옹 선사가 제시하는 구체적인 공부 방법을 참고했던 걸 보면, 그는 이십 대에 이미 공부가 깊었음을 알 수 있다. 훗날 예순이 넘어 부산 금정산 골짜기의 무위암에서 그와 함께 수행했던 성현(性玄) 스님은 이렇게 전한다.

"조사어록들을 읽으면서 발심을 깊이 하셨다는 이야기를 가끔 하셨습니다. 특히 나옹어록은 거사님이 참선을 공부하는 데 많은 힘을 실어주었다고 하시더군요."

나옹 선사는 다시 말하고 있다.

"만일 화두를 들어도 잘 들리지 않아 담담하고 밋밋하여 아무 재미도 없거든, 낮은 소리로 연거푸 세 번 외워보라. 문득 화두에 힘이 생기는 것을 느낄 것이니, 그런 경우에 이르거든 더욱 힘을 내어 놓치지 않도록 하라.
여러분이 각기 뜻을 세웠거든 정신을 차리고 눈을 비비면서, 용맹정진하는 중에도 더욱 더 용맹정진을 하라. 그러면 갑자기 탁 터져 백천 가지 일을 다 알게 될 것이다. 그런 경지에 이르면 사람을 만나보아야 좋을 것이다. 그리고는 20년이고 30년이고 물가나 나무 밑에서 부처의 씨앗[聖胎]을 길러야 한다.
그러면 천룡(天龍)이 그를 밀어내 누구 앞에서나 용감하게 큰 입을 열어 큰 말을 할 수 있고 금강권을 마음대로 삼켰다 토했다 하며, 가시덤불 속도 팔을 저으며 지나갈 것이며, 한 생각 사이에 시방세계를 삼키고 삼세의 부처를 토해낼 것이다.
그런 경지에 가야 비로소 그대들은 노사나불(盧舍那佛)의 갓을 머리 위에 쓸 수 있고, 보신불·화신불의 머리에 앉을 수 있을 것이다. 혹 그렇지 못하거든 낮에 세 번, 밤에 세 번을 좌복에 우뚝이 앉아 절박하게 착안하여 '이것이 무엇인가?' 하고 참구하여라."

　나옹록에 있는 참선에 대한 법문은 홀로 참선 수행하는 그에게 지침서가 되었고 발심해서 선방을 찾게 하는 계기가 되었다. 나옹어록은 그가 가장 애독하던 손때 묻은 선어록이었다.

　이십대에 이미, 그는 집에서 좌선을 하는 게 일상이 되어 있었다. 그의 아내는 낮에 일하고 돌아와 밤이 깊어가도록 등잔불 앞에 앉아 좌선하고 있는 그를 바라보았고, 이따금 잠이 부족해 보이는 그의 건강을 염려하는 눈길을 보냈지만, 그는 아내의 염려에 가만히 미소지을 뿐이었다.

　참선 수행은 이미 그에게 에너지를 재생산해내는 깊은 휴식이었고, 지혜를 낳게 하는 삶의 활력소였다. 스물일곱에 그가 본격적으로 선방을 찾기까지 그의 일상은 일과 수행이었다. 일을 하면서도 그는 화두를 챙겨드는 수행을 게을리 하지 않았으니, 그가 선사(禪師)들처럼 죽음을 앞두고도 화두를 잃지 않았던 힘은 젊은 날부터 시작된 것이다.

스물일곱, 첫 안거를 나다

선어록을 읽으면서 참선 수행을 하던 그는 드디어 스물일곱이 되던 해 음력 사월 보름 하안거 결제에 들어갈 결심을 한다.

'천겁을 지나도 과거가 아니고, 만세를 뻗쳐도 늘 지금'이라고 설한 옛 선사의 선언처럼, 삶은 지금 여기의 현재였다. 그는 깊은 침묵 속에서 화두 하나만 지닌 채 삶의 현재를 살피고 싶었다.

스물일곱 살에 하던 일을 멈추고 세 달 간 산사로 들어간다는 것은 당시 그의 공부가 얼마나 깊었으며, 참선 수행으로 인한 효능을 그가 충분히 감지하고 있었음을 짐작하게 한다.

인간은 물론 살아 있는 모든 존재가 순수 생명 에너지로, 빛으로 가득한, 그래서 무한한 힘을 내재한 존재가 아니던가. '심즉시불(心卽是佛), 마음이 부처', 그는 이 진리를 수행을 통해서 몸으로 체험하고 싶었고 가능하면 삶에서 마음이 지닌 그 무한한 힘을 마음껏 쓰며 살고 싶었다.

큰형님 밑에서 일을 도와주며 가족의 생계를 책임지고 있던 그가 그렇게 세 달씩이나 하는 하안거에 참여하려고 시간을 빼낸 것은 결코 수월한 일이 아니었을 것이다. 그러나 동생이 산사에 들어가 수행에 몰두하고 싶어할 때 그의 맏형은 여러 말 없이 허락을 했다. 평소 워낙 성실하고 빈틈없이 일했던 동생을 믿었기 때문이었다.

아내가 준비해준 몇 가지 옷이 든 보퉁이를 들고 그가 통도사 일주문을 들어선 것은 하안거가 시작되기 하루 전이었다. 천년의 세월을 지나면서 부처님 정신을 이어온 통도사는 적막한 모습으로 그를 반겼다. 영취산에서 동쪽으로 흐르는 개울의 북쪽 평지에 자리잡고 있는 통도사는 그에게 언제나 편안한 고향과 같은 곳이었다.

할머니를 따라 처음 통도사에 갔을 때도 그런 편안함으로 다가왔고 뜻밖에 동생을 일찍 보내고 허전한 마음을 달래기 위해 종종 찾았을 때도 언제나 그의 마음을 위무해 주었다. 통도사 주지 구하 스님에게 불교가 어떤 종교인지 처음 들었던 곳이기도 했고, 화두를 받고 나서 발심으로 뜨거워진 가슴을 안고 걸어나온 곳이기도 했다.

부처의 진신사리(眞身舍利)가 있어 불보(佛寶)사찰이라고도 불리는 통도사는, 절이 위치한 산의 모습이 부처가 설법하던 인도 영취산의 모습과 통하므로 통도사라 이름했고〔此山之形通於印度靈鷲山形〕, 또 승려가 되고자 하는 사람은 모두 이 계단(戒壇)을 통과해야 한다는 의미에서 통도라 했으며〔爲僧者通而度之〕, 모든 진리를 회통(會通)하여 일체중생을 제도(濟度)한다는 의미에서 '통도'라 이름지었다고 전해진다. 대승불교의 이상인 '상구보리(上求菩提) 하화중생(下化衆生)' 즉 모든 진리를 회통하여 중생을 제도한다는 의미를 통도라는 말로 응축시킨 것이다.

불교에서 보살의 삶은 자기만의 깨달음을 구하는 데 그치지 않고, 깨달음을 향하여 진리의 세계로 나가는 동시에 고통받는 중생들과 함께 대비(大悲)

의 마음이 있어야 함을 이상으로 한다. 그러한 의미에서도 통도사와 그의 인연은 무척 깊은 듯이 보인다. '상구보리 하화중생'의 대승정신을 평생 견지했던 그의 삶을 돌아볼 때 결코 우연이라 할 수 없을 것이다.

남성적이고 활달한 해인사와 온화하고 부드럽다고 알려진 송광사에 비하면 통도사는 점잖으면서 여유 있는 분위기를 느끼게 한다는 평을 듣는다. 과묵하고 평생 허튼 말 한번 하지 않았던 그의 성격은 통도사의 분위기와 닮아 있어서 그랬을까? 갈 때마다 그는 경내에 있는 전탑이며 전각들이 아주 친숙한 느낌이 들었고, 그럴 때마다 그는 아마도 몇 생쯤은 통도사와 인연이 있었을 거라고 생각하곤 했다.

나중에 수도하는 스님들의 양식을 대는 불량답(佛糧畓)을 통도사에 시주하고 자식들을 방학 때 통도사에서 머물게 했던 것을 보면 그가 통도사를 얼마나 따뜻하게 여겼는지 짐작할 수 있다.

평생 동안 그는 여러 곳 선방의 선지식을 찾아다니면서 참선을 했지만, 그가 가장 많이 안거에 들었던 곳은 통도사 보광전이었다. 당시 통도사에는 구하 스님이 조실로 있으면서 법문과 함께 참선을 지도하고 있었다. 그는 1965년 구하 스님이 세연을 놓을 때까지 자주 찾아 뵙고 법문을 들었다.

"통도사에 들러 먼발치로라도 구하 스님을 뵙고 와야 한 해를 보내는 것 같았다."

그가 목정배(동국대학교 명예교수)에게 한 말이다.

그는 개울을 따라 길게 늘어선 건물들을 지나 대웅전 곁에 있는 보광전을 찾았다. 한 철 안거를 날 곳이었다. 당시 보광전은 1년에 봄, 가을 두 차례의 안거 때가 되면 사부대중 모두가 함께 결제를 하던 선원이었다.

보광전에 머물고 있는 구하 스님을 찾을 때면, 스님들과 재가불자들이 늘 참선을 하고 있는 모습을 보았다. 더운 여름날이면, 문을 활짝 열고 태고의 깊은 정적 속에서 참선하고 있는 그들을 보며 꼭 동참하고 싶은 생각이 들었던 선원이었다.

"어서 오시게."

오십대 중반의 구하 스님은 스물일곱 나이에 불법을 이해하고 수행정진하기 위해 절을 찾은 젊은이를 반갑게 맞았다. 평소 아끼고 사랑했던 젊은 불자였을 터였다.

그가 정중하게 삼배를 올리고 앉자 스님이 말을 건넸다.

"그래 직장이랑 처자권속은 어떻게 하고 이렇게 길을 나섰는가?"

"형님께 양해를 구했습니다."

"그래 화두공부는 잘 되고 있는가? 쉽지 않은 시간을 내었을 테니, 부디 용맹정진하시게. 참선 수행은 간절함에 있다네. 모기가 쇠솥을 뚫으려고 하는 그런 무모한 용맹으로 석 달 동안 잘 지내기 바라네. 화두에 대한 의심과 왜 나는 부처가 되지 않는가 하는 분한 마음과 기필코 부처가 되겠다는 간절함만을 남겨놓고 세속의 일일랑 다 내려놓기 바라네. 본인이 정진한 만큼 앞으로 나아가 있을 걸세. 그 나아간 힘으로, 수행해서 얻은 힘으로 세속 일을 추진해 나가면 세상에 두려움이란 없다네. 하고자 하는 일이 원만히 추진될 것이야."

"열심히 하겠습니다."

"매일 걱정에 살며, 끊임없이 옳다 그르다, 좋다 나쁘다, 싫다 좋다 하는 분별 속에 갇혀서 자유롭지 못한 것이 인간이지만, 사실 인간은 조금도 부족함이 없는 완전한 존재야. 수행은 인간이 지니고 있는 그 완전성을 회복하는 일이지. 또 그게 부처님의 가르침이라네."

통도사 보광전. 대원 거사가 처음으로 안거를 난 곳이며, 구하 스님이 조실로 있으면서 참선 지도를 받던 뜻깊은 곳이다.

일제의 압제에서 독립할 수 있는 길도, 인간이 완전한 존재라는 것을 확실히 믿고 그 힘을 드러내려고 노력하는 사람이 많아질 때 이루어질 수 있을 것이라고 믿었기에, 그는 구하 스님의 이야기를 가슴 깊이 받아들이고 있었다.

나이에 비해 눈길이 깊은 그에게 구하 스님이 물었다.

"자네, 왜 부처님이 이 세상에 오셨는지 아는가? 모든 존재가 불성으로 가득해 있는 완전한 생명이라는 것을 보여서 중생들을 깨치게 하려고 오신 걸세. 명심하게나. 자네는 이번 안거에서 화두를 들고 앉을 걸세. 화두를 들되 부처님이 오신 뜻을 전제로 하게. 그래야 화두가 명료해질 걸세."

통도사의 도인으로 알려져 있던 경봉(鏡峰) 스님과 사형사제 관계인 구하 스님은 평생 참선과 염불 정진에 몰두한 선지식으로 통도사를 비롯한 한국 불교의 승풍 진작에 적극적으로 나섰던 분이다. 불교 정화에도 적극 앞장섰고, 그의 붓글씨는 보는 이로 하여금 환희심을 불러일으켰을 만큼 선필이었다. 또 일제 강점기에 독립운동에 자금을 대는 등 민족문제를 해결하기 위한 노력을 보인, 당시로서는 매우 지적인 승려로 이름난 분이다. 장경호는 구하 스님을 평생 찾아 뵙고 공부를 물었으며, 그런 그를 구하 스님은 입적할 때까지 매우 아꼈다.

그는 선방에 앉는 순간 모든 것을 내려놓았다. 나라를 잃은 참담한 아픔도 내려놓았고, 가족의 생계를 책임져야 할 가장이라는 역할도, 형님의 가게에서 일하는 직장인이라는 신분도 모두 내려놓았다. 그는 가장 자연에 가까운 무위의 모습으로 돌아가고 싶었다.

얼마나 벼르고 별렀던 순간인가. 불교를 공부하면서, 그리고 스님들의 법문을 들으면서 선방에 앉아 오롯이 화두만 들고 싶었던 그였다.

선정에 든 수행자의 모습은 그에게 깊은 감동으로 다가왔다. 깊은 묵언 속에 잠겨 있는 그들의 발걸음은 세속의 분주한 발걸음이 아니었다. 그들의 모습 자체로 자신이 정화되는 것을 알 수 있었다.

우열과 시비가 난무하는 저 세상의 소란스러움이 사라진 그 고요함은 천년의 세월이 켜켜이 녹아 있는 사찰에서 나오는 것만이 아니었다. 오랜 세월, 이름 모를 수행자들이 남기고 간 적정(寂靜)의 에너지 때문임을 그는 느꼈다.

벽을 바라보고 바위처럼 앉아 있는 그들의 모습은 아주 오래 전부터 보아 온 것처럼 낯설지 않았고, 자신 또한 그렇게 선방에 앉아 있는 것이 오래된 일처럼 익숙한 느낌으로 다가왔다.

그는 방선(放禪) 시간에 천년 세월 동안 구도자들의 정신이 곳곳에 서린 도량을 거닐면서 다음과 같은 구절을 떠올리곤 했다.

"바라건대 모든 수행하는 사람들은 절대로 마음 밖에서 진리를 구하지 말라.
마음의 성품은 깨끗하여 번뇌망상에 물들지 않아 본래부터 스스로 원만히 성취된 것이니 오직 망녕된 생각만 버리면 곧 그대로가 부처인 것이다."

그는 '만법귀일 일귀하처', 그 하나에 온 마음을 응집시켰다. 닭이 알을 품듯, 고양이가 쥐를 잡듯 오로지 화두 그 하나만을 응시했다.

날이 갈수록 그는 정신이 투명해짐을 느꼈다. 사물을 보는 눈이 선명해졌다. 그리고 가슴 가득 고요히 솟아오르는 평화와 무엇이든 다 할 수 있을 것 같은 자신감을 느꼈다. 마음이 고요해지니 잔잔한 평화와 기쁨이 몰려왔고, 그리 솟아났던 그 기쁨은 무심이게 했다.

'있다'라고 생각했던 것은 얼마나 잘못된 고정관념이었던가. 그 고정관념이 자신을 고통스럽게 했고 넘어뜨렸던 것이었다. '나'를 내려놓고 보니 그것은 아무런 증명도 없이 자신이 그렇게 믿었던 고집에 지나지 않았다. 세상에 존재하는 모든 것은 실재하는 것이 아닌, 조건지워진 인연에 따라 잠시 나타난 가상일 뿐이며, 참의 모습은 마음 곧 불성이었다.

수행은 그 절대적 진리를 체험하는 것임을 그는 온몸으로 느꼈다. 참선은 자신의 본래 성품이 부처임을 체험으로 자각하는 일임을 그는 체득하고 있던 것이다.

보광전 바로 곁에 있는 통도사 법당의 새벽예불은 장엄했다. 노스님들의 정성스러움과 간절함이 담긴 삼배의 모습은 그에게 저절로 신심을 일으켰으며 젊은 스님들이 토해내는 맑은 염불소리는 그의 영혼을 흔들 만큼 아름다운 것이었다. 달빛과 바람이 깃든 새벽예불의 경건함이 인간의 혼을 정화시킬 수 있음을 그는 깊이 경험하곤 했다.

새벽 세 시면 어김없이 들려오는 도량석의 은은한 목탁소리에 잠이 깨어 법당에 앉아 있노라면 우주의 끝까지 울려퍼질 것 같은 깊고도 깊은 종소리가 그대로 마음을 순화시켰다.

대방광불화엄경 대방광불화엄경 대방광불화엄경
(大方廣佛華嚴經 大方廣佛華嚴經 大方廣佛華嚴經)
약인욕료지 삼세일체불 응관법계성 일체유심조
(若人欲了知 三世一切佛 應觀法界性 一切唯心造)
'사람이 삼세일체 부처님을 온전히 알고자 할진대, 응당 법계의 성품을 관하라. 일체가 오직 마음으로 지은 것이니라.'

"일체유심조, 일체가 오직 마음으로 지은 것……." 그는 온몸으로, 온 마음으로 그 소리를 들었다. 그가 평생 뼛속에 새겼던, 그래서 죽음을 앞두고 세상에 전했던 말이었다.

지심귀명례 삼계도사 사생자부 시아본사 석가모니불
(至心歸命禮 三界導師 四生慈父 是我本師 釋迦牟尼佛)
'지극한 마음으로 삼계의 길잡이 되신 스승이시고, 사생의 자애로운 어버이 되신 우리 스승 석가모니 부처님께 절하옵니다.'

"지심귀명례, 목숨 바쳐 돌아가나이다." 뜨겁고, 그리고 간절하게 불렀던 구절이었다.

그는 염불, 부처님을 부르고 생각하는 것이 그대로 곧 영혼을 정화시킨다는 것을 온몸으로 느꼈다. 불성으로의 정화, 그것은 불교의 처음이자 끝이라는 걸 그는 알 수 있을 것 같았다. 예불이 끝나고 나면, 강원채에서 들려오는 학인스님들의 경 읽는 소리는 또 얼마나 심금을 울렸던가. 생각조차 사라진 곳에 화두만 오롯이 남아 있기를 서원하고 들어온 안거였다.

모처럼 내린 비로 통도사를 두르고 있는 숲이 한층 푸르렀던 해제날, 그는 잔잔한 선열을 만끽하며 법당으로 향했다. 부처님의 진신사리가 모셔져 있는 곳을 향하고 무릎을 꿇고 서원했다.

"부처님, 이제 저는 사업을 하여서 돈을 크게 벌겠습니다. 그리고 사업을 해서 얻은 이윤은 모두 국가의 은혜와 부처님의 은혜를 갚는 데 회향하겠습니다."

석 달 동안 묵언 속에서 발견한 것은 그가 나아갈 길이었다. 훗날 그때의 일을 그는 이렇게 회고했다.

"스물일곱이던 해 통도사 하안거 결제에 동참해서 구하 스님으로부터 법문을 듣고 참선을 지도받으면서 한 철을 났다. 해제일이 되던 날 대웅전에 꿇어 앉아 스스로 서약을 하였다. 이제 나는 상업에 종사하여 크게 돈을 벌리라. 하여 그 모든 것을 불교에 바치겠다고 맹서한 후, 평생 점심 한 끼 사먹는 일 없이, 용돈 한 푼 쓰는 일이 없이 돈을 벌었다. 부처님의 도움이신가, 그것은 큰돈이 되었다."

과묵하여 일절 자신에 대한 말이 없던 그였지만, 불교를 이해하고 있는 가

통도사 대웅전. 건물 사면에 편액을 걸었는데 남쪽이 금강계단이다. 대웅전 북쪽(사진에서 오른쪽)에 진신사리를 모셨으므로 따로 불상을 모시지 않았다.

까운 지인들에게 말했다고 한다.

　"나는 첫 안거 이후, 부처님의 가피로 살아온 것 같다."

　그 가피 때문이었을까. 그는 그 서원 이후, 사업을 일으켜 이 땅의 민간 철강 제일의 철강회사 동국제강을 일으켰고, 그 이윤으로 국가와 부처님의 은혜에 보답하는 삶을 살았다.

　그가 스물일곱이라는 젊은 나이에 발심을 하고 들어가 참선 수행을 했던 석 달은 수행으로 얻는 힘을 실감한 시간들이었고, '크게 돈을 벌어서 불교의 발전을 위해 바치겠다' 는 뜨거운 서원을 낳게 했다.

　그때 맹세했던 그 서원 하나는 그로 하여금 사업에 최선을 다하게 하는 원동력이 되었고, 또 그 서원이 '상구보리 하화중생' 의 대승적 삶을 살게 했다.

사업보국의 삶에 첫발을 내딛다

　그는 사업가였지만 수행자와 다름없는 삶을 산 사람이다. 예순이 넘자 자식들에게 사업을 맡기고 불교 대중화 운동을 서두르던 시절, 그를 보았던 많은 사람들은 한결같이 '옷만 세속의 옷을 입었을 뿐 그의 언행은 수행자와 다름없었다' 고 증언한다. 이는 그가 젊은 시절부터 수행자처럼 사고하고 행동하며 살아왔기 때문일 것이다.

　불교공부는 그에게 나라를 구하는 구국의 이념이며 세상을 구하는 구세의 이념이 되게 했다. 수행이 깊어짐에 따라 그의 내면은 고요했고 지혜로웠으나, 그가 몸담고 있는 식민지 조국의 모습은 참담한 것이었다.

　세계 공황의 여파로 경제 위기가 깊어진 일제는 군대 · 경찰 · 사법기관 같은 억압기구를 두어 식민지 조선민중을 옥죄었고 사상마저 철저히 통제하려고 했다. 쌀값이 크게 떨어져 농촌경제는 무너졌고, 도시에서는 상공업 침체로 실업자가 쏟아져 나왔다. 70~80퍼센트를 차지한 농민들도 일제의 농업정책과 공황 탓으로 몰락해갔다.

그가 형님의 목재업을 도우면서 한편으로 가마니를 형님 댁에 공급하면서 새로운 사업을 모색하고 있던 차에 그의 눈에 들어온 것이 쌀가마니 수집이었다. 추수를 하는 가을철에는 귀한 물건이지만 봄이나 여름철에는 쓸모없이 흩어져 있는 가마니를 보면서 '저걸 수집해 놓았다가 팔면 되겠구나' 하는 생각을 한 것이었다.

당시 사람들은 가마니가 필요하면 그때서야 시골에 주문해서 사용할 줄만 알았지 미리 모아두었다가 파는 일은 일본인이 도맡아서 하고 있었다. 일제의 쌀 공출과 군수물자 수송용으로 비싸게 팔렸기 때문에 경제성이 있는 사업이었다.

그는 지금의 부산 중앙시장 뒤 청과시장 터에서 가마니 장사를 시작하였다. 비수기인 봄, 여름에 농촌을 돌아다니면서 가마니를 모아다 창고에 쌓아두었다가 성수기에 파는 일이었다.

그가 스물일곱에 통도사에서 첫 안거를 나면서 서원했던 염원의 첫 걸음이 시작된 것이다. 1929년, 그는 회사 이름을 '대궁양행(大弓洋行)' 이라고 지어 간판을 내걸었다. 이 어려운 시기를 벗어나 '세계로 뻗어나가리' 란 큰 뜻을 품은 '대궁' 이란 이름은 그가 발원했던 바대로 훗날 동국제강이란 이름으로 세계로 뻗어나갔고, 21세기에도 여전히 현재진행형에 있으니 날카로운 예지요 직관이었던 것이다.

그의 첫 사업은 일본인들과 겨루면서 착실히 성장해 나갔다. 순조로운 첫 사업의 출발이었다.

그러나 그가 첫 사업체를 설립한 당시, 일제는 제1차 세계대전의 영향으로 빚어진 공황과 3·1운동을 전후한 흉작과 쌀 파동, 그리고 1921년 관동대지진으로 곤경에 빠지게 되자 한국이라는 기름진 땅과 풍부한 농촌 노동력을 수탈해서 난관을 타개하려고 하였다. 겉으로 문화정치와 산업진흥을 내세우

1940년 11월 대구의 농가. 일제는 1939년 한반도 농가에서 생산된 쌀의 유통을 통제하고, 경작지에 따라 공출량을 할당하였다. 다카하시 노보루 사진.

는 한편 계획증산에 박차를 가하던 때였다.

일제는 토지 소유자와 경작자를 분리시킨 다음 대다수의 경작자로 하여금 세계사에서 유례를 찾아볼 수 없는 높은 비율의 소작료를 현물로 분담하게 하였고 쌀을 거두어들인 소수의 지주로부터 이를 다시 넘겨받아 일본으로 실어가고 한국 농민에게는 조와 외미(外米)를 들여다 먹인 것이다.

일제는 쌀을 생산하고 수집하는 데 있어서 강압적으로 무리하게 생산하게 하고 부등가(不等價)로 공매하여 자기네 산업 자본가들에게 염가로 수매하도록 하는 관권적 개입을 자행했다.

그러한 악조건 속에서 그는 성실과 근면으로 일관해 나갔다. 그리고 그의 정신 속에 유장하게 흐르고 있는 '마음이 곧 부처다' 라는 화두는 어떤 난관도 타개할 수 있다는 희망을 놓지 않게 했고, 그의 마음속 깊이 흐르고 있던 '너와 내가 둘이 아니다'는, 그래서 모두가 평등하다는 생각은 모든 이들 앞에서 그를 겸손하게 했다.

언제나 겸손함으로 일관했던 그는 농민들에게 언제나 가마니 값을 제값으로 쳐주었으며, 그런 그에게 보내는 농민들의 성원은 뜨거웠고 그 뜨거운 민족애를 일본인들도 어쩌지 못했을 것이다. 그의 근면함과 농민들의 성원은 일본인 상인들이 하는 가마니 사업을 능가했고 사업은 천천히 앞을 향해 흐르고 있었다.

그러나 그는 하루 세 끼를 다 챙겨 먹을 수가 없었다. 가마니를 수집하러 농가를 돌아다닐 때 보았던 헐벗은 농민들이 눈에 밟혔던 것이다. 당연히 그는 점심을 거르는 날이 많았다. 식량이 다 떨어지는 춘궁기 때면 가난한 농민들은 뽕나무밭에 비료로 뿌린 콩깻묵을 몰래 파서 배를 채우거나 산의 백토(白土)를 긁어 먹었다. 풀뿌리로 연명하는 민족을 보면서 밥을 사먹을 수가 없었던 것이다.

사업은 조금씩 나아가고 있었으나 한 핏줄의 우리 민족이 일제의 압박에서 벗어나는 길을 골똘히 생각지 않을 수 없었을 것이다. 그는 자식들을 교육시키고 밥 먹여 키워야 할 가장으로서의 책무와 주권을 잃은 민족의 부강을 생각해야 하는 기업인으로서의 사명을 한시도 잊을 수 없었다.

그의 아내는 그가 시골을 다니면서 때묻혀 온 무명옷을 빨아 손질했고, 벗어놓은 흙 묻은 검정 고무신을 닦아 섬돌에 세워놓고는 했다.

"밥을 두 끼 먹는 날은 운이 좋은 거지요. 한 끼 정도 먹으면서 일하는 날이 많았어요."

그 시절을 돌아보며 지인에게 그가 했던 말이다.

가마니 장사를 시작하고 일이 바쁜 중에도 그의 화두는 전혀 흐트러짐이 없었다. 서른이 넘으면서 그의 공부는 더욱 깊어가고 있었다.

'마음이 곧 부처다'라는 진리는 그에게 한없는 희망이었으나, 한편 절망이기도 했다. 사무치게 그것이 깨달아져야 할 텐데, 그래서 일거수 일투족 부처의 눈으로 세상을 보고 살아야 할 텐데, 그게 쉬이 되지 않는 게 절망이었던 것이다. 화두로 삼매에 들어야 중생의 껍질을 벗고 부처로 살 텐데, 그게 도무지 요원해 보였던 것이다.

첫 안거를 난 후, 시간을 내서 한 번 더 안거를 났고, 통도사에서 스님들의 법문이 있는 날이면 가능한 빼놓지 않고 들으려고 노력했다. 오랜 세월을 '도(道)' 하나에 생명을 걸고 수행자로 살아온 스님들에게서 법문으로 뿜어져 나오는 힘은 대단했다.

"본래 부처인 우리가 중생이 된 것은 '나'가 있다고 하는 집착에서 비롯된 것이다. 실체가 있다고 하는 데서 고통이 시작된 것이다. 그러므로 '나'라는 모습이 있다고 집착하지 아니하고 연(緣)을 따르면, 이것이 연기적인 삶이요 자유자재한 해탈의 삶이다."

그렇게 살아 있는 법문을 듣고 오는 날이면, 한참 동안 일을 하면서도 잔잔한 기쁨에 젖어 있곤 했다. 도인들이 뿜어낸 삶에 대한 이치는 그의 삶에 자양분이 되었고 길이 되었다.

남선물산 설립, 번창일로에 서다

일제의 쌀 공출과 군수물자 수송에 필요한 가마니 수요가 폭발적으로 늘자 장경호는 다시 남선물산(南鮮物產)이라는 회사를 설립했다.

부산 광복동에 자리잡은 남선물산은 가마니 공장 외에 수산물 전국 도매업도 함께 하면서 미곡사업을 했고 나중에는 대규모 정미소도 경영하기에 이르렀다. 그의 나이 서른일곱 살 때인 1935년이었다.

사업의 규모가 커졌어도 그의 일상생활은 크게 변하지 않았다. 주인으로서 권위를 내세운다거나 하는 일은 찾아볼 수 없었고, 오히려 고용인들보다 일을 더 많이 했고 몸을 낮추었다. 훗날 그가 동국제강 회장이라는 자리에 있을 때도 누가 말하지 않으면 재벌 회장이라는 것을 모를 정도로 소박한 차림을 하고 다녔는데, 그는 당시에도 무명옷에 검정 고무신만을 신고 다녔다.

오로지 검소함과 성실함으로 하루하루를 일했고, 언제나 마음을 고요히 함에 진력하는 수행의 고삐를 늦추지 않았다. 그는 그때 금강산 마하연 선방에도 다녀올 만큼 선지식을 찾아다니는 일에 게을리 하지 않았으며, 그러한 발걸음에서 나오는 지혜와 힘은 사업의 앞날을 내다보는 안목을 틔워주었다.

그러나 한편, 일제의 식민지 수탈 정책으로 인해 진정한 민족자본의 형성이나 육성을 기대할 수 없는 상황에서 그의 고뇌는 깊었다. 그리고 조선이 소비재 시장으로 전락해가는 것을 가슴 아프게 바라보아야 했다. 노무자를 양성하기 위해 약간의 기술교육이 허용되었을 뿐, 조선인에 대한 과학교육은 철저히 봉쇄당하고 있음에 분루를 삼키고 있었다.

1930년대 이후 침략전쟁 시기로 접어들면서, 일제는 한반도에서 전쟁에 필요한 인력과 물자를 얻어내기 위해 내선일체(內鮮一體)라는 것을 내세워서 조선인의 황민화 정책(皇民化政策) 즉 군국주의 일본인의 아류로 만들려는 정책으로 나아갔다. 그것은 조선민족 전체를 2등 일본인으로 만들어 정치 · 문화적 독립성과 저항성을 박탈함으로써 침략전쟁에 끌어들이려는 민족말살 정책이었다.

일제는 우리 말과 글의 사용을 금지하고 창씨개명, 신사참배, 천황숭배, 궁성요배 등을 강요했다. 이러한 일본인화는 조선을 영구 식민지로 만들고 우리 민족과 우리의 자원을 모두 전쟁에 동원하기 위한 것이었다.

침략전쟁이 확대되면서 일본은 우리 민족에 대한 물적, 인적인 약탈을 무자비하게 자행했다. 1939년부터 총독부는 농가에 최소한의 식량만 남겨놓고 쌀과 보리 등의 곡물을 징발했다. 전쟁 말기에는 탄피 제조를 위해 가정에서 쓰는 솥과 숟가락, 절의 범종까지 빼앗아가는 만행을 저질렀다.

조선인의 대다수가 초근목피로 연명하는 상황에서 경제가 제대로 형성될 수가 없었다. 또한 일본, 남양군도, 미얀마, 사할린으로 끌려가 탄광, 군수공장, 토목공사장에서 인간 이하의 대접을 받으며 죽어가고 있었다.

그는 조선인에 대한 인력 수탈과 함께 물적 수탈에 발벗고 나선 일제의 만행을 보면서 허탈감에 사로잡히지 않을 수 없었다. 중일 전쟁과 태평양 전쟁을 일으킨 뒤 물자동원계획을 세워 많은 지하자원을 약탈했으며, 조선민중에게 위문금품을 모집하고 국방헌금을 강요하는 그들의 만행을 지켜보면서 그는 또 좌절하지 않을 수 없었다. 전쟁에 사용할 무기를 만드려고 고철, 동(銅)제품이면 모조리 빼앗았는데, 심지어 학교 철문과 쇠난간을 뜯고 농기구와 가마솥까지 훑어가 비행기로 둔갑시켰으며 놋그릇, 수저, 제기(祭器), 교회종, 심지어 불상(佛像)까지 빼앗아 총알을 만드는 그들의 만행 속에서 신음하는 민족을 보면서 교육을 통한 내적인 힘을 키우고 경제력을 키워 독립해야 함을 절실히 느끼고 있었다.

이러한 시대적 악조건 속에서도 그의 사업은 조용하게 성장해갔다. 사업이 늘어나면서 보관창고가 필요하자 그는 부산에서 대규모 창고업에도 착수했다. 또한 양철로 석유깡통을 만드는 사업에도 착수하여 크게 번창하기에 이르렀으니, 제조업에도 손을 댈 수 있을 정도로 사업기반을 잡은 것이다.

그는 함께 일하는 직원들에게 최대한 따뜻하게 대접했다. 그를 도와 함께 일하는 사람들을 그는 모두 완성된 인격으로 보았다. '모든 중생에게는 불성이 있다. 그들을 핍박할 권한은 없다'던 용성 스님의 가르침을 가슴에 묻고 수행을 쉬지 않고 했던 결과였다.

당시 경제상황은 일제가 교묘하게 산업 합리화를 내걸고 임금을 인하하고 노동시간을 늘리는 것에 반대하여 파업투쟁을 벌이던 중이었으나, 그의 공장 사람들은 자발적으로 오래 일했으며 그는 그들에게 임금을 높게 지불했다. 그의 평생 소유관념을 드러낸 '나의 재산은 나의 것이 아니다. 잠시 위탁 관리할 뿐이다. 그러므로 한 푼도 헛되이 쓸 수 없다'라던 철학은 그렇게 오래 전부터 정립되었던 것이다.

그의 청빈함과 애족정신에 대해 김용주(전 전남방직 회장)는 이렇게 회고했다.

대원 거사의 검소한 생활과 근면함, 사람에 대한 따뜻한 배려는 아랫사람들에게 깊은 감동을 주었고 사업을 순탄하게 나아가게 하는 힘이 되었다. 맨 오른쪽이 대원 거사.

"부산 지역에서는 신학문을 제일 먼저 흡수한 신지식층이었으나 평소 생활은 검소와 성실을 실천한 분이었다. 부유층의 아들로 청년시대에 빠지기 쉬운 화려한 기분도 한 번 경험해보지 않았고, 그 흔한 양복도 한 번 안 입고 검소한 무명 한복으로 사업에만 열중했다. 그는 일본인이 만들어 파는 수건이 비싸다고 우리 손으로 짠 무명 수건으로 얼굴을 닦을 정도였다. 매사에 신념으로 일관했던 그분의 모습은 내게 깊은 감명을 주었다."

그의 이러한 청빈한 생활과 근면함과 사람에 대한 따뜻한 배려는 아랫사람들에게 깊은 감동을 주었고, 그 감동은 그들을 묵묵히 일하게 하는 요인이 되었다. 또 그러한 근면과 따뜻한 배려가 그의 사업을 순탄하게 나아가게 하는 힘이 되었다.

교육과 교화를 통해서 온 겨레를 깨치라!

장경호의 삶에서 도드라지는 것은 그가 기업을 경영한 경영인이면서도 생활 속에서 지속적인 수행을 했고 나아가 불교를 대중화시키려고 노력한 데 있다. 이는 그가 '상구보리 하화중생'이라는 대승불교가 지향하는 정신을 구현한 것으로 평가할 수 있다. 수행에 대한 깊은 인식과 함께 그가 전통적인 선 수행을 통해 깨달음을 얻고자 했던 것은 고전적인 수행자의 면모로 볼 수 있으며, 한편으로는 개인의 수행에 머물러 있지 않고 대중포교에 지속적인 관심을 갖고 실천했던 것은 종교운동가로서의 면모를 느끼게 한다.

장경호가 지녔던 이러한 양면은 그가 살았던 시대적인 영향과 무관하지 않다. 뿐만 아니라, 동시대를 함께 한 용성 스님에게 받은 영향이 컸다. 용성 스님은 그에게 수행과 대중 교화 부분 모두에 영향을 끼쳤다.

개화기와 일제 강점기를 거치면서 한국 불교는 격변하는 시대상황과 더불어 개혁 불교, 즉 불교 대중화 운동의 시대적 사조를 형성해갔다. 유교를 숭상하던 조선사회에서 받아왔던 사회적 제약을 끝내고 널리 세상을 구한다는 이념을 펴기 위한 방책으로서 교단제도의 개혁과 포교 방법의 혁신 등이 전개되었던 것이다.

장경호가 한창 수행에 전념했던 시기는 3 · 1운동 민족대표로 활동했던 용성 스님과 한용운 스님이 불교 개혁에 앞장서 있었고 경허 스님과 만공 스님이 선불교를 이끌어가고 있던 시기였다.

이러한 시대적 분위기 속에서 근대 불교의 중심에서 불교 개혁과 민족운동의 일선에 있었던 용성 스님은 치열한 수행과 보임(保任)을 거친 이후 포교의 대중화, 역경과 저술, 선농불교(禪農佛敎) 등 다양한 활동을 전개하여 불교 개혁 운동을 적극 추진했던 수행자로, 장경호에게 많은 영향을 주었다.

용성 스님은 조선선종중앙포교당을 설립해서 불교의 대중화에 전념하기도 했는데, 1910년대 초반 당시 신도가 3천여 명이 되었으며 서울에 '참선'이라는 이름이 처음으로 회자되었다고 전한다. 산중불교에서 도시불교로 전환해야 한다는 용성 스님의 포교 대중화 노력은, 장경호가 불교가 산중에만 머물러서는 안 된다고 주장하면서 도심에 대원정사를 지은 것과 맥을 같이한다.

"용성 선사, 만공 선사, 한암 선사 등을 친견하고 다녔다는 이야기를 종종 했다."

무위암 성현 스님의 증언이다. 일제의 압제로 인해 눈귀가 막히고 숨조차 쉬기 어려웠던 시대에, 장경호와 같은 지적인 불자들에게 용성 스님이 내린 교훈은 실로 절절한 것이었다.

"모든 중생에게는 불성이 있다. 불성 있는 어떤 존재도 핍박할 권한이 없다."

著作兼發行者 白龍城

歸源正宗

發行所 中央布教堂

용성 스님은 1913년 우리나라 최초의 기독교 교리 논박서인 『귀원정종(歸源正宗)』을 출간하였다. 용성 스님은 대원 거사에게 수행과 대중 교화 부분 모두에 영향을 끼쳤다.

"과거 현재 미래의 모든 세계와 일체의 부처님을 알고자 하면 마땅히 법계성을 관찰하라. 일체는 마음이 지었느니라."

"심즉시불, 마음과 부처와 중생, 이 셋은 결코 차별이 없다."

"심처존불(心處存佛) 이사불공(理事佛供), 마음 가는 곳에 부처님이 계시니 그 일과 이치에 불공하라."

부처란 다름 아닌 마음이며, '마음과 부처와 중생, 이 셋은 결코 차별이 없다'는 화엄경의 메시지는 실로 젊은 장경호에게 깊은 의미의 화두였고, 현실

생활에 피가 되고 살이 되는 법문이었다.

또한 용성 선사는 강한 실천성을 동시에 가지고 있는 세 가지 생활을 대중들에게 제시했다.

"어리석음을 굴려 깨달음을 여는 전미개오(轉迷開悟)의 수행생활과 악(惡)을 그치고 선(善)을 닦는 지악선수(止惡修善)의 보통생활과 나고 죽는 괴로움을 여의고 열반의 즐거움을 얻는 이고득락(離苦得樂)의 신앙생활을 하라!"

깨달음을 향한 수행과 선을 닦는 보통생활과 괴로움을 버리고 즐거움을 얻는 신앙생활이 당시 그의 생활 그대로였던 걸 보면, 그가 얼마나 용성 스님의 사상에 영향을 받았는지 알 수 있다.

용성 스님은 설했다.

"모든 복과 수명은 내가 짓고 내가 받는 것이다.

일체 중생의 본성 본심이 나와 같이 평등함을 알아, 항상 자비심으로 구호하며, 일체 악을 짓지 말고 모든 선을 행하며, 자기의 마음이 청정하여 삿된 마음이 없으며, 고요히 움직이지 아니하여 산란한 마음이 없으며, 지혜가 밝아 우치심이 없으면 만덕을 성취하여 복을 구하지 아니하여도 복이 오며, 수명이 길기를 구하지 아니하여도 길고 길어 만사가 안락한 것이다."

이러한 용성 스님의 설법은 그에게 그대로 피가 되고 살이 되었으니, 훗날 그가 죽음을 앞두고 세상에 남긴 메시지도 '심조만유 일체유심조'였다.

"비록 본래 각성(覺性)이 구족할지라도 깨치지 못한 것은 범부요, 비록 깨침이 있을지라도 닦지 못하면 범부니 어찌하여 그러한가?

비록 본래금(本來金)일지라도 백번이나 풀무에 단련하지 아니하면 진금 (眞金)이 되지 못하지만 한번만 진금이 되면 다시 변하지 아니하니 우리가 닦아서 일진심(一眞心)을 이루는 것도 이와 같아서 이것을 시각(始覺)이라 한다.

본각과 시각이 구경에 둘이 아니므로 구경각이라고 하며, 위에서 말한 것을 다 깨치면 대각이라고 하는 것이다."

그는 자주 용성 선사의 말씀을 떠올렸다.

"본래 금일지라도 백번이나 풀무에 단련하지 아니하면 진금이 되지 못한 다. 한번만 진금이 되면 다시 변하지 아니하니……."

일제 강점기 한국 불교에서 한암(漢巖) 스님과 만공(滿空) 스님이 선 수행으로 불법을 널리 폈다면, 용성 스님은 수행뿐 아니라 '교육과 교화를 통해서 온 겨레가 깨치지 못하면 조국의 광복도 불교의 중흥도 어렵다'는 신념을 가지고 불법 대중화 운동을 펼쳤던 수행자였다. 이러한 용성의 신념은 장경호가 평소 가지고 있었던 신념과 거의 일치하고 있음을 볼 수 있다.

그가 사업 일선에서 물러난 후, 대원정사와 대원회를 통해서 전개하려 했던 것도 바로 그것이었다. 불교의 생활화, 불교의 대중화, 불교의 지성화(知性化)라는 용성의 교화 지침은 그가 남산에 대원정사를 세우면서 내세운 불교의 대중화, 현대화, 포교화라는 방법론과 맥을 같이하고 있다.

용성 스님이 역경을 통해서 불법을 대중화하고 구태의연한 포교 방법의 혁신을 위해 불경의 한글 번역을 위한 삼장역회(三藏譯會)를 결성해서 앞장섰던 면은 장경호가 불서보급사를 설립해서 불서를 통한 대중포교를 했던 점에서 뜻을 같이한다.

또, 서울 우면산 대성초당에 기반을 잡고 참선포교를 했던 용성 스님의 운동은 그가 남산에 대원정사를 짓고 한국 불교 최초의 재가선방을 열어 참선포교에 힘을 기울였던 것과 맥을 같이한다.

용성 스님 사상의 중심에 불교의 대중화와 민족불교라는 명제가 있었으니, 이것 또한 장경호의 불교사상과 같은 맥락에 있다. 그는 용성 스님을 통해서 선과 계율과 불교를 통한 민족 정신의 부활을 결심했고, 또 한평생 그것을 실천했다.

용성 스님은 1940년, 일흔여섯의 나이로 세속의 연을 놓으면서 이러한 유훈을 남겼다.

"불경과 어록을 1백만 권이 넘도록 발간 유포하라.

삼귀의(三歸依)·오계(五戒) 수계법회를 통하여 수계자가 1백만 명이 넘도록 할 것이며, 온 겨레 전 인류 만 중생과 성불인연을 지으라.

안으로 수행은 비묘엄밀하게 하고 교화는 중생의 근기를 따라 하되 악한 이나 선한 이를 가리지 말고, 인연 따라 신도를 삼아 찬양도 받으면서 비방도 함께 받아 모두 다 수용해서 묘법연화경(妙法蓮華經) 제20 상불경보살품(常不輕菩薩品)의 상불경보살(常不輕菩薩)의 수행을 본받아 성불인연을 지어 나가라."

용성 스님의 법과 유훈은, 동산 스님이 한국 불교의 정통성을 재건하고 소천 스님이 6·25전쟁 속에서 금강경독송구국원력대를 만들어 그 정신을 이

대원정사 법회에 모인 사람들. 대원 거사는 대원정사와 대원회 등을 통해 불교를 생활화하고 대중화, 현대화, 포교화하는 데 역점을 두었다.

어갔다. 그리고 현대에는 불광사의 광덕 스님이 불광반야바라밀다 결사운동으로 계승했다. 현재 법손(法孫)들이 대각사상연구원을 설립해서 그 뜻을 이어가고 있다.

　수행을 철저히 한 선승이었으되 대중 교화의 실천을 멈추지 않았던 용성 스님의 삶과, 사업을 하면서도 화두 수행에 매진했고 대중불교 운동을 실현했던 장경호의 삶이 유사한 것은, 이 땅의 불교가 가야 할 방향이 옛날과 지금 크게 다르지 않기 때문일 것이다. 그리고, 불교를 이루는 양대 축이 수행과 전법이라는 명제에 있기 때문이기도 할 것이다.

　"세상의 다른 공부는 다 아는 마음으로 헤아려 궁구하거니와 이 공부는 단지 알지 못하는 이 한 물건을 일심으로 의심하여 참구하는 것이다.

헤아려 알고자 하면 만년을 궁구하여도 알지 못한다. 화두를 참구할 적에 무슨 재미를 찾지 말고 모기가 쇠로 만든 소 위에 앉아 부리를 내리지 못할 곳을 향하여 신명(身命)을 돌아보지 아니하고 한번 뚫고 들어가면 몸조차 쑥 들어가리라. 화두만 일심으로 궁구하여 추호라도 아는 마음과 구하는 마음을 두지 말지어다. 일단 풍화춘절이 돌아오면 꽃 피고 잎이 피듯이 공부가 익으면 자연히 이같이 되는 것이다."

그가 화두를 들면서 떠올렸던 용성 스님의 가르침이다. 그와 용성 스님의 만남은 거기에서 그치지 않으니 훗날 용성 선사의 법제자가 되었던 구하 스님과 동산 스님과도 가까웠으니 선연이었다고 할 것이다.

통도사에서 만난 선지식들

통도사의 근세불교 역사는 묘하게도 그가 태어난 해인 1899년부터 다시 선맥을 잇기 시작한다고 전해진다. '구하 스님의 교(敎)와 경봉 스님의 선(禪)'을 자양분으로 해서 통도사의 역사는 다시 뿌리를 뻗어가기 시작했다고도 하는데, 장경호가 통도사에 자주 들르던 시절은 구하 스님이 통도사 본사에서 사찰의 재정을 튼튼하게 다지는 한편 독립운동 자금을 대는 대외적 창구 역할을 했고, 경봉 스님은 주로 극락암의 삼소굴(三笑窟)에 주석하면서 전국에 그 선풍을 드날리고 있을 때였다.

장경호는 구하 스님이 머물던 보광전뿐만 아니라 경봉 스님이 머물던 극락암에서도 한두 차례 안거를 났던 것으로 전해진다.

그는 통도사 보광전에서 여러 차례 안거를 나고 법문을 자주 들으러 다녔는데, 그곳에서 많은 선지식들의 법문을 듣고 공부하면서 의문이 나는 점을 묻곤 했다. 그 시절 통도사에는 한용운 스님, 한암 스님, 전강 스님 등이 머물면서 대중들에게 사자후를 토하고 있었다.

통도사 극락암. 대원 거사는 구하 스님이 머물던 보광전뿐 아니라 경봉 스님이 머물던 극락암에서도 안거를 났다.

일제 강점기에 용성 스님과 함께 3·1운동 민족대표로 독립운동에 참여했고 또 시인으로 이름을 드날렸던 한용운 스님이 통도사 백련암에 머문 적이 있다.

어느 날 큰절에서 강원 학인들이 경전을 읽고 있는데, 한용운 스님이 청년들과 함께 문을 획 열어젖히고 장삼에 총알이 뚫고간 흔적이 뚜렷한 구멍을 보이면서 "네 놈들이 백년을 책을 봐야 이 구멍 하나만 못하다"며 나라가 위급한데 산중에서 무사안일하게 앉아 있음을 꾸짖었다고 한다. 통도사에 자주 들렀던 그도 강연 등을 통해서 한용운 스님을 만났을 것이다.

그러나 그의 삶의 궤적을 살펴볼 때, 그의 마음이 더 기울었던 것은 날카롭고 급진적이었던 한용운 스님보다는 고전적인 수행자의 모습을 갖추고 있으되 직접 찬불가를 작곡하고 절에 풍금을 들여와 노래를 부르게 했던 용성 스님이었던 것으로 보인다.

그는 젊은 시절 용성 스님과 한용운 스님을 만났고 동산 스님, 전강 스님 등의 법문을 들으면서 공부의 깊이를 더해가고 있었다. 또 많은 도인들의 발걸음이 머물렀던 금강산 마하연에도 가서 공부를 했던 것으로 전해진다. 한국 불교에 뚜렷한 발자국을 남긴 청담, 성철 스님이 젊은 시절, 마하연에서 결제 준비를 하면서, '이번에 목숨 내놓고 정진하면 누구 하나 열반에 안 든다고 말할 수 있나?' 하면서, 사람이 죽어 나가면 화장할 때 쓸 나무를 마련해놓고 결제에 들었다는 이야기가 전해올 만큼, 뜨거운 구도의 열정이 넘쳤던 곳이다. 그곳에서는 구도심 깊은 재가자들이 함께 정진하다가 출가를 했다고도 하는데, 그곳까지 장경호가 찾아간 것을 보면 젊은 시절 구도에 대한 그의 정열이 얼마나 뜨겁고 간절했는지 짐작할 수 있다.

구법(求法)에 대한 그의 정열은 식을 줄 몰랐던 것 같다. 화엄경의 선재동자가 53선지식들을 만나면서 개안해 나갔던 것처럼 그도 선지식을 찾는 것에 게을리 하지 않았다. 당대 최고의 선승이라고 일컬어졌던 만공 스님을 만나러 갔던 일이나 오대산 상원사에서 후학들을 접하고 있던 선지식 한암 스님을 만난 것도 그 한 예다.

한평생을 잘 살아온 도인들이 뿜어내는 덕의 향기는 깊었다. 그 향기는 그의 일상에서 자양분이 되어 영혼을 살찌웠고, 그 향기는 현실이라는 굴곡의 삶에서 오래 사라지지 않고 젊은 그의 영혼을 적셨다.

그는 선지식들을 친견하면서 그분들에게 들은 가르침을 자신이 한 수행과 종합해서 분명한 수행론을 택했을 것이다. 충분한 영양공급이 되었을 그 말씀 하나하나는 한 알의 씨앗이 땅에 떨어져 싹을 틔우고 꽃을 피우듯, 그의 내면에서 꽃을 피우고 있었을 것이다.

진정한 참선을 했었소

장경호의 수행은 불혹(不惑)의 나이인 마흔을 넘으면서 깊이를 더해갔던 것으로 보인다. 어떤 상황에서도 화두로 깨어 있을 수 있는 경지에 이르게 된 것이다.

둘째아들인 상문이 중학교에 다니던 중 '반일단체 불령선인(不逞鮮人)'이란 죄목으로 수감되었을 때였다. 전체 학생 150명 중 15명이 조선인이었는데, 그들이 친목모임을 만들어 활동한 것이 드러났고, 게다가 독립운동에 관련된 문서를 장경호의 집에 숨겨둔 사실을 알고 일본경찰이 들이닥쳐 장경호 일가족에게 문서를 내놓을 것을 요구했다.

그러나 장경호가 아들이 붙잡혀가면서 단서가 될 수 있는 아들의 일기장과 문서를 불태운 후였기 때문에, 문서를 찾지 못한 그들은 그날로 일가족 전부를 경찰서로 연행했다.

다른 가족들을 취조한 후 돌려보내고 일본경찰은 장경호만은 남겨두고 취조를 하기 시작했다. 그는 그 모든 사실들을 담담히 바라보았다. 내가 짓고 내가 받는 것이 세상사 이치 아니던가. 언젠가 내가 이런 인(因)을 심어놓았으리라. 그는 눈을 부릅뜨고 닥달하는 취조관을 오히려 연민으로 바라보았다. 그리고는 화두에 몰두하기 시작했다.

'만법은 하나로 돌아가는데, 그 하나는 어디로 돌아가는가.'

그 물음은, 취조하는 저 사람은 누구이며 취조받는 나는 누구인가 하는 질문과 같은 것이었다. 선정에 들어가 있는데 취조관이 그의 양손을 의자에 묶었다. 물고문을 시작한 것이다. 그들은 장경호의 양손을 의자에 묶어놓은 채 얼굴을 뒤로 젖히고는 코에 주전자의 물을 부었다. 그러나 그의 화두는 여전히 성성적적(惺惺寂寂)할 뿐이었다.

스무 날쯤 고생을 하고 나온 그는 그때의 일을 지인에게 이렇게 고백했다.

"내가 그때 진짜 참선을 했지……."

당시의 이야기를 전해들었던 불서보급사 사장을 지낸 이종갑은 이렇게 기억하고 있다.

"그때 참선이 좋다는 것을 느끼셨다고 하더군요. 그분은 5·16군사정변이 났을 때도 조계사 법당에서 좌선삼매에 들었던 분입니다. 5·16이 났다는 소식을 듣고 직원들이 그분을 찾아 나섰는데, 나중에 찾고 보니 조계사 법당에서 좌선하고 계시더랍니다."

그때 물고문을 하면서 취조했던 형사를 해방되고 부산에서 만났다. 곁에서 사람들이 "그냥 두지 말고 혼을 내라"고 하는 말에, "그와 내가 악연이 있어서 그런 것인데 지금 와서 그러면 무엇합니까?" 하고는 조용히 미소지었다고 한다.

그가 풀려나오고 나서도 한참 동안을 상문은 구속 수감되어 부산, 영주, 대

1930년대 후반 가족 사진. 앞줄 왼쪽부터 첫손녀를 안은 큰딸 복임, 여섯째아들 상돈을 안은 부인 추명순, 앞에 다섯째아들 상건을 세운 40대 초반의 장경호, 셋째딸 옥혜, 넷째딸 종민이고, 뒷줄은 왼쪽부터 넷째아들 상철, 셋째아들 상태, 둘째사위, 둘째딸 덕애, 둘째아들 상문, 큰자부, 큰아들 상준이다.

구 등지로 전전하며 혹독한 옥고를 치르고 있었는데, 그는 당시 아버지로서의 고뇌와 나라를 잃은 백성으로서의 아픔을 참선으로 달랬다. 내면이 깊은 사람은 그가 처한 위기에서 성장하고 발전한다. 그의 수행은 그러한 위기와 고뇌 속에서 더욱 무르익었을 것이다.

전화위복이라고 했던가. 상문은 그때 수감되어 있으면서 영어공부에 매진해 20여 년 간의 외교관 생활을 할 수 있는 실력을 쌓았고, 훗날 일본 도쿄에 있던 유엔군 사령부 대북방송팀장으로 활동하면서 실력을 발휘했다. 그때의 방송 경험이 장경호의 숙원이던 불교방송국을 개국(1990년)시키는 데 결정적 도움이 되었으니, 인생이란 한 치의 오차도 없는 연기의 법칙으로 이루어졌음을 실감하게 하는 것이다.

"아버님이 돌아가시기 전 여행을 자주 했다. 언젠가 경상도 풍기 지방을 지나는데 아버지께서 차를 좀 세우라고 했다. 우체국으로 변해버린 곳을 가리키면서 '이곳이 내가 감옥생활을 하던 곳이다' 하셨다. 그래서 독립운동을 하셨다는 것을 알게 되었다."

장상문의 아들인 장세우(현 대원회 이사장)의 말이다.

수행은 인간이 지닌 불성을 드러내는 일이다. 그러므로 수행해서 닦은 만큼 불성에 가까워지며, 불성에 가까워진 만큼 인간의 사유로는 헤아리기 어려운 일을 체험하기도 한다.

"일제 강점기에 장경호 거사님께서는 독립자금을 댔다고 들었습니다. 누구에게 어떤 경로를 통해서 자금을 댔는지는 자세히 알 수 없지만, 그로 인해 자주 일본경찰에 쫓겨다녔고, 그때마다 암자에 은신해 있었다고 합니다. 한 번은 범어사 암자에 은신해 있는데 일경들이 암자로 올라가고 있다는 전갈이 와서 암자에서 내려와 범어사 경내로 내려가다가 그만 일경과 마주치고 말았답니다. 붙잡힐 위기에 있던 거사님은 뛰어서 관음전으로 들어갔다고 해요. 서너 평 남짓한 관음전에 뛰어들어 숨을 고르고는 관세음보살상 앞에 가부좌하고 앉았대요. 그리곤 화두삼매에 들었는데, 조금 있

구한 말 범어사 대웅전. 대웅전 왼쪽으로 관음전이 있다.

다가 법당 문이 벌컥 열리면서 일경이 들이닥치더래요. 그런데 그들이 거
사님을 알아보지 못하더래요. 구둣발로 법당에 들어와 이리저리 찾다가 결
국은 찾지 못하고 그냥 빈손으로 내려갔다는 겁니다."

이종갑의 증언이다.

평생 실천했던 정월 초하루 불공

마흔넷이던 해 섣달 그믐날, 장경호는 청도 운문사 사리암을 오르고 있었다. 그가 매년 조촐하게 갖는 행사였다. 매년 정월 초하루 전날이면 그는 쌀한 말과 향초를 준비했다. 한 해를 보내고 또 새로운 한 해를 맞으면서 부처님과 만나는 의식을 그는 그렇게 행하고 있었다.

스물일곱이던 해에 통도사에서 안거를 한 철 나고 시작한 의례였다. 그는 그의 삶이, 늘 부처님의 지혜와 자비와 함께 한다고 믿어왔다. 그는 매년 정월 초하루에 사찰을 찾아 국가의 독립을 기원했고 사업으로 국가에 보은할 것을 다짐했다. 그리고 그는 부처님이 일깨워준 지혜에 감사했다.

새해 초하루면 부처님 앞에 엎드려 감사와 염원을 함께 했던 것이다. 매해 다른 사찰을 찾아다니면서 불공을 드렸던 그였다. 그간 그의 발걸음이 머물렀던 것은 가까이 통도사에서부터 멀리는 강화도 보문사에 이르렀다.

참선 수행에 몰두했지만 한편으로는 절을 찾아 감사와 발원의 기도를 했던 정서를 가진 그였다.

깊은 산중 암자인 운문사 사리암. 저 멀리에 암자가 보인다.

오전에 회사일을 마무리하고 부산에서 길을 떠나와 청도 운문사에 도착하니 벌써 저녁 어스름인 데다가 눈발이 날리고 있었다. 음력으로 섣달 그믐날이었으니 해가 일찍 떨어질 것이었다. 그는 쌀 한 말과 향초를 어깨에 메고 사리암으로 향했다. 호거산 자락 운문사에는 사람 하나 없이 적막했다. 운문사에서 사리암까지는 4킬로미터, 한 시간 정도 걸어야 도착할 거리였다. 그는 서둘렀다.

버스정류장에서 운문사로 올라가는 길은 호젓하고 운치가 있었으나, 눈이라도 내릴 듯 흐려 있어 감상할 여유 없이 발걸음을 서둘렀다.

운문사에서 사리암으로 올라가는 입구에 이르렀을 때 눈은 이미 폭설로 변해 있었다. 되돌아가기보다는 암자로 올라가는 것이 빠르겠다는 결론을 내린 그는 걸음을 서둘렀다. 그러나 눈이 얼마나 퍼붓던지 앞이 잘 보이지 않는 데다 이미 어둠이 깊어져 올라가는 길조차 잘 보이지 않았다.

"나무관세음보살"

그는 부처님을 부르며 천천히 올라갔다. 어둠과 폭설을 뚫고 사리암에 거의 도착할 즈음 그는 그만 눈길에 미끄러져 계곡 밑으로 떨어지고 말았다. 30여 미터나 되는 벼랑길이었다. 이미 깊은 밤, 사방은 어둠에 휩싸여 있었고 그 밤중 폭설이 내리는 눈길에 구해줄 사람이 있을 리가 만무했다.

평소에 침착한 그였으나 이제 꼼짝없이 밤새 내리는 눈 속에 파묻혀 죽겠구나 하는 생각이 들자 만감이 교차했다. 눈은 계속 퍼부었고 눈 속에 파묻힌 그는 점점 한기를 느끼고 있었다. 온몸이 얼어붙는 듯했고 신발 속의 발은 이미 감각을 느낄 수가 없었다.

이렇게 죽을 수도 있구나 하는 착잡한 심정에 사로잡혀 있으면서도 그는 계속 관세음보살을 지극한 마음으로 불렀다. 일체의 고난에서 구해주는 부처님의 화신 아니던가.

"나무관세음보살 나무관세음보살"

아마 그의 일생에서 가장 간절히 불렀던 부처님 이름이었을 것이다.

삼천대천국토 중에 가득한 야차, 나찰이 달려와

사람을 괴롭히고자 한대도,

관세음보살의 이름 외는 것만 들어도

악한 눈으로도 바라보지 못할 것이니,

항차 해를 가할까 보냐?

『화엄경(華嚴經)』

운문사 사리암 가는 길. 운문사에서 사리암까지는 4킬로미터, 길은 가파르지만 호젓하고 운치가 있다. 멀리 보이는 건물이 사리암이다.

청도 운문사 사리암 굴법당. 대원 거사는 매년 정월 초하루면 사찰을 찾아가 감사와 발원의 기도를 드렸다.

시방의 관세음과 온갖 보살들은 서원을 세워

중생을 구하시는 까닭에,

그 이름을 부르면 누구나 고통에서 벗어날 것이다.

이름 외기를 시시각각 끊이지 않는다면

불꽃이 그 몸을 상하지 못하며, 무기가 부러지며,

노여움을 기쁨으로 바꾸며, 죽은 자가 다시 살아나리라.

『고왕관세음경(高王觀世音經)』

얼마쯤 시간이 흘렀을까. 인기척이 나는가 싶더니 한 사람이 다가와 눈을 헤치며 그를 꺼내어서 길까지 끌고갔다. 그 깊은 골짜기에서 어떻게 헤쳐 올라왔는지 모른다. 함께 굴러 떨어진 향초와 쌀까지 함께 길가로 올려주고는 사라졌다. 잠깐 사이에 일어난 일이었다.

한밤중, 누군가 그곳을 지나가더라도 결코 보이지 않을 벼랑에 떨어진 사람을 발견하고 구해준다는 것은 불가능한 일이었다. 날이 밝아도 쉽게 오르내릴 수 없는 벼랑인 데다가 눈이 내렸으니 길까지 어떻게 그를 끌고 갔는지 알 수 없는 일이었다.

"잘 가시오."

그를 구해준 사람은 그렇게 한 마디만 던지고 이내 사라져버렸다.

그 어두운 눈길을 헤쳐 어떻게 다시 쌀과 향초를 지고 사리암까지 도착할 수 있었는지 모른다. 그는 정신을 가다듬고 그날 밤, 꼬박 밤을 새우며 좌선삼매에 들었다.

훗날, 그는 가까운 몇 사람에게 그때의 일을 이렇게 전했다.

"부처님이 도와주신 것 같았다."

그에게 이때의 체험은 부처님의 법신의 위력을 실감한 값진 것이었다. 그의 신심이 더욱 깊어지는 계기가 되었고 자신이 가진 모든 것을 부처님의 은혜에 보답하고 대중에 회향하겠다는 서원을 더욱 굳혔다.

그가 예순둘에 부산 금정산 자락의 무위암을 찾아 하안거에 들었을 때, 그곳에 있던 젊은 수좌 성현 스님이 물었다.

"속가에 살면서 시간을 내어 절을 찾기가 쉽지 않은데 어떻게 매년 그렇게 절을 찾아 불공을 하시게 되었습니까?"

"제가 슬하에 11남매를 두었습니다. 가만 생각하니 그 애들을 모두 교육시키려면 보통 마음을 먹어서는 안 되겠다 싶어서 청도 운문사 사리암을 찾은 적이 있습니다. 그때 부처님이 나를 도와주신다는 생각을 하게 되었어요. 그 뒤부터 더 수행에 매진하게 되었습니다."

사람이 죽음의 고비를 한 번 넘기면 일단 고비를 넘기는 것으로 그치지 않는다. 죽음의 문턱까지 갔던 것에서 부수적으로 얻어지는 것은 실로 큰 것이다. 그에게 그때의 체험은 부처님을 생명으로, 살아 있는 법신으로 받아들이는 계기가 되었다.

종교에는 자신만이 경험하는, 그래서 자신이 믿는 진리와 부합된, 상식으로는 설명할 수 없는 종교적 체험을 무시할 수 없다. 우리는 그러한, 몸으로 직접 경험한 것을 가피라고 부른다. 장경호는 사리암의 경험으로 인해 부처님이 자신을 도와주고 있다는 깊은 확신을 갖게 되었고, 그 확신은 그로 하여금 무한한 힘을 발휘하게 했다.

그는 매년 정월 초하루 산사를 방문해서 불공을 들이는 신행생활을 그 후로도 수십 년 동안 계속했다.

전쟁 직전 조선선재를 설립하다

사람들은 일생에서 한두 번쯤 예기치 않은 기회를 만나게 된다. 그래서 그 기회는 한 사람의 운명을 바꿔놓기도 한다. 장경호가 가마니 사업과 미곡업 및 깡통을 만들어내는 제조 사업에서 훗날 국내 최고 철강전문 그룹을 일으키는 철강업에 발을 들여놓는 계기는 우연히 찾아왔다.

그간 남선물산은 꽤 큰 사업체로 성장해 있었지만, 사업이란 적절한 시기에 변화하지 않으면 큰 발전을 기대할 수 없다는 것을 느끼고 있던 차에 기회가 다가온 것이다.

"해방되기 전에 광복동 자갈치시장 해변에 큰 창고가 두 개 있었고 창고 가운데 남선물산 사무실이 있던 기억이 난다. 배가 들어오면 화물을 싣고 갈 제반시설이 갖추어져 있었으니 제법 큰 공장이었다. 일본사람들도 많이 보였고 항상 북적거렸던 생각이 난다."

1988년 조선선재 우암동 공장. 30개의 구멍을 통해 철사가 실처럼 뽑혀 나오고 있다. 소비재 산업이 아닌 국가의 기간산업 분야인 철강으로 그의 본격적인 사업이 시작되었다.

당시 초등학교 2, 3학년쯤이었던 장경호의 다섯째아들 상건(현 동국산업 회장)의 6·25전쟁 전 남선물산에 대한 기억이다.

해방이 되던 바로 그해에 일본에서 살던 한국인 기술자들이 기계를 가지고 돌아와 공장을 경영하던 시절, 한 재일동포가 장경호가 경영하던 남선물산 창고 한쪽을 임대해서 신선기(伸線機)를 설치하고 철사나 못을 생산하고 있었다.

몇 년 그렇게 공장을 운영하고 있었는데, 공장에 뜻하지 않은 화재가 나서 불타버리고 말았다. 운영난에 빠진 재일동포는 장경호에게 기계를 인수해줄 것을 부탁했다. 곁에서 보아온 장경호의 인품과 실력과 재력 등 모든 것을 감안해서 부탁을 했을 것이다.

장경호는 그의 사업에 변화의 시기가 온 것임을 직감하고 인수를 기꺼이 받아들였고, 전쟁이 나기 1년 전 그렇게 해서 민간 최대 철강업의 문을 열게 되었던 것이다.

예기치 않게 인수한 생산용 신선기 한 대가 그에게 평생 철과 함께한 새로운 인생이 열리는 계기를 만들어주었고, 동국제강의 모태가 된 조선선재(朝鮮線材)의 설립은 그렇게 시작되었다. 해방 후 재건이 한창이던 때 철강업이 국가 부흥에 부응하는 바람직한 사업이었던 걸 보면 장경호가 복된 사람임을 다시 생각하게 한다. 소비재 산업이 아닌 국가의 기간산업 분야인 철강으로 그의 본격적인 사업이 시작된 것은 그가 타고난 복인이라는 것과 한편, 수행으로 인한 직관력이 깊었던 것을 알 수 있다.

6·25전쟁이 나기 직전인 1949년 조선선재가 설립되어 철사와 못을 생산하였던 그 시절, 우리나라의 철강공업은 영세하기 그지없었다. 그저 군소철강공장에서 고철을 수집하여 소량의 재생 선철과 강괴를 생산하거나 못 생산이 다소 활기를 띠었을 뿐 철강공업 실태는 전무한 상황이었다.

이들 생산의 대부분은 철도청 소속의 공작창이나 한국기계 등 일제 강점기부터 용해 설비를 이용한 수리용품 생산이었다. 일반 민수용품은 물론 공공기관이 필요로 하였던 관수용품에 대해서도 각 기관이 소유하고 있던 재고품이 상당 기간 공급의 주류를 이루었고 중고품은 하나도 파기하지 않고 다시 사용하는 것이 관례였다.

꿈에도 그리던 해방을 맞았으나 광복 직후의 나라 사정은 말 그대로 혼란기였다. 미군정과 과도정부 기간을 통한 정치·사회적인 불안이 고조되었고, 일본 경제권으로부터 갑작스런 이탈과 남북분단으로 인한 산업구조와 생산체계의 혼란, 종전 직후 일제가 자행한 종전처리비 명목의 통화남발로 인한 악성 인플레이션, 그리고 해외교포의 귀환과 북한 피난민 유입에 의한 인구 증가 등으로 민생과 경제 안정이 거의 불가능한 상태로 접어든 것이다.

당시 경제 기반이 사실상 무에 가까웠던 그러한 악조건 속에서도 그의 사업은 무리 없이 나아가고 있었다.

이처럼 경제적 기반이 취약한 상황에서 일어난 6·25전쟁은 이 땅의 모든 것을 초토화시키며 폐허로 만들었다. 남한에 있던 철강시설은 거의 없어져버렸고 금속공업 설비들도 반 이상 파괴되는 등 그나마 남아 있던 산업시설을 초토화시켰던 것이다.

당시 일상생활에서 한시라도 없어서는 안 될 것이 철사와 못이었는데, 이것들은 전쟁터에서 수집해온 연강의 중고철을 소형 압연기에서 선재(Wire rod)로 압연한 다음 다시(Dies) 인발을 함으로써 철사를 만들었다. 이러한 상황에서 조선선재는 제법 격식을 갖춘 회사였다고 전문가들은 평가하고 있다.

그 밖에도 소형 압연공장이 여러 곳이 있어 가는 철근과 선재를 생산하였다. 못에 대해서는 제정기가 소형 압연공장 이상으로 여러 곳에 있어서 여기에 선재나 철사를 송입(送入)함으로써 제조하였다. 이러한 사업을 벌였던 소규모 기업들이 경제가 조금씩 개선되면서 중견 제강업체로 발전해갔는데, 그 가운데 조선선재는 훗날 국내 최고 철강그룹으로 성장했던 것이다.

처음에는 못을 만드는 제정업자들을 상대로 철선만을 뽑아 팔던 장경호는 조선선재를 설립하고 직접 못을 만들어서 팔기 시작했다. 산업자본으로 새로 옷을 갈아입고 한국 민간 철강산업의 태동을 준비하게 된 것이다.

전쟁이 나자 조선선재가 있던 부산으로 밀려온 피난민들이 집을 짓는 데는 못이 필수적이었다. 밤낮으로 못을 생산해내도 수요를 감당할 수 없을 만큼 못의 수요는 폭발적이었고, 부산에 회사가 있었기 때문에 전쟁의 참화를 입지 않은 조선선재는 빠른 속도로 성장하였다.

피난민들은 판잣집을 지으면서 조선선재에서 나오는 못을 선호했다. 장경호가 만드는 못이라고 하면 두말 않고 가져다 집을 짓곤 했으니, 당시 조선선재가 얼마나 특수를 누렸는지 짐작할 수 있다.

"제가 6 · 25 때 부산으로 피난을 가 있었거든요. 그때 부산 목수들이 집을 지으면서 하는 말이, 판잣집을 짓는데 못을 박으면 그냥 구부러져 못이 안 들어간다고, 조선선재가 순 불량품을 판다고 하더라구요. 당시 미군부대에서 나오는 못을 쓰고 할 때인데……. 나중에 대원 거사님을 만나 뵙게 되었을 때 제가 어떻게 된 일이냐고 여쭤봤어요. 그랬더니, '아마 미군부대에서 나오는 철사를 구부러서 못을 만들고 장아무개네 못이다 해서 팔았을 겁니다. 장아무개네 못이라고 해야 팔리니까 그렇게 했을 겁니다' 하시더군요. 그러면서 하시는 말씀이, '내 이름을 이용해서 그 사람들 전쟁통에 밥 먹고 살았으니까 다행이지요. 내가 좋은 일 한 것 같습니다' 하시더군요."

박경훈(전 동국역경원 편찬부장)의 말이다.

"조선선재를 설립하고 나서 6 · 25동란 후의 조국 재건 시절은 밤낮 없이 못을 만들고 가마니로 돈을 쓸어담던 시절이었다. 이때 축적된 산업자본이 동국제강의 창업 기반이 되었다. 자원이 없는 나라에서 한 조각 고철이라도 열심히 모아, 이를 녹여서 민생에 조그만 도움을 주겠다는 생각을 했다. 그리고 불도(佛道)의 정진(精進)에서 내일을 내다보는 혜안(慧眼)이 열리고 시운이 따랐다."

그가 대원정사 운영방안을 의논하는 회의 석상에서 많은 사람들이 있는 가운데 고백한 말이다. 그랬을 것이다. 그는 언제 어디서나 수행을 멈추지 않았고 그 적정에서 나온 맑은 힘으로 사업을 했다. 시의 적절한 판단과 앞을 내다보는 지혜로움을 그는 수행을 통해서 얻고 있었다.

조선선재가 부산에 위치하여 전쟁의 참화를 입지 않고 오히려 전후의 재건 특수를 입은 것은 그가 얼마나 타고난 복인이며 수행으로 얻은 힘이 얼마나 컸는지 짐작할 수 있다.

　조선선재가 있던 땅은 훗날 그가 죽음을 앞두고 불교진흥을 위해 정재(淨財)를 내놓을 때 포함되었으니, 불연이 깊은 곳이 아닐 수 없다.

전쟁중에도 마음공부에 몰두하던 사람

6·25전쟁이 나자 곧 9·28수복이 되고 다시 1·4후퇴가 시작되는 등 나라 안은 혼란스럽기 그지없는 가운데 그의 사업은 순풍에 돛단 듯 나아가고 있었다. 못의 폭발적인 수요로 그의 사업은 날로 성장하였다. 그러나 이에 조금도 동요하지 않고 산사를 찾아 참선을 했던 걸 보면 그는 기업가라기보다는 구도자였다.

나이 쉰을 막 넘긴 그는 이미 수행의 상당한 경지에 들어 있었다. 그가 고백했던 것처럼 가마니로 돈을 쓸어 담을 만큼 경제적 부를 눈앞에 맞고 있었으나 거기에서 더 욕심을 부리거나 휩쓸리지 않았던 것을 보면, 그는 인생에 있어서 무엇이 중요한지, 그리고 어떤 길을 가야 하는지를 꿰뚫은 사람이었다.

"그는 도인이었다. 어느 말에도 속지 않을 수 있는 경지에 이르렀던 사람이었다."

장경호의 60대와 70대의 삶을 곁에서 지켜보았던 성수 스님(현 조계종 원로의원)의 평가처럼, 그는 순경계든 역경계든 어떤 상황 앞에서도 부동(不動)의 자세를 견지할 수 있는 힘을 그때 이미 갖추고 있었다. 물질과 돈, 손해, 칭찬과 비판, 간접적인 칭찬과 비난, 즉 참선하는 사람이 기본적으로 경계해야 할 팔풍(八風)에 흔들리지 않는 경지에 와 있었던 것이다.

1·4후퇴로 부산이 초만원을 이루면서 전쟁의 소용돌이 속에 있을 때, 그는 부산의 금정산 초입에 있는 금정사를 찾았다. 당시 선지식이던 효봉(曉峰) 스님이 해인사 가야총림의 초대방장으로 총림을 이끌고 있다가 전쟁으로 대중이 흩어지게 되자 부산으로 피난을 와서 머물고 있다는 소식을 듣고 찾아간 것이었다.

효봉 스님은 선방스님 대여섯 분과 결제중이었다. 1951년이었으니 그가 쉰셋이요, 효봉 스님이 예순넷일 때였다.

밖은 피난민으로 혼란한 상태였으나 금정사는 밖의 소란함과는 무관한 듯 적막감에 휩싸여 있었고, 효봉 스님 또한 적요의 모습으로 좌선중이었다.

전쟁중에도 흐트러지지 않는 자세로 결제를 하고 수도중인 올곧은 수행자에게 그가 삼배를 올리고 앉자 효봉 스님이 물었다.

"그래, 거사님은 아들딸이 몇입니까?"

"아들 여섯, 딸 다섯, 모두 열하나를 두었습니다."

"허허. 다복하게 두셨습니다."

걸레도 꽉 비틀어 짜면 빨리 떨어진다 하여 적당히 짜서 쓰게 했고, 촛농을 긁어모아 다시 불을 밝힌 검약하고 철저한 수행자는 기업을 하는 그에게 전쟁중 국민들의 경제사정과 세상사를 물었고, 그는 전쟁중에 사람 사는 이야기를 했다.

일제 강점기에 판사직에 있었던 효봉 스님은 피고 한 사람에게 사형선고를

1948년 5월 부산 동래 금강원은 금정산 금정사가 있는 곳이다. 뒷줄 왼쪽에서 세 번째가 대원 거사이고, 맨 뒷줄 오른쪽에서 두 번째 안경 쓴 사람이 무위암에서 함께 정진한 노창수이다.

내리게 되었는데, 인간이 인간을 벌하고 죽인다는 데 회의를 느껴 법관직을 버리고 서른여덟 살에 출가해서 구도의 길을 걸은 수행자였다. 한번 앉으면 절구통처럼 움직일 줄 모른다고 해서 '절구통 수좌'라는 별명이 붙었다.

서른여덟의 늦깎이로 출가하여 깨달음을 위한 용맹정진에 들어갔으나 출가한 지 5년이 지나도 깨달음을 얻지 못하자, 1930년 늦은 봄 금강산 법기암 (法起庵) 뒤에 단칸방을 짓고 깨닫기 전에는 죽어도 밖으로 나오지 않을 것을 결심하고 토굴 안으로 들어갔다. 하루 한 끼만 먹으며 토굴 속에서 용맹정진하다가 1931년 여름에 도를 깨닫고 벽을 발로 차서 무너뜨리고 토굴 밖으로 나왔다.

그런 도인에게 그가 조심스레 말을 꺼냈다.

"스님, 저도 스님이 계신 이곳에 와서 공부를 좀 했으면 좋겠습니다."

"얼마든지 좋습니다."

당대의 선지식과 전쟁중에도 마음공부를 하려고 산사를 찾은 지독하리만치 수행에 철저한 재가의 한 수행자는, 그날 시간가는 줄 모르고 여담을 나누었다. 장경호가 여담을 끝내고 스님께 물었다.

"스님, 저도 뭔가 세상을 위해서 뜻있는 일을 한 가지 하고 싶은데, 할 수 있겠습니까?"

그는 마음속에 담아두고 있던 말을 조심스럽게 꺼냈다. 언제나 '상구보리 하화중생'을 잊지 않고 있던 그였다.

"마음먹기에 달렸습니다. 일체유심조라고 하지 않습니까? 우리가 어떤 마음을 먹느냐가 중요합니다. 내가 나를 믿는 것이 가장 요긴한 일입니다. 우리는 부처님이 지니셨던 무한한 힘을 똑같이 지니고 있어요. 부처님은 오랜 수행 끝에 그 힘을 온전히 쓰셨고 인간은 그 힘을 알지 못하거나 꺼내 쓰지 못하는 차이가 있을 뿐입니다."

인간이 지닌 무한한 생명 불성을, 인간의 존엄성을 효봉 스님은 그렇게 이야기했다. 그리고 다시 오랜 시간 수행한 흔적이 엿보이는 중년의 재가불자에게 말했다.

"마음먹기에 달렸으니 거사님이 한국 불교를 위해서 일을 좀 하세요. 우리나라가 성장하려면 불교가 발전해야 합니다. 부처님 법을 많은 사람들에게 알려야 해요. 시급한 일입니다."

나라를 되찾은 지 얼마 되지 않아 다시 동족끼리 전쟁을 하는, 인간이 빚어낸 역사의 모순을 푸는 일을 불교에서 찾아야 한다고 그는 생각하고 있었다.

"교육을 통해서만 가능한 일입니다. 세상이 조용해지거들랑 거사가 힘써

주세요."

그는 스물일곱 살에 통도사 보광전에서 첫 안거를 끝내고 법당에 무릎 꿇고 앉아 다짐했던 서원을 잊지 않고 있었다. 사업을 번창시켜서 부처님 일을 위해 쓰리라는 맹세를 잊을 수가 없었다. 사업은 그가 생각했던 것보다 훨씬 잘 되었고, 그 사실을 모두 부처님 은혜로 받아들였던 그는 그때부터 서서히 회향할 준비를 했던 것이다.

그는 개인이나 사회 혹은 국가가 안고 있는 모든 문제는 밖에 있는 것이 아니라 자신의 내면에 있는 것임을 일제 강점기와 해방, 그리고 전쟁 등 가파른 역사를 거쳐오면서 깨달았다. 암울하기만 했던 일제 치하에서는 모두 독립을 갈망했고, 독립만 되면 무엇이든 다 해결될 것 같았다. 그러나 해방 후에는 이념의 갈등과 조국의 분단이라는 또 다른 문제가 있었고, 급기야 동족간의 전쟁이 일어났다. 아마도 전쟁이 끝나면 또 다른 문제가 생길 것이다.

그러므로 모든 문제에 있어서 해결의 열쇠는 '참나'의 발견, 마음을 깨닫는 일에 있음을 그는 확신했다. 나를 발견하지 못하는 한, 존재의 실제 모습을 깨닫지 못하는 한, 개인과 사회, 국가가 지니는 역사의 모순은 영원히 풀릴 수 없는 것이었다. 똑같은 모습으로 윤회할 뿐이었다.

인간 정신을 올바로 이끄는 것은 양심을 일깨우는 종교운동이 가장 중요하다고 확신하고 있었으니, 이는 자신이 체험한 불교신앙을 통해 얻은 확고한 믿음에 바탕을 둔 것이었다.

"전쟁중에 금정사를 찾아왔던 대원 거사님은 그날, 스님 앞에서 '하겠습니다. 스님 앞에서 하겠다고 꼭 다짐합니다'라고 다짐하듯 말씀하시더군요. 그때 그분을 보면서 참으로 잘 다듬어진 사람이란 걸 느꼈습니다. 그렇게 다듬어진 사람은 어딜 가나 잘 살 수 있는 저력이 있어요. 그분이 지닌 맑음은 성실함에서 비롯된 것이었고, 맑으면 저절로 성실해지는 것입니다. 사람의 내면이 맑으면 얼굴에서 광채가 나게 마련이죠. 그러면 처음 보는 사람도 그를 멸시하지 못하는 법이에요. 그분은 처음 보았을 때도 그랬고, 끝내 맑았어요."

당시 효봉 스님을 시봉하면서 장경호를 바라보았던 보성 스님(현 조계종 원로회의 의원, 송광사 조계총림 방장)의 회고다.

그는 이미 자신의 호를 스스로 대원(大圓)이라고 이름짓고 있었다. 아마 '자아'에 대한 자각이 최대의 극점에 이르렀을 때 대원이라는 호를 생각해냈을 것이다. 헤아릴 수 없는 수명과 무한한 빛으로 충만한 생명이 곧 참나인 자아였고 온갖 공덕과 지혜가 다 갖추어진 생명이 자아였으니, 이 자아가 실현된 경지가 곧 대원의 경지였다.

자신이 곧 부처라는, 자아가 곧 불성이라는 발견만이, 그리고 그것을 믿고 실천하는 일만이 인간의 존엄성을 드러내는 일이며, 그러한 자아가 실현되었을 때 불국토를 이룰 것이라는 그의 믿음과 철학이 '대원'이라는 호를 탄생시켰던 것이다.

대원정사를 설립하고 1973년 대원불교교양대학을 개설해서 일반인들에게 불교를 공부할 기회를 제공하면서 오랫동안 그가 꿈꾸었던 대중불교운동을 전개하고 있을 때, 교양대학에 나와 강의를 했던 목정배(동국대학교 명예교수)가 물었다.

"이사장님께서는 왜 불교교양대학을 여셨습니까?"

"세상의 많은 사람들이 자아를 발견하게 하기 위해서지요."

"자아를 발견한다는 것은 대원경지(大圓鏡智)와 같은 겁니까?"

"우리 젊은 목 선생이 나를 꿰뚫어 보고 있습니다. 허허……."

부산 금정사. 왼쪽으로 보이는 선방에서 대원 거사는 효봉 스님과 함께 참선하였다.

　그가 평생 지향했던 좌우명은 '자아를 발견하여 지상에 낙원(불국토)을 건
설하자' 는 것이었다. 자아를 발견한 사람이 많아야 지상의 낙원을 이룩할 수
있다는 것이, 그의 오랜 신앙체험 끝에 얻은 결론이었고 대중불교 운동의 목
적이었다.

　장경호와 효봉 스님이 그렇게 대면한 첫날, 장경호가 돌아가자 효봉 스님
이 곁에 있던 상좌 보성 스님에게 말했다고 한다.

　"사람이 저리 맑아야 하는 법이야. 사람이 저렇게 맑으면 절대로 실수하는
일이 없지."

효봉 스님은 평생 '구자무불성(狗子無佛性)' 즉 인간이 지닌 무한한 생명 불성, 인간의 존엄성을 화두로 삼았다. 대원 거사는 효봉 스님을 만나 한국 불교의 발전을 위해 종교운동이 가장 중요하다는 확신을 얻었다.

도인에게 읽혔던 그의 '맑음'은 그가 수행에서 얻은 힘, 고요에서 비롯되었을 것이다. 고요에서 맑음이, 맑음에서 밝음이, 밝음에서 통찰이 나오는 것 아닌가. 그날 효봉 스님이 그에게서 보았던 맑음은 그가 수십 년을 끊임없이 물었던 화두, '만법귀일 일귀하처'에서 나온 수행의 힘이었을 것이다. 그것은 순수만이 내재한 내면의 세계에서 뿜어져 나오는 힘이었다. 그러므로 순수 하나면 모든 게 이루어지는 것이며, 그것이 곧 대원의 경지가 아닌가.

얼마 되지 않아 그가 동국제강을 설립하고 국내 최고의 철강 그룹으로 발돋움하고 있을 즈음, 효봉 스님은 고개를 끄덕였다.

"내, 성품이 맑은 사람이라 절대 실수 안 할 줄 알았지……."

효봉 스님은 그 후 1962년 통합종단의 초대종정을 지낸 뒤, 밀양 표충사 서래각에 머물다가 1966년 10월 보름날 오전에 단정히 앉아 입적하였다. 마지막까지 '무(無)'라 하였는데, 이는 평생의 수행 도구로 삼았던 구자무불성(狗子無佛性) 화두를 한시도 놓지 않았음을 뜻하는 것이었다.

장경호는 예순여덟이던 해에 평소 계율을 철저하게 지키고 제자들을 엄하게 가르쳤던 효봉 스님의 입적 소식을 듣고 숙연해했다. 전쟁의 소요 속에서도 삼매에 든 듯 꿈쩍 않고 앉아 있던 금정사에서의 모습을 떠올리며 그는 물었다. '그는 누구였던가.' 그 물음만으로 눈시울이 뜨거웠으니, 한평생을 잘 살다간 도인이 주는 향훈은 그렇듯 깊고도 깊은 것이었다.

그는 효봉 스님이 입적하는 순간 마지막까지 화두를 놓지 않았다는 소식을 듣고 가슴 서늘해지는 감동을 받았는데, 선지식들의 입적 소식 때마다 그러한 감동이 쌓였기 때문일까, 결국 그도 화두와 함께 죽음을 맞았다.

장경호는 전쟁이 한창이던 때에도 자주, 아침이면 금정사로 와서 저녁 늦게까지 선방에서 정진하고 돌아갔다. 그는 때로 금정사 밑의 길에서 다리에 모래주머니를 묶어맨 채 걷기 운동을 했는데, 보성 스님이 그 모습을 보고 "일부러 무거운 것을 내려놓기도 하는데 왜 그렇게 모래주머니를 달고 운동을 하십니까?" 하고 묻자, "이렇게 좀 무거운 기운이 들어가야 합니다"라고 했다고 한다.

그렇게 자기 관리에 철저했던 그에게 하루는 보성 스님이 물었다.

"양산 내원사에 절을 짓는데 시주를 좀 하셨습니까?"

돈이 많은 기업가라고 하니, 얼마나 시주를 했을까 슬그머니 궁금했던 것이다.

"저는 돈을 내지는 않았습니다. 절을 짓는 데 필요한 만큼 못을 대어 드렸어요."

조선선재에서 생산하는 못을 여기저기 많은 곳의 불사에 시주하고 있었던 것이다.

"전쟁중에 많은 사람들이 효봉 스님을 찾아 인사를 했으나 그만큼 출중한 인물은 없었다"고 보성 스님은 전한다.

동국제강 설립, 민간철강업의 닻을 올리다

서울 영등포구 당산동 4가 91번지에서 오늘날 매출 3조 2천억 원(2004년 12월 기준)의 동국제강주식회사(東國製鋼株式會社)가 창업한 것은 못과 철사를 제조하는 조선선재를 출범시킨 지 5년 만인 1954년 7월이었다. 조국과 민족에 대한 그의 변함없는 사랑과 수행의 결실이었다.

1953년 휴전 후, 우리나라 철강산업의 제철 부분은 연료난과 자금난으로 선철 생산량이 전무하였고 단지 고철을 이용한 재생 선철 생산에 의존할 수밖에 없는 상황이었다. 그러나 산업부흥을 위해 정부 지원의 국영기업 외에 민간기업의 설립도 활발해지기 시작하였으므로 장경호는 소규모 공장 형태의 조선선재를 확대해서 현대적인 기업 형태를 갖춘 대단위 공장 설립의 필요성을 절실하게 느끼고 있었다.

1950년대 말, 전쟁 복구의 일환으로 정부는 대한중공업공사와 삼화제철소를 연계하여 제선 및 제강 부분의 생산능력 증대를 도모하는 한편, 종합제철소 설립에 대한 이해와 필요성을 절감하기 시작하여 독일(당시 서독)을 비롯한 외국 전문기관의 자문을 바탕으로 종합적인 철강산업 육성책을 모색하기 시작하였다. 어려운 재정 상태에도 불구하고 다각적인 방안을 구상하던 시기였다.

더욱이 경제개발에 가장 중심이 되는 과제는 철강사업의 발전이라는 공감대가 전 산업계에 확산되기 시작할 무렵이었으므로 장경호는 기술인력의 증가에 따라 철강사업의 발전 가능성을 확신하고 있었다.

이 무렵, 동국제강의 창업을 결심하게 되는 결정적인 계기가 있었다. 당시 영등포에 있던 한국특수제강이 정상가동을 위해 능력 있는 인수회사를 물색하고 있다며 장경호의 측근을 통해 인수 요청을 하였던 것이다.

동국제강의 첫 철강산업체인 조선선재를 창업할 때도 화재로 인해 도산한 기업을 인수했던 것처럼, 이번에도 전쟁으로 파괴되고 폐허가 된 한국특수제강을 인수하여 종전의 소규모 공장에서 본격적인 철강소재 생산체제로 바뀌면서 출발한 것이다.

그는 이번에도 과다한 경쟁이나 물리적인 힘이 아니라 자연스럽게 회사를 인수했던 것인데, 사치품이나 소모품 생산이나 투쟁경영을 피한 그의 맑은 경영의 결과였을 것이다.

동국제강주식회사가 출범하면서 한국철강공업의 역사는 비로소 현대적 민간 철강공업의 태동을 맞게 된 것인데, 1967년 국내 최대 규모의 철강산업인 포항제철 건설추진위원회가 설립되었으니, 동국제강은 13년 전에 이미 본격적인 제강산업에 착수한 셈이다.

5 · 16군사정변 이후, 경제개발계획에 따른 공업화에서 철강산업의 비중이 막대했고, 한국경제개발에 철강산업의 뒷받침이 없었더라면 오늘날과 같은 경제발전은 상상할 수 없는 일임을 감안한다면, 장경호의 사업경영에 따른 결단이 얼마나 정밀하고 앞을 내다보는 혜안이 깊었는지 알 수 있다.

동국제강 초기 당산동 공장에서 못을 생산하던 설비. 1954년, 오늘날 민간 철강업의 선두주자가 된 동국제강은 영등포구 당산동에서 조촐하게 출발했다.

당시 철강업계의 초미의 과제는 국토재건운동으로 인해 불어나는 못과 선재의 수요를 감당하기 위한 중간소재인 와이어 롯드(wire rod)를 생산할 소재공장을 건설하는 일이었다. 동국제강은 설립 당시 자본금 1천만 환, 종업원 40명으로 1954년 8월 20일부터 당산동 공장에서 본격적인 철강소재 생산에 들어갔다. 이것은 동국제강 역사에서 최초의 공장과 첫 생산으로 기록되고 있다.

동국제강 당산동 공장의 1955년도 주요시설과 장치들은 기록에 이렇게 남아 있다.

절단기(2호, 3호) 각 1대, 횡형 신선기 12대, 수동 신선기 12대, 6자(尺)형 직결선반기 1대, 볼 반(18치) 1대, 전동기 3대, 12자형 평삭기 1대, 고압송

국내 최초의 큐폴라 공장 전경. 이러한 설비와 생산 기술들이 용호동 철강단지의 초창기 설비운용에 원동력이 되었다.

풍기 2대, 제정기 4대, 마이크로미터 1개, 계근기 1대

오늘날 민간 철강업의 선두주자인 동국제강의 출발은 그렇게 조촐하게 시작되었다.

1959년에 선재(와이어 롯드)를, 1961년에는 철근 생산을 시작하였고, 못을 만드는 소재인 와이어 롯드의 생산능력은 연산 4만 톤 규모로 지금의 규모로 본다면 유아기 형태였다. 그러나 민간자본만으로 중간 소재인 롯드를 국내 최초로 공급하여 선재 제품을 일관 생산 체제로 구축한 것은 장경호의 미래를 내다보는 혜안의 결단과 신념 없이는 가능하지 않은 일이었다고 동국제강

의 역사는 전한다.

동국제강의 회사 경영이 초기 3년 간의 결손이 발생하고 있었던 상황이었으나 장경호는 당시로서는 고급 기기에 속하는 핵심 기기들을 매년 지속적으로 구입했고, 연와공장 건물 1개동을 새로 짓고 압연로용 송풍기와 기름탱크와 소둔 가마도 설치하는 등 계속적으로 시설을 확장해 나갔다. 한번 확신하면 그대로 밀고 나가는 장경호 특유의 과감한 결단을 내리는 것이 그의 사업 경영 스타일이었다.

장경호 사후에도 동국제강은 시설투자에 적극적인 사업 경영방식을 이어받아 성장시켰음을 볼 때 창업주의 경영방식이 그대로 계승된 것을 알 수 있다.

사업이 확장되면서 1960년부터는 기존의 압연공장에 10톤 규모의 큐폴라로 등 제강 설비를 덧붙여 소규모이기는 하지만 제강, 압연업체로서 본격적인 철강 생산을 시작하였다. 원시적이지만 나름대로의 일관 제철 체제가 갖추어진 것으로, 이와 같은 과정을 통해 축적된 설비와 생산 기술들이 용호동 철강단지의 초창기 설비운용에 원동력이 되었던 것이다.

인천공장 검사반장을 지냈던 윤종남은 당시의 동국제강을 이렇게 회고하고 있다.

"1962년 10월 16일 입사했을 때, 당산동 공장은 허술한 붉은 벽돌 건물 속에 압연기(롯드 생산) 1기와 신선공장, 못공장, 도금공장 등 낡은 기계소리가 요란했다. 압연공장이라 해야 수동 기계였다. 100킬로그램의 강괴를 한 사람은 지렛대를 잡고 받쳐주며, 한 사람은 집게를 잡고 받쳐주며 롤에 삽입하는 극히 위험한 작업을 하고 있었다. 신선공장은 압연공장에서 생산된 6밀리미터 롯드를 신선 작업하는데 미군부대의 콘센트 같은 건물 내부에 신선기 몇 대가 고작이었다. 신선된 철선은 양정공장, 신선공장, 도금공

1950년대 말, 동국제강의 성장을 도운 셋째아들 상태(맨 왼쪽), 넷째아들 상철(가운데)과 함께 이야기를 나누고 있다.

장 등 각 공정으로 옮겨지면서 제품화되었다. 특히 압연에서는 12밀리미터 롯드를 생산하여 베트남에 수출하기도 하였다.

야적장에서 작업을 해야 하므로 비가 오면 비를 맞아가며, 눈이 오면 눈과 벗을 삼아가면서 작업을 했다. 당시 생산직 사원은 도시락을 들고 다녀야 했다. 월 4천~5천 원의 급료로(당시 쌀 한 가마에 2천 원) 하숙비, 작업복, 작업화 등을 사고 나면 대포 한 잔 제대로 못하는 빠듯한 생활이었다. 당시 장상태 전무님을 비롯해 간부들과 함께 배구시합도 하고 노래자랑과 음식 등으로 즐겁게 보냈던 일은 잊혀지지 않는다."

장경호는 못과 선재의 수요를 감당하기 위해 중간소재인 롯드 생산공장을 처음으로 건설한 이후, 1956년에는 고철 하역을 하는 천양항운(전 대성공업)을, 1959년에는 동일제강을 각각 설립했고, 이후 다시 삼화제철을 인수하여 철강보국의 꿈을 키워 나갔다.

동국제강이 닻을 올리고 출발할 때는 이미 큰아들 상준이 동국제강 부사장으로 일하고 있었고, 미국 유학에서 돌아와 부흥부(復興部, 재정경제부의 전신)에서 잠깐 일하고는 곧바로 동국제강으로 들어온 셋째아들 상태가 전무로 영입되어 동국제강에 활기를 불어넣고 있었다. 넷째아들 상철도 공장 현장에서 몸으로 뛰며 아버지를 돕고 있었다.

특히 장상태가 영입되면서부터, 1956년 동국제강이 현대적인 경영체제로 돌입했고 오늘날 동국제강 그룹 체제가 본격적으로 시작되었다.

밤낮을 가리지 않고 동국을 위해서 뛰는 믿음직한 자식들은 그의 인적 자산이었고 그가 실제로 일선에서 물러난 1967년 이후 동국제강을 성장시켜 오늘날에 이르게 한 주역들이었다.

불이(不二)의 경영철학

사람의 격은 어떤 가치관을 가지고 있느냐에 따라 달라진다. 마찬가지로 기업의 격도 그 기업이 가진 경영이념이나 철학에 따라 달라진다. 장경호의 경영철학이나 이념은 철저히 불교철학과 신앙에 뿌리를 둔 것이었다.

그는 자식들에게 늘 말했다.

"동국은 '사람'을 최고의 자본으로 해야 한다. 동국의 성장은 인적 자원으로 성장할 것이다. 나는, 인간은 누구나 존엄하다는 생각, 그래서 평등하다는 생각을 부처님 법을 알고 나서부터 한시도 놓치지 않고 살았다. 동국이라는 집단에 모이는 모든 사람은 지극히 소중한 인연에 의해서다. 사람도 사물도 그 자체로만 홀로 존재할 수 없다. 모두의 평등한 관계 속에서 존재한다. 그러므로 우리 동국의 사람들은 '하나'다. 존귀한 사람들이다. 그래서 서로 받들어야 한다.

노사가 하나라는 생각을 뼛속으로 각인하지 않으면 흩어지고 흩어지면

기업도 끝내 사라진다. 명심하라. 단결은 화합에서 오고 화합은 인간은 물론 세상에 존재하는 모든 것이 한 뿌리라는 것을, 그래서 평등한 존재라는 것을 잊지 않을 때 이루어진다.

흔히들 기업의 발전은 자본의 축적과 기술의 발전에 있다고 말한다. 그러나 동국의 발전은 동국에서 일하는 '사람'이 최고의 자본이며 발전시키는 원동력이다."

세상사를 꿰뚫고 지나가는 단 하나의 원리는 '참다운 성품은 깊고 미묘하여 제자리에 있지 않고 인연 따라 나투는 연기법이요, 인연법'이었다. 세상에 벌어지는 모든 것이 인연에서 생기므로 어느 것 하나 영원한 것이 없고, 영원한 것이 없으므로 '나'라고 주장할 것은 없다. 다만 인연으로 존재하는 것일 뿐이고, 그러므로 일체 존재는 하나의 생명인 마음뿐이다.

장경호가 지닌 이러한 연기적 세계관은 그의 내면을 무심으로 흐르게 했고, 기업경영에 그대로 반영되었던 것이다.

세상의 모든 존재는 한 뿌리 속에 존재한다는, 그래서 평등하다는 철학이 이십대부터 뼛속 깊이 스며든 기업인 장경호였다. 이 평등하다는 자각이 있다면 옳고 그름이라는 시비와 우등하고 열등하다는 분별이 있을 수 없는 것, 그러한 분별만 없으면 모든 것은 순조롭게 흘러가기 마련이라는 것을 터득한 기업인이었다.

동국제강이 날로 성장해 나갈 때 그는 자식들에게 일렀다.

"나는 동국이 이윤만을 추구해서 조직원을 함부로 대하는 것을 원치 않는다.

나는 서른두 살에 처음 기업을 세워 지금 여기까지 오면서 언제, 어디서나 '사람'을 가장 중요시했다. 저마다 온전한 존재로 태어난 인간이 평등하다는 개념은 일찍이 이십대부터 확고한 나의 신념이었다. 동국을 이루고 있는 사람들은 동국이라는 하나의 집단에 모이는 하나의 연(緣)이다.

그러므로 기업은 동국에서 일하는 사람 모두를, 그리고 우리의 생산품을 사용하는 모두를 받드는 정신을 가져야 한다. 그들을 함부로 할 때, 혹은 그들과 내가 둘이라는 생각을 가질 때 동국의 성장은 기대하기 어렵다."

그가 평생 견지했던 사상이나 철학은 '일체유심조', 마음의 철학이었다.

십대의 나이에 이미, 무한한 지혜와 공덕과 빛과 생명을 지니고 있는 마음을 발견한 그는 생을 마감할 때까지 그 마음의 위대한 힘을 믿었다. 그 마음이 부처와 다름 아님을 믿었다. 그리고 그는 저와 내가 둘이 아님을 믿었고, 인과가 필연적임을 믿었다. 그 믿음을 바탕으로 삶을 경영했고 기업을 경영했다.

죽음을 앞두고 그가 마지막으로 가족 혹은 세상을 향해 던진 메시지도 '심조만유, 마음이 모든 것을 만든다'였다. 그래서 그는 동국제강을 경영하는 자식들에게 말했다.

"마음은 무한한 만가지 공덕과 지혜를 낼 수 있는 힘을 가졌다. 자비는 그 지혜의 힘이 깊어질 때 저절로 나타나는 것, 그러므로 나는 한평생 그 지혜를 드러내려고 수행해왔다. 앞으로도 나는 그럴 것이다."

그는 무엇보다 근면을 강조했다. 그러나 그 근면함 이전에 그가 지니고 있었던 철학은 세상과 인간을 바라보는 올바른 눈이었다. 그러므로 '그것이 확고하게 서 있지 않으면 어떠한 성공도 무의미하다. 노사가 둘이 아니라는 정신을 뼛속에 새겨라. 그게 올바른 기업윤리다. 그게 갖추어져 있지 않으면 아무리 기업을 잘 운영해서 돈을 많이 벌어도 허무한 일이며, 절대 오래 가지 못한다'는 게 그의 생각이었다.

삶은 매순간 크고 작은 결단을 요구한다. 더욱이 기업가로서의 삶은 미래의 불명확한 사실 앞에 큰 결단을 요구하는 것이 많다. 그가 기업가로서 성공할 수 있었던 것은 '너와 내가 둘이 아니라는 불이(不二)의 철학'을 전제로 한 수행에서 얻은 힘이었다 할 것이다. 그는 그 맑은 힘으로, 그 맑음에서 건져올렸던 깊은 지혜로 먼 미래를 내다보는 혜안을 얻었고, 그 혜안은 동국의 미래를 금강처럼 탄탄하게 했던 것이다.

기업을 경영하다 보면 시련과 역경도 있었을 것이다. 그가 일제의 그 혹독한 탄압 속에서 좌절하지 않았던 것은 인간은 자신도 짐작할 수 없는 무한한 힘을 지녔고, 시련과 역경 속에서만이 그 무한한 잠재력을 경험할 수 있다는 마음의 힘을 믿었기 때문이다.

"무위암에 계실 때 같이 공부하던 한 분이, '장 거사님은 재산도 많고 아드님들도 많으시니까 아드님들한테 분배를 하고 가셔야 되지 않겠습니까?' 하고 물은 적이 있습니다. 그때 대원 거사님이 무슨 말이냐는 듯 눈을 둥그렇게 뜨고 '지금 내가 소유하고 있는 게 하나도 내 것이 아닙니다. 잠깐 내게 인연이 있어 온 것을 맡아서 관리하고 있는 것뿐이에요. 실제로 내 것이 아닙니다. 내가 죽으면 그걸로 손놓고 마는 거지, 죽은 다음에야 남아있는 사람들이 알아서 할 일이지 내가 그것까지 어떻게 해주고 갑니까?' 그렇게 말씀하시더군요."

무위암 성현 스님의 회고처럼 그는 평소 "내 재산은 나의 것이 아니다. 잠시 위탁관리할 뿐이다. 그러므로 헛되이 쓸 수 없다"고 항상 말해왔다. 이는

'저와 내가 둘이 아니다' 라는 철학이 담겨진 말이었고, 그는 초지일관 그 생각을 견지했고 실천했다. 그것이 그의 경영철학이고 신념이었다. 그는 자식들에게 말했다.

"기업이 성공하려면 분명한 신념이 있어야 한다.
나의 신념은 기업을 일궈서 나라에 보은하려는 것이었다. 그리고 또 하나 신념은 나와 모두가 존엄한 존재요, 그래서 평등하다는 진리였다. 그래서 나는 내가 소유한 모든 것이 내 것이란 생각을 하지 않았다. 잠시 나에게 맡겨진 것을 관리하는 것이라고 생각했다. 그것은 모두의 관계 속에서 이루어진 공동의 것이다. 그래서 더욱 나는 한 푼도 헛되이 쓸 수 없었다."

'재물은 흐르는 물과 같은 것이다. 물이 흐르지 않고 한곳에 고이면 썩는 것처럼 재물도 흐르지 않으면 부패하는 것, 그러므로 내 손을 벗어나 세상으로 흐르게 해야 한다' 는 게 그의 생각이었다. 그리고 재물은 분뇨와 같아서 골고루 흩뿌리면 거름이 되지만 모아두면 악취가 난다는 이치를 그는 누구보다 잘 알고 있었다.
그래서 그는 '가치 있는 일이라고 판단되면 아낌없이 돈을 쓰라' 고 자식들에게 가르쳤고, 자신도 그 철학을 평생에 걸쳐서 실천했다.

"제가 고등학교 때 할아버지와 저녁을 먹을 때였어요. 할아버지께서 '앞으로 무슨 일을 할거냐' , 또 '너, 돈은 왜 버는지 아느냐?' 물으시고는, '자신이 번 돈을 잘 발전시켜서 자기가 취한 것을 좋은 데 쓰려고 버는 거다' 이런 말씀을 하시면서, 그걸 누가 얼마나 잘하느냐에 따라 삶의 보람이 달라진다는 말씀을 하셨죠. 그리고, '복이라는 게 노력하지 않는 사람에게는

1950년대 말 회현동 집에서. 왼쪽부터 넷째아들 상철, 셋째아들 상태와 그 아들 세주(현 동국제강 회장) 그리고 대원 거사와 부인.

오지 않는다' 는 말씀을 하셨는데, 사람이 노력해서 돈을 버는 것은 잘 쓰기 위해서라는 말씀이 생각납니다.”

동국제강 회장 장세주의 말이다.

"사회가 다양화되어가면서 인간관계는 더욱 복잡미묘해질 것이다.

그와 내가 하나라는 인식이 없으면 인간 사이의 갈등은 깊어질 수밖에 없고, 갈등 속에서 회사가 발전할 리는 없다. 동국제강은 나의 것도 너희들 것도 아니다. 이 나라의 부강과 민족을 위해 세웠으니 이 나라의 것이요, 동국

朝鮮日報

동국제강 「항구적 無파업」선언

勞使 공동결의 노조원 소득 10% 의 무저축도

1994년 2월 15일 동국제강 노사는 항구적인 무파업을 공동 선언하는 등 '노사 협력 선언문 채택 결의대회' 를 가졌다.(위) 왼쪽 사진은 1994년 2월 16일자 조선일보 기사 '동국제강 「항구적 無파업」선언'.

에서 일하는 사람들이 없었으면 존립할 수 없었으니 동국제강은 그들의 것이다.

거듭 말하지만, 나 그리고 너희들은 경영자의 위치에 있지만, 인연이 있어 이 기업을 맡아서 관리하고 있을 뿐임을 명심하라!'

인화를 강조했던 이러한 정신은 자식들을 늘 현장에 두는 것으로 실천하였다. 직원들과 함께 현장에서 쇳가루를 마셔가며 똑같이 일하게 했고, 그것은 인화로 이어졌던 것이다. 기술을 발전시키고 물건을 더 파는 것보다는 인화를 중시했던 동국의 전통은, 훗날 오일 쇼크나 IMF(국제통화기금) 외환 위기에도 무리 없이 넘어서게 했고, 노사 문제를 불식시키게 하는 힘이 되었다.

그러한 인화로 다져진 인적 구성은 다른 경쟁 철강업체에서 버거워하는 전통이 되었던 것인데, 이에 대해 현장에서 23년 동안 경영수업을 받고 동국제강 회장이 된 장세주는 이렇게 말한다.

"저도 동국제강에 들어와 부장 때까지 다른 신입사원들과 똑같이 컸어요. 현장에서 일하면서 같이 라면도 끓여 먹고 술도 마시고 했죠. 저 자신도 현장에서 일하면서 인화정신이 심어졌고 그러다 보니, 현장에 함께 있었던 그 사람들이 저를 믿고 따라주는 거죠. 서로를 아니까요. 그런 게 저희들 힘입니다. 아버님 장상태 회장님은 '현장에 있어라'를 강조하셨습니다. 가장 밑바닥인 현장에 있지 않았던 사람들은 큰 인물로 키우지 못한다는 게 아버님 철학이었습니다. 현장을 중심으로 그곳에서 쇳가루 마시고 다 해보면서 큰 사람이 나중에 본사에 오더라도 무슨 일이든 다 할 수 있지요. 저희들에게 그런 전통이 있습니다. 그러한 우리 나름대로의 전통이 인화를 이루는 힘이 되었겠지요."

장경호의 이러한 경영철학은 그의 사후에도 노사 화합경영의 기틀이 되었다. 노(勞)와 사(使)는 대립관계가 아닌 공존공영을 위한 협조관계가 되어야 한다는 가족경영을 실천, 이같은 경영철학은 노사 화합경영의 기틀이 되었으며, 마침내 동국제강 노조가 국내 처음으로 항구적 무파업을 선언하는 계기를 만들고 노사 화합의 전통을 동국제강의 기업문화로 정착시켰던 것이다.

장경호 타계 30년 후인 2005년 3월 10일자 『조선일보』에는 '동국제강 11년째 임금 무교섭 타결'이라는 제호 아래, 다음과 같은 기사가 실렸다.

동국제강이 9일 올해 임금협상을 무교섭으로 타결하면서 지난 95년부터 11년 연속 무교섭 타결을 기록했다고 밝혔다.

동국제강은 이날 인천공장에서 전경두 사장과 김재업 노조위원장 등 노사대표가 참가한 가운데, 올해 임금협상을 노조가 회사에 위임하고 무교섭 임금협상 타결을 선언했다.

"김재업 노조위원장은 대내외적으로 어려운 경영환경에서 임금을 둘러싼 소모적인 협상보다는 생산성 향상에 주력하기 위해 임금 협상을 회사에 위임한다"고 말했다. 전경두 사장은 "직원들의 배려에 고마움과 무한한 책임감을 느끼며 노조에 보답하기 위해 최선을 다하겠다"고 화답했다.

동국제강의 무교섭 임금협상은 이 회사 특유의 가족적인 노사관계에 뿌리를 두고 있다. 1993년 노조가 "투쟁만 할 것이 아니라 스스로 변해야 한다"며 자발적인 증산운동을 벌이자, 회사측은 대폭적인 성과급으로 보상했다. 이 일이 계기가 돼 지난 1994년 산업계 최초로 동국제강 노동조합이 항구적 무파업을 선언했고, 이 선언 이후 노사 양측이 임금협상을 무교섭으로 타결하는 전통이 생겨났다.

동국제강은 또 전체 직원 중 15퍼센트인 200여 명이 형제·자매·부자 등 가족 사원일 정도로 직원간에 유대가 강하다. 작고한 장상태 회장 때부터 최고경영자가 한 달에 두세 번 공장을 방문, 구내식당에서 직원들과 식사를 같이하며 어울리는 것이 전통으로 굳어져 있다.

50여 년 전, 동국제강 창업주인 장경호가 심어놓았던 불이와 인화의 정신은 그렇게 현재진행형이다.

불교정신을 기업철학으로 삼았던 장경호의 이러한 기업이념을 이어받아 동국제강을 이끌어간 장상태는 아버지 장경호가 돌아가자 1년여 숙고 끝에,

장상태 회장은 창업주인 대원 거사의 불이와 인화의 정신을 이어받아 철강보국에 헌신했다.(왼쪽)

장상태 회장이 부산제강소 현장에 들러 조업과정을 지켜보고 있다.(아래 사진 오른쪽에서 두 번째)

경영이념을 제정하여 발표했다.

1975년 9월 9일 장경호가 세상을 떠난 지 1년 6개월여 만에 제정된 동국제강의 창업이념이며, 오늘날까지 동국인의 지향목표가 된 경영이념은 이렇다.

경영이념 창조함으로써 인간생활의 향상과 문화발전에 공헌한다.

동국인의 상(像) 생각하면 즉시 실행하는 것이 동국인이다.

동국인의 사명

우리는 평등의 기회를 갖고 평등히 노력함을 원칙으로 하고 인재를 양성하고 등용한다.

우리의 용품과 용역은 품질에 있어 우수하고 가격이 저렴하며 완벽한 서비스가 되어야 한다.

우리는 항상 시대에 맞추어 모든 제도를 개선함에 노력하고 새로운 기술혁신에 앞선다.

우리는 전체의 예지를 모아서 결정 · 집행하고 결과의 보수는 종업원 자본과 사회에 환원되도록 노력한다.

장상태는 동국제강의 창업정신을 헌신봉사정신과 창조개혁정신과 근면검소정신으로 정리했고, 이를 위한 실천강령으로 인화단결과 창의노력과 책임완수로 지정하여 창업주인 장경호의 뜻을 동국의 영원한 정신으로 이어가게 했다.

서울대학교 농대를 거쳐 미국 미시간주립대학에서 경제학을 전공한 후 귀국한 장상태는 1956년, 당시 스물아홉 살로 경영에 참여하여 동국제강에 본격적인 경영 현대화를 이끌어냈다.

약간의 여유만 있어도 설비에 투자했던 장상태는 1971년 부산제강소 후판

약간의 여유만 있어도 설비에 투자했던 장상태는 세계 최고 수준의 동국제강 포항제강소를 탄생시키며 유업을 착실히 이었다.

압연공장 준공에 따른 국내 최초 첫 중후판제품 생산, 국내 최초 100톤 직류 전기로 도입, 창업 이래 가장 많은 비용(8천억 원)을 투입해 연산 250만 톤 규모의 중후판공장과 연산 72만 톤의 중대형 형강공장 건설, 연산 40만 톤의 봉강공장 준공 등 세계적인 수준의 포항제강소를 탄생시키며, 아버지 장경호의 유업을 착실히 이었다.

철강 외에는 한눈을 팔지 않겠다는 장상태의 경영 좌우명이 '바늘에서 선박까지'였던 것이나, 한 분야에서 일등을 하지 못하는 기업은 다른 분야에 진출하면 안 된다는 신념, 그리고 '한 분야에서 전문가가 되자'는 인재경영 철학도 장경호의 소신을 물려받은 것이다.

1990년대 중반 노사간의 갈등이 극에 달하던 즈음, 동국제강은 기업의 국제경쟁력을 강화하기 위해서 '더 배우고, 더 일하며, 내일에 살 것'을 다짐하고 신뢰를 바탕으로 한 새로운 노사문화를 창출해냈던 것도, '사람을 중요한 가치로 삼으라'는 장경호의 철학이 드러난 결과였다. 장상태의 경영은 철강 전문기업, 사회적 책임을 다하는 기업, 노사 합의경영으로 확산, 21세기형 신(新)기업문화를 탄생시키며, '21세기 세계 제일의 철강그룹'을 향해 한보 앞선 행진을 하게 된 것 또한 장경호가 무언 유언으로 일렀던 철학에 바탕을 두고 있는 것이다.

1975년에 작고하면서 장경호가 '기업이익의 사회환원'을 해서 세인의 존경을 한몸에 받았던 것처럼, 장상태도 용호동 부산제강소를 폐쇄시키면서 1996년 총 100억 원을 출연해서 대원복지재단(이후 송원문화재단으로 명칭 변경)을 설립해 장학사업, 아동복지사업, 생활보호대상자 보조금 지원 등을 전개하면서 다시 창업주 장경호의 유지를 구체화했다.

철강으로 나라의 은혜에 보답하려 했고, 또 '마음'으로 기업을 경영했던 아버지의 뜻을 이어 철강보국에 헌신했던 장상태 회장의 공로를 인정해서, 2000년 장상태가 타개하자 정부는 그에게 국민훈장 무궁화장을 추서했다.

장상태는 경영이념을 제정하면서 '새로운 각성'이란 글에서 장경호의 뜻을 이렇게 기리고 있다.

"우리는 이제까지 창업이념과 경영이념 속에 흐르는 공통된 정신을 되새겨보았다. 동국은 이제까지 국민 경제의 입장에서 공익성과 합리성, 기술의 우위성, 국제경쟁력 그리고 종업원의 복지 등 기업에 담은 기업인의 꿈과 그것을 전폭적으로 이해하여 헌신적인 노력을 아끼지 않는 수많은 사원, 기술자, 현장 작업원들의 정열이 응축되어 오늘의 기업체를 이루어왔다.

이러한 기업체의 가치는 바로 그 조직을 구성하고 있는 조직원의 가치와 동일하고, 그 조직의 일에 대한 성패는 궁극적으로 기술에 달린 것도 물질에 달린 것도 아니며, 오직 모든 조직원의 마음가짐과 자세에 의해 결정되는 것이다.

　장경호 회장의 마지막 법담(法談) 중의 일체유심조는 바로 이런 뜻일 것이다. 물론 그분이 창업한 기업이나 문화단체도 시대가 변함에 따라 그 업종도 바뀌고 조직의 형태도 바뀔 것이다. 그러나 시대가 바뀌고 형태가 달라도 언제나 새로운 동국, 세계 속의 동국으로 계승적 창업을 계속할 것이다. 그리고 영원히 바뀌지 않는 신성불가침의 것이 있다면, 그것은 오직 그분의 정신일 것이다."

장상태는 부친이자 경영자로서 선배였던 장경호가 남긴 유산을 마지막으로 이렇게 정리하고 있다.

　"장경호 회장이 일생 동안 추구한 것은 거대한 것이기보다는 오히려 위대한 것을 원했다. 거대한 것은 화려해 보이지만, 위대한 것은 영원한 가치를 가지기 때문이다. 오늘을 사는 우리들은 세계 최대보다는 세계 최고를 추구하여 그분이 우리에게 남긴 최대 유산이자 교훈인 신(信), 각(覺), 체득(體得) 일치를 새롭게 인식하여 기업이념으로 받아들여야 할 것이다."

창업주인 선친이 죽음을 앞두고 세상에 남겼던 '심조만유 일체유심조'의 정신을 믿고 깨달아 기업이념으로 받아들였던 것이다.

　그러므로 장경호가 일평생 궁구했던 화두이며 철학이었던 불이 정신은 동국제강이라는 기업에 영원한 경영이념으로, 또 변치 않을 정신으로 흐르고 있는 것이다.

수신제가(修身齊家)

"돈을 벌려고 하기 이전에 먼저 인간수양에 힘써라. 먼저 수신제가(修身齊家)가 되어야 기업도 제대로 경영할 수 있는 것이다. 수신제가는 모든 인간 활동의 가장 큰 근본이다."

"그리고 형제간의 우애를 돈독히 해야 한다. 재산에 대한 탐욕을 버리고 무엇보다도 먼저, 화목하고 단결해야 한다."

이는 장경호가 그의 아들들에게 자주 말했던 수신제가 철학이다. 이러한 철학은 그의 일상생활에서 그대로 드러났다.

수신(修身), 자신을 닦는 그것은 그가 평생에 걸쳐 실천해온 철학이었다. 그는 불법의 수행을 통해서 수신을 했고, 인생에서 가장 중요한 부분이라고 여겨온 점이 수신이었다. 기업을 경영하는 것에 앞서는 것이 자신의 마음을 닦고 가정의 평화를 유지하는 것이라고 늘 말해왔던 그였다.

1957년 넷째아들 상철의 결혼식에 부인 추명순 여사와 손자인 세주가 앉아 있다. 수신제가는 모든 인간 활동의 가장 큰 근본이며, 형제간에는 우애를 돈독히 해야 한다고 대원 거사는 자주 말했다.

제가(齊家) 부분도 마찬가지였다. 그는 부인을 존중했고, 자식들에게도 언행의 일치를 보여 가정을 다스렸다.

동국제강을 창업하고 서울 회현동에서 아내와, 결혼한 두 아들 상태와 상철, 그리고 학교에 다니던 다섯째 상건, 여섯째 상돈 두 아들과 딸들, 손자 손녀 등, 대가족과 함께 살았던 그는 아침이면 참선에 들어 있는 모습을 보였고, 이발비 말고는 자신을 위해 쓰는 돈이라고는 없을 만큼 검소한 생활을 했다.

그는 목욕도 늘 집에서 했고, 식사도 꼭 집에 와서 했다고 한다.

그는 또 창업 초기 자식들이 사업에 참여해 일할 때도, 월급을 자식들에게 직접 주지 않고 며느리들을 불러 주었다. 그리고 함께 살며 살림을 하는 며느리들의 가계부를 일일이 살펴보았고, 아들들이 1년에 얼마만큼의 용돈을 쓰는지도 다 알고 있었다고 한다. 재벌을 아버지로 둔 자식들이었으나 필요 이상 돈을 쓰지 않는 법을 그렇게 가르쳤고 견제했다. 그리고 기업의 이윤에서 얻는 소득이 결코 소유주의 것만이 아니라는, 그래서 마음대로 쓸 수 있는 게 아니라는 철학을 그는 무언으로 가르친 것이다.

"동국제강을 창업하고 나서의 일이니, 1959년쯤이었던 것 같다. 아버님을 모시고 살았는데, 꼭 생활비를 하루치씩 주셨다. 그때 돈 500원이었던 것으로 기억된다. 시동생 가족, 학교 다니는 시동생과 시누이들 이렇게 식구가 한 열다섯 명쯤 되었으니 당시 500원이면 늘, 빠듯한 생활비였다. 아이들이 아파서 병원에라도 가려고 하면 모자라는 돈이어서, 일주일치씩 한꺼번에 주시면 좋을 텐데 생각하고 있다가, 하루는 남편에게 생활비를 한꺼번에 받았으면 좋겠다고 했더니, '생활비를 안 주시는 것도 아닌데 그냥 아버님 뜻에 따르라'고 했다."

시부모를 가장 오래 모시고 살았던 셋째자부 김숙자의 회고담이다. 단 이틀분의 생활비를 한꺼번에 주지 않을 만큼 여유를 주지 않고 자식들을 가르쳤던 그는 셋째아들 상태가 대학을 졸업하고 미국으로 유학을 갔을 때도, 농림부에서 장학금을 얻어 간 아들에게 여유로 돈을 보내지 않고 스스로 해결하게 했다고 한다. 이렇게, 경제적으로 철저하게 자식들을 단련시켰던 것인데, 이는 훗날 장상태가, 그의 큰아들인 세주가 미국 지사에 근무하면서 경영

1950년대 말 가족 사진. 뒷줄 왼쪽부터 셋째자부, 넷째자부, 셋째딸, 둘째자부, 육십대 초반의 대원 거사, 둘째딸, 부인, 넷째아들 상철, 첫째자부, 큰아들 상준.

학 석사 공부를 할 때 차를 사주지 않고 걸어다니게 한 것으로 이어졌다.

그가 이십대부터 해온 행사인, 새해 첫날이면 절에 불공을 드리러 갔던 발걸음은 영락없이 이어졌다.

"새벽녘이면 늘 어머님의 천수경 읽으시는 소리가 들렸다. 아침에 진짓상을 들고 들어가면 아버님은 언제나 좌선중이시다가 상을 받곤 하셨다.
영수증 처리를 하신다거나 하는 시간 말고는 언제나 허리를 꼿꼿하게 펴시고 선정에 들어계신 모습이셨다. 아무리 피곤하셔도 낮에 누우시는 법이 없었고, 적게 주무시고 항상 얇은 요를 깔고 주무셨다. 한 해가 끝나는 날이면, 언제나 제야의 종소리를 들으시고는 잠자리에 드시던 일이 생각난다."

넷째자부 이정옥의 회고다.

신심이 누구보다 깊은 그였으나, 자식들에게는 종교를 강요하지 않았다고 한다. 대원정사가 건립되고 나서 중요한 행사가 있을 때도 며느리들이 참석하면 얼굴 가득 반가움을 드러냈으나, 나와서 들으라고 강요하지 않았다고 한다.

"정월 초하루면 아들들이 아버님과 어머님 두 분을 지프차로 설악산 봉정암이며 여러 절들에 모셔다 드리곤 했다. 그러면 여러 날 묵으시고는 집에 오시곤 했다. 남에게는 물론 자식들에게도 싫은 소리 한 번, 불편하게 하는 소리 한 번 안 하신 분이었다. 지금까지, 내가 보아온 이 세상의 남성들 중 가장 존경하는 분이다."

이미 일흔이 넘은 셋째자부의 고백이다.

대원 거사는 열여섯 동갑내기로 만난 부인에게 한번도 말을 놓지 않았으며, 평생 수행의 동지요 도반으로 살았다. 1970년 일본 엑스포 관람길에 부인과 함께.

훗날, 외교관 생활을 했던 둘째 상문을 제외한 아들 다섯은 모두가 그를 도와 기업경영에 참여했으나, 그가 타개한 후에도 잡음 없이 그가 부탁했던 것처럼 우애를 돈독히 해서 오늘날의 동국제강으로 성장시켰다.

그는 아내에 대한 신뢰와 애정 또한 극진해서 한번도 부인에게 말을 놓지 않았으며, 젊어서부터 말년에 이르기까지 단 한번도 곁눈질하지 않으면서 다정한 부부애를 보였다.

열여섯 동갑내기로 만나 결혼한 그의 부인 추명순은 성품이 활달하면서도 인간에 대한 이해가 깊은 사람이었다. 동국제강이 당산동에 본사와 공장을 두고 있을 때 그녀는 직원들에게 따뜻한 밥을 손수 지어주면서 보살폈다고 한다. 공장 직원이 차츰 늘어나고 나중에는 반찬거리를 트럭으로 배달할 정도에 이르자, 아들들이 말렸다.

"어머니, 힘들게 손수 하시지 말고 일하는 분들 시키세요."

그러자 신심 깊은 추명순이 이렇게 말했다.

"부처님께 드리는 공양을 남에게 시킬 수 있느냐?"

그리고는 직원들이 남긴 밥을 누룽지로 만들어서 먹고 상에 남긴 반찬들도 그대로 자신이 먹었다. 1970년대 초, 칠십대 초반 그녀의 모습을 보았던 혜산 스님(전 내소사 회주)은 "남산 대원정사에서 우리 해안 스님을 모시고 한 철을 살 때였다. 당시 공사가 한창이었는데, 인부들이 남긴 밥을 다 긁어모아 드시던 보살님의 모습을 보고 감동을 받은 기억이 난다"고 회고했다. 추명순은 한평생 '음식엔 찌꺼기에 복이 있다' 면서 자식들은 물론, 일꾼들이 먹다 남긴 음식을 남김없이 먹었고, 국수를 삶으면 찌꺼기 하나 그대로 흘러나가는 것 없이 살뜰하게 살림을 살았던 여성이었다. 때로 젊은 날, 사정이 있어 남편이 생활비를 덜 내놓을 때면, 고추장·된장 등을 담가서 팔고 콩나물을 길러 팔면서 생활비를 만들어 쓴 생활력이 강인한 부인이었다.

"어머니가 한 번 부산집에 내려가시면 고춧가루, 마늘 등을 다 마련해 가지고 오셨다. 그때만 해도 사흘이 멀게 부산엘 가셨는데, 돌아오시는 날이면 식구 수대로 어머니를 맞으러 모두 서울역으로 갔다. 열 묶음도 더 되는 물건들을 아들들과 며느리들이 받아가지고 돌아오곤 했다. 조용하셨던 아버님보다 활달하고 생활력도 대단하신 분이었다."

1959년대 말, 서울 회현동에서 살던 때를 회고하면서 자부 김숙자가 한 말이다.

추명순은 '내 명(命)을 다하는 일이 있더라도 영감의 영(令)을 어기지는 않으리라' 라는 신조로 남편의 말을 한 번도 어긴 적이 없이 늘 웃음으로 받아들

부처님 오신 날 행사에 참석한 추명순(적선화) 보살(왼쪽에서 두 번째). 그 오른쪽으로 큰자부가
동행했다.

였다고 한다.

아침마다 『천수경』을 읽고 말년에는 가끔 안거에 들 만큼 신심이 깊었던,
장경호의 따뜻한 인생의 반려요 도반이었던 그녀는 절에 들어가 안거를 나고
있던 남편을 가끔 찾아 공양을 지어놓고 가기도 했다. 또 여름에는 시원한 모
시옷을, 겨울에는 솜을 도톰하게 넣어만든 한복을 가져다 주기도 했다.

"어머님께서 부산 월내 묘관음사에서 두 철의 안거를 나신 적이 있다. 그
때 젊은 스님 한 분이 편찮으시자 약을 지어다 드리기도 하고 우리집에 오
셔서 스님들의 옷을 지어 가시기도 했다. 또 절에 필요한 것이 있으면 며느
리들에게 전화하셔서 시장을 봐 오게 하셨다."

신심이 깊어 칠십이 넘은 지금까지도 통도사와 무위암에 다니면서 기도를

하고 있는 넷째자부 이정옥의 회고다.

추명순 적선화 보살을 아는 많은 사람들, 특히 장경호와 교유가 깊었던 스님들은 한결같이 '오히려 장경호 거사님보다 더 덕이 많고 복이 많았던 보살'이라고 추억했다.

장경호와 온갖 불사에 늘 발걸음을 같이하면서 평생 도반으로 지냈던 추명순은 절에 가면, 반드시 백팔배를 하고 나왔다. 하루는 그녀가 백팔배를 하는 동안 밖에서 기다리고 있던 장경호가 미소 지으면서 아내에게 말을 건넸다.

"나는 삼배만 하는데 당신은 무슨 절을 그렇게 많이 하시오?"

그러자 그녀가 대답했다.

"안 그럴 수 있나요? 아들딸 11남매에 손자가 여든 명이니 가족 한 사람에 한 번만 해도 백팔배는 해야 되지 않아요?"

그렇게 되묻는 아내에게 장경호가 말했다.

"그 많은 식구들의 복을 빌려면 불공비를 더 내야지요."

"절은 제가 하지만 식구는 당신 식구잖아요. 그러니 돈은 당신이 내셔야 합니다."

들르는 절마다 법당에 들어가 참배를 하고는 보시함에 슬그머니 적지 않은 보시금이 담긴 봉투를 넣고 나왔던 장경호는 그날도, 부인 대신 불공비를 보시함에 넣고 나왔다.

"대단히 훌륭한 분이었죠. 관세음보살 자비가 충만한 현모양처이셨습니다."

다섯째아들 장상건이 말하는 어머니이다.

무에서 유를 창조하다

　모든 생각을 놓고 화두 하나에 깊게 집중해서 참선 수행을 깊이 하다보면 직관력이 발달해서 사물의 본질이 읽혀지게 된다. '참나'를 찾는 참선 수행에 부수적으로 따라오는 힘이다. 그러므로 미래의 경영이나 기술이 어떻게 변화할지 수(手)를 읽는 데 영향을 미칠 수밖에 없는 것이다.

　훗날 동국제강이 한국의 철강사를 주도하며 대규모 투자를 할 때, 모두 장경호가 결단을 내려주었던 것은 당연히 이러한 힘에서 비롯된 것임을 간과할 수 없다. 정확한 직관으로 내다본 그의 미래에 대한 예측은 언제나 정확했고, 그 정확성은 동국제강이 한국의 철강사를 다시 쓰는 데 결정적 역할을 한 것이다.

　장경호의 미래에 대한 예측과 정확한 직관력은 동국제강을 도약시키는 부산 용호동 공장 설립 때에 유감없이 드러났다.

　"아무래도 고척동 부지는 안 되겠습니다. 본사인 당산동 공장과 인접해 있고 전기, 용수 등 인프라 기반이 단단한 데다 지반이 견고해서 초기 토목공사비 등을 절약할 수 있는 강점은 있으나 원자재 및 제품의 출하를 위한 물류비용에서 문제가 많습니다."

1962년 새해 벽두, 이사회를 열어 대규모 철강단지를 건설하기 위한 새로운 계획을 결의한 직후로 마땅한 부지를 물색하던 중이었다.

"다른 데를 찾아보지. 정밀하게 샅샅이 찾아봐."

1962년을 시점으로 추진된 제1, 2차 경제개발 5개년 계획의 수출주도형 공업화 전략이 성공적으로 발진되고 일부 중화학 공업 부문에 있어서 수입대체가 추진됨에 따라 우리나라의 경제는 급속히 신장하기 시작하였다.

GNP(국민총생산)가 늘어남에 따라 철강재의 수요도 크게 증가하였다. 기존 시설의 확충과 함께 신규공장의 건설이 활발하게 이루어져 우리나라의 철강업은 비로소 그 면모를 일신하게 되었다.

그러나 전후 복구시기의 신설·확장된 시설은 주로 압연 시설에 치우치게 되어 있어 시설간의 불균형이 심화되자, 정부는 철강재의 수입의존도를 경감시키고 낙후된 철강공업을 전략사업으로 육성하여 중화학 공업을 촉진하고자 1968년 '철강공업 육성법'을 제정하였으며 제선, 제강, 압연의 일관 생산 공정을 갖춘 포항종합제철의 건설이 추진되기에 이르렀다.

1950년대 후반에서 1960년대 초, 우리나라 철강산업은 단위 생산규모로 보면 미미한 것이었지만, 민간기업 부문에서도 철강생산이 시작되고 있었다.

이들 업체들은 두 가지로 구분되어 제강, 압연의 연속 생산공정을 가진 제강업체와 제강 없이 압연만 하는 압연 단독 업체들로 나뉘어져 있었다. 이즈음 주식회사 대한중기가 자체적으로 횡취식 전로 제강 방식을 개발하였다. 이 횡취식 전로 제강 방식은 필요한 설비를 거의 모두 국산으로 조달하였고 압연기도 소형 압연기였기 때문에 구조가 간단하였다. 따라서 압연스탠드를 설계하고 주조 가공하는 것은 국내 업체에 맡길 수 있어 3, 4년 사이에 전국적으로 확산되어갔다.

생산량은 동국제강을 비롯하여 제강 시설을 갖춘 8개 회사에서 총 16기의 횡취식 전로가 가동됨으로써 연간 생산량이 10만 톤에 달하였다. 설비의 상당 부분을 일본에서 수입해야 했기 때문에 당시 일본을 비롯한 선진 각국에 보편화되어 있던 아크(Arc)식 전기 제강로는 1960년대에 가서야 보급되기 시작하였다.

또한 당시 제강에서의 가장 큰 문제는 양질의 무연괴탄을 적기에 조달하는 일이었다. 큐폴라용 연료가 제대로 확보되지 못한 때에는 용해 능력이 떨어져 생산의 차질이 초래되었고, 황(Sulfur, Si)도 규정 이상으로 상승하는 경우가 초래되곤 하였다. 고철 역시 적시에 공급되지 않았고 고철의 품질도 떨어져 강괴의 실제 수율은 65퍼센트 내지 75퍼센트에 불과하였다.

이러한 분위기에서 1954년에 설립된 동국제강은 서서히 성장하면서 본격적인 제강소를 갖추려 노심초사했던 것이다. 1960년대에는 이미 장상문을 뺀 다섯 아들이 함께 경영을 도우면서 뛰고 있었다. 사실상 장경호는 나이 예순이 넘으면서 차츰 경영에서 손을 떼고 있었고, 용호동 매립 후에는 거의 일선에서 물러나 있었다.

장상준은 임원 한 사람과 함께 바다가 임해 있는 지역 가운데 동국제강의 모태가 되었던 부산, 울산 일대의 지역을 중심으로 부지 선정을 위한 조사를 해나가기 시작했다. 5만 분의 1 지도를 휴대하고 해안 일대를 샅샅이 훑으며 1년여 동안 세밀하게 찾아나갔다. 처음에는 부산시 우암동의 1만 5천 평을 매입하였으나 장기적으로 볼 때 확보 부지가 협소하다는 판단 아래 취소되자 장경호가 조언을 했다.

"바다가 임해 있는 곳으로 찾아봐라."

부산제강소 공유수면 매립 장면. 부산제강소는 바다를 매립하는 한편 시설과 가동을 지속적으로 확장해 나가는 작업을 병행했다.

　대규모 철강단지를 만들기 위한 계획을 세운 후 장경호는 거의 한 해 동안을 미국에 머물러 있었다. 미국의 철강산업을 비롯해 여러 산업단지를 시찰했던 것이다. 모든 산업에서 앞서 있었던 미국은 이미 대규모 산업단지의 큰 공장들을 해안을 매립해서 사용하고 있었다.

　철강산업은 자재를 실어 나를 선박 출입이 가능한 바다에 임해 있는 것이 가장 좋은 입지조건이라는 결론을 얻고 돌아온 장경호는 임원들에게 그렇게 지시했던 것이다.

　그래서 최종적으로 결정된 곳이 부산시 남구 용호1동 177번지 일대였다. 철강 선두기업의 위치를 굳히며 성장하게 되는 선택이었다.

부산 용호동 앞바다를 매립한 부
산제강소의 초창기 전경. 멀리 이
기대가 보이고 그곳에서 부산제
강소까지 사이에는 바다가 가로
막고 있다.

미국의 철강공업이 내륙에 위치해 있어 결과적으로 1970년대 이후 경쟁력
에서 뒤떨어질 수밖에 없었던 것과 대비되는 부분으로 장경호의 예지력이 돈
보이는 선택이기도 했다.

옛날 부산 지역의 유명한 소금생산지 '분개'라는 이름으로 부산 시민에게
친근한 용호동 일대는 수산대학(현 부경대학교)을 지나 활처럼 굽어든 포구
갯벌, 약 3만여 평의 광활한 지역에 염전이 널려 있으나 해방 이후 대부분 휴
경화된 곳이었다. 6·25동란 직후 피난민 판자촌이 일부 남아 있을 뿐 1950
년대의 한가한 어촌분위기가 그대로 남아 있었고, 1960년대 들면서 부산시가
바다를 이용해 부산 지역 쓰레기 매립지로 활용하고 있던 지역이었다.

농촌과 어촌이 이마를 맞대어 모래밭이었던 조용한 시골동네가 소금벌에서 현대적 국가 자본인 철강기지로 바뀌면서 남천벌의 대역사는 일사천리로 진행되었다. 전체적인 건설 레이아웃이 점차 구체화되면서 측량, 도면설계가 착수되고 관련기관의 각종 허가와 관련업무가 차질 없이 진행되고 있었다.

매립면허를 얻은 직후부터 본격적인 매립공사를 시행하여 착공 220일 후인 1965년 10월에 1공구 2만 4,475평을 완공시켰다. 서독제 자동연압기와 용광로, 전기로 등을 시설하여 국내 최대의 철강 일관 작업 공장을 건립하는 기초작업이 시작된 것이다.

바다를 매립하고 시설과 가동을 지속적으로 확장해 나가는 대역사가 본격화된 것이다. 이 당시 대부분의 철강 설비를 도입하고 건설하는 일에는 장경호의 넷째아들인 상철이 맡고 있었다. 동국제강 역사에서 공장건설과 가동의 현장에 주로 있었던 그는 건설본부 격인 본관을 나무말뚝을 박고 판자로 지었다. 담장 하나 없는 허허벌판에 다섯 평밖에 되지 않는 판자 건물에 한쪽은 사무실, 한쪽은 창고로 쓰는 조촐한 출발이었으나, 훗날 이 건물은 민간 철강기업의 산실이 된 기념비적 건물이 되었다.

장경호는 가끔 이곳에 들러 현장에서 동국제강을 건설하고 있는 아들 상철을 만났다.

"하나의 업(業)은 100년을, 하나의 공장은 10년을 내다봐야 한다는 경영철학을 가지고 일해라. 우리처럼 좁은 국토에서 무에서 유를 창조한다는 집념으로 불모의 갯벌을 메워 나가라. 함께 일하는 사람들을 잘 대접해라. 그들이 우리 동국의 주인이다."

1960년대에 부산제강소 전기과에 근무했던 장응규는 당시를 이렇게 회고

한다.

　"현장근무자들은 용광로 등에 투입할 원부자재를 잘 배합해서 생산차질을 극소화하였다. 또 광을 리어카에 실어 용광로 큐폴라까지 운반하였다. 작업중에는 김이 서려 앞도 잘 안 보여 짐작으로 작업을 하였다. 작업이 끝나면 바닷물에 대강 씻고 퇴근하였다. 식당이 없어서 도시락을 싸들고 다녔다. 한 달 월급은 7,100원 상당이었다. 월세방 1칸에 500원, 용호동 땅 1평에 200원 하던 시절이었으므로 7,100원의 가치를 짐작해볼 수 있다. 근무자들은 분리기 내부 단열재인 석면을 위에서는 넣고 밑에서는 발로 다지기 위해 동료들과 어깨동무를 한 채 석면을 머리에 뒤집어쓰면서 밟는 작업을 하였다."

　상철은 이곳 사무실에 방을 만들어 가족들과 함께 2년을 살면서 용호동의 동국제강을 건설했는데, 이 시절을 그의 큰딸 인경(세연철박물관 관장)은 이렇게 추억한다.

　"용호동에서 살면서 매일 아저씨들이 일하는 것을 보고 자랐다. 벌겋게 달은 쇠를 가지고 왔다 갔다 하는 모습을 보고 자랐는데, 일하는 아저씨들을 보는 게 푸근하고 좋았다."

　철강업의 가장 최전방인 현장에서 철을 보고 자란 그런 철과의 뗄 수 없는 인연 때문이었을까. 장인경은 1991년 재단법인 세연문화재단을 설립하고 2000년 7월 세연철박물관을 개관해서 동국제강에서 처음 썼던 한국 최초의 철강산업의 시작을 알린 15톤 전기로를 박물관 앞마당에 전시해두고 있다.

충북 음성에 있는 세연철박물관 앞마당(위)에는
동국제강에서 처음 썼던 국내 최초의 전기로 제강
설비였던 15톤 전기로(왼쪽 사진)가 놓여 있다.

또한, 백제시대의 철기와 통일신라시대의 철기 등 우리 조상들이 실제로 사용하였던 고대의 철기들과 한반도 철의 역사와 현대 제강의 주요 생산품을 전시해 놓고 있다.

1991년 3월, 장경호를 도와서 동국제강 발전에 큰 일익을 담당했던 장상철(전 동국제강 부사장)이 작고하자 유족들은 평생 철강을 통해 국가의 산업 발전에 헌신했던 장경호와 장상철의 뜻을 기리기 위해 세연문화재단을 설립하였다.

"철이 인류문명에 끼친 영향과 유기적 관계를 나타내는 유·무형의 증거를 수집, 보존해서 학술 연구를 바탕으로 다양한 박물관 활동을 통해 철의 중요성과 인간과의 상호관계를 재인식하게 하고자 합니다. 또한 지역박물관으로서 복합문화공간으로 지역에 봉사하고 있습니다."

장인경의 말이다.

세연철박물관은 현재 야철지 지표조사, 전통제철 복원실험, 대장간 조사 등 학술 활동과 고대 제철 복원실험보고서 출판, 철문화 체험교실 등 박물관 교육을 실시하면서 장경호의 철강에 대한 사랑을 이어가고 있다.

무리한 사업입니다

지금은 현대화된 장비로 인해 바다 매립 등의 공사가 수월한 편이지만 1960년대 초중반인 당시만 해도 열악한 장비로 바다를 메워 땅을 넓히고 공장을 짓는다는 것은 쉽지 않은 일이었다.

당시 용호동 앞바다를 메우는 대역사가 시작되자 재계에서는 무모한 도전이 아니냐는 시선으로 바라보았다. 다른 산업과는 달리 철강산업은 자금투자 규모가 막대해서 국가정책사업으로 추진해도 성공가능성이 희박한데 민간자본만으로 현대적인 대규모의 철강공장을 건설한다는 것은 무리라는 게 전문가들의 시각이었다. 소비재산업도 많은데 하필이면 철강산업만 고집하느냐는 주위의 시선과 함께 '동국제강이 위험하다'는 이야기가 나왔을 때, 장경호와 사돈간인 동명목재 회장 강석진이 "무리한 사업이니 신중하게 결정해야 합니다"라는 충고를 하기도 했다.

한국철강업계 구조를 볼 때 누가 해도 해야 할 일이었으나, 그것은 대단한 모험이었을 것이다. 막대한 자금을 들여 공장을 가동시키지 못한다는 것은

용호동 부산제강소 상량식에 참석한 대원 거사. 모두가 무리라고 말하던 동국제강 부산제강소는 한국 철강산업에서 최초의 기록을 숱하게 세우면서 국내 철강산업의 견인차 역할을 했다.

경영자로서 대단한 위험을 감수한 모험이었다.

새로운 공장을 짓지 않으면 동국제강이 다른 업체에 뒤떨어져 기업으로서의 존재가 미미해질 위험이 있는 반면, 짓게 되면 위험을 감수해야 하는 것이 현실적인 상황이었다.

그러나 장경호가 '된다'라는 확고한 신념을 가지고 결단을 내렸던 것이다. 그는 여섯 아들에게 일렀다.

"사람 가는 길은 천번 물이 꺾이는 것과 같다고 했다. 꺾이지 않고 단숨에 가는 길이란 의미가 없다. 가다가 혹 꺾인다 하더라도 좌절하지 말라.

한쪽 길이 막히면 다른 한쪽으로 길이 열려 있는 게 세상사 이치다. 원칙을 '진실'에 두기만 하면 된다. 동국제강을 성장시켜서 내가 사는 이 나라에 보답한다는 생각만 하라."

모든 일의 흐름을 막는 것은 '나'와 '나의 소유'가 존재한다는 생각에 막혀 있을 때다. '나'의 생각이 없을 때 모든 일은 자연히 이루어진다. 불이(不二)에 생각의 근원을 두면 막힘없이 흘러가는 게 세상사 이치 아닌가. 강물이 바다에 닿을 수 있는 것은 자기라는 생각이 없기 때문이다. 장경호는 그러한 철학을 누구보다 잘 알고 있는 사람이었다.

"하루는 '대규모 공장을 지으려고 부지 물색을 하는 데 적당한 곳이 없습니다. 부처님 가피력으로 공장부지를 마련할 수 있도록 기도를 좀 해주세요' 하고 부탁하시더군요. 그리곤 얼마 안 있다가 미국에 산업시찰을 가시더니, 제가 무위암에서 백일 기도가 다 끝나도록 오시지 않았어요. 1년 이상 머물다 돌아오시지 않았나 싶습니다. 그리곤 부산 해안지대에 있는 용호동에 공장을 짓기 시작했지요."

용호동의 부산제강소 상량식과 1998년 용호동에서 동국제강이 기를 내릴 때도 참석해서 염불을 했던 동국제강 용호동 시대의 산 증인인 무위암 성현 스님의 기억이다.

그 즈음 장경호는 일이 있어 외국에 갈 때도 좌선하기에 좋은 자그마한 좌복 하나를 준비해 가지고 다닐 만큼 언제, 어디서나 참선에 드는 게 그의 일상 생활이었다.

결과적으로 재계의 우려는 기우였고, 그의 직관에 의한 선택은 탁월했다.

용호동에 세워진 동국제강 부산제강소는 1998년에 전면 폐쇄되기까지 오늘의 동국제강을 있게 한 산파역이자 탯줄 같은 역할을 했다. 20여만 평의 소금벌을 매립해서 철근, 앵글, 찬넬, 중후판을 생산했다. 용호동 부산공장은 민간 최초의 용광로 도입, 국내 최초의 전기로 제강 도입, 국내 최초의 중후판 공장 건설, 국내 최초의 연속 압연시설 도입 등 한국 철강산업에서 최초의 기록을 숱하게 세우면서 국내 철강산업의 견인차 역할을 했던 것이다.

진실을 원칙으로 삼고 앞으로 나아가라

장경호는 1963년 부산 용호동 22만 평을 매립, 대규모 철강공장 건설에 나섰다. 그때 나이 이순(耳順)을 넘었으나 하나의 업(業)은 100년을, 하나의 공장은 10년을 내다봐야 한다는 경영철학을 실천했다. 특히 그는 좁은 국토에서 '무(無)에서 유(有)를 창조' 한다는 집념으로 불모의 갯벌을 메워 나갔다.

이듬해에는 고로 설계에 착수했으며, 1965년에는 고로를 준공하여 명실상부한 한국 최초의 용광로 시대를 개막하였다. 또한, 아연도강판 공장을 준공, 가동하여 베트남에 수출하는 등 철강업의 국제화 시대를 열었다.

1973년에는 40톤 전기로 2기와 자동연속주조 설비를 완성함으로써 전기로 업체의 선두주자로 부상하였다. 1968년에는 서울제강 부산공장을 흡수, 1969년에는 롯드 공장을 준공, 1971년에는 국내 최초로 후판공장을 준공하였다.

매립작업이 확대되면서 자체 보유중인 준설선으로 바다 매립공사를 하였고 수중 시트파일의 항타작업은 항타선을 직접 건조하여 자체 기술로 완벽하게 시공하였다. 이후 매립을 전담하는 계열사인 동국산업을 설립, 수면상의 상부 콘크리트 작업을 맡아 부두안벽 공사를 큰 무리 없이 완료할 수 있는 초기 건설 노하우를 축적해 나가기 시작했다.

때를 맞춰 정부는 매립지역 일대를 국가 경제발전의 전략지역으로 육성하기 위해 준공업지구로 지정하면서, 산업시설들에 대한 수송망 확대를 위해 적극적인 지원에 나섰다.

부산 용호동 공장을 확장하면서 대규모의 현대화된 생산 체제를 구축해 나갔다. 그리고 민간기업으로서는 가장 처음으로 50톤 용광로에 불을 붙이며 민간 최초의 용광로시대를 열었다. 그리고 제강설비를 이용해 철강 중간소재를 생산하기 시작했다.

1963년 22만 평의 대규모 부지가 조성되면서 본격적인 철강공장 건설에 들어간 동국제강은 1964년과 1965년에는 제강시설과 제철시설을 건설하여 국내(남한)에서 최초로 제철—제강—압연의 체제를 갖추었고, 철강 수요가 대폭 증가할 것이라는 장기적 전망에 따라 철강재의 원활한 공급을 위한 명실상부한 선강(先鋼) 일관 공장을 설립하기 위해 일면 매립, 일면 시설 확장이 동시에 이루어져 회사의 분위기는 한껏 고조되어 있었다. 동국제강의 약동의 시기였다고 동국의 역사는 적고 있다.

합리적인 설비투자와 그 적기 판단, 설비를 운용하는 고도의 기술을 쌓기까지 경영자의 정확한 판단과 방향 제시는 훗날, 1998년 용호동 시대가 마감될 때까지 한국 철강사를 다시 쓰면서 성장을 거듭하게 했고, IMF(국제통화기금) 외환 위기 때 다른 기업들이 도산할 때 오히려 도움이 되게 해주는 역할을 했다. 그것은 장경호만이 가진 내면의 힘이었다.

1966년 베트남에 철강재를 1천만 달러 수출하기로 미국과 합의하면서 베트남 특수가 일었고, 동국제강 역시 활기찬 호황을 누리게 되었던 것이다. 또

부산제강소 건설 초창기의 항공 사진. 합리적인 설비투자와 설비를 운용하는 고도의 기술은, 1998년 용호동 시대가 마감될 때까지 동국제강이 성장을 거듭하는 원동력이 되었다.

한 베트남전이 터지면서 이를 전후한 호황과 1970년대의 새마을 운동으로 건축공사가 크게 신장하고 철근 수요가 폭발적으로 늘어남에 따라 철강업은 순풍에 돛단 듯하여 산하 그룹 18개의 회사를 갖고 국내 5대 기업의 하나로 등극할 수 있는 기반을 닦게 되었다. 이러한 호기를 맞게 된 것은 국내 최초로 전기로 제강 설비를 설치하면서 선강(先鋼) 일관 체제와 대량 생산 체제를 구축하여 그 효과를 톡톡히 보게 된 것이다.

1964년 종합제철사업을 계획한 정부가 종합제철소 건설을 맡아달라는 당부를 할 만큼 동국제강은 탄탄한 성장을 거듭했는데, 당시 박정희 대통령에게 직접 당부를 받은 장경호가 "종합제철소 건설은 민간기업이 하기에는 역부족인 사업이며 국책사업으로 추진해야 한다"고 완곡히 사양했다고 한다.

이 또한 장경호의 앞날을 내다보는 혜안과 결코 욕심을 내지 않는 철학을 느끼게 하는 대목인 것이다.

"1960년대 말에서 1970년대 중반까지 공기업을 빼고는 재계 순위 10위 안에 꼭 들었던 것으로 기억합니다. 물건이 모자라서 값이 뛰니까, 당시 박정희 대통령이 아버님에게 '장 사장, 우산장수가 갑자기 비가 와서 우산 500원짜리를 1천 원에 받는 것은 이해하지만, 기간산업하면서 값을 비싸게 받는 것은 이해 못 해요'라고 했던 에피소드도 있었어요."

동국제강 회장 장세주의 말이다.

이뿐만 아니라 용호동의 공장부지 선택과 확장은 40여 년이 흐른 후, 동국제강에 결정적 역할을 했다. 용호동 공장부지가 주거지역으로 묶이면서 대규모 최신시설 설치가 불가능해지자 동국제강은 공장부지를 일부 매각하였다. 그런데 2년 후에 닥친 IMF 사태로 인해 대다수의 기업들이 현금유동성 확보에 어려움을 겪으면서 부도 사태에 직면하였으나, 부산제강소 매각대금을 현금으로 확보하면서 IMF 외환 위기를 극복할 수 있게 하는 재원 역할을 하였던 것이다. 그리고 그 매각대금은 포항에 건설되는 공장의 건설자금으로 투입되었다.

동국제강은 1960년대에 주력생산기지로 연간 180만 톤 규모의 철강제품을 생산해 얻은 이익과 부산제강소 부지 매각시 발생한 특별이익금을 기업 성장의 모태가 된 지역사회에 보답하는 의미로 대원복지재단(후에 송원문화재단으로 명칭 변경)을 설립했다.

1999년 2월 부산제강소에서 동국제강 장상태 회장과 임직원들이 참여한 가운데 부산시대의 폐막을 의미하는 감사제가 열렸다.

부득이 포항으로 공장을 이전하면서 그동안 지역사회로부터 협력과 지원을 받은 데 대한 보은의 뜻과 기업이익의 지역사회 환원이라는 차원에서 설립된 것인데, 현재 총 150억여 원을 출연해서 부산 지역 중고교 및 대학생들에게 장학금으로 지급하고 있다. 또 생활보호대상자 보조 및 저소득 노인 생활비 지원 등 아동복지사업, 노인복지사업, 유공자지원사업 등을 하고 있다.

장경호의 결단으로 이루어진 용호동 공장은 그렇게 '기업이익의 사회환원' 노력이 2대에 걸쳐 구체화되게 했고, 수많은 역사를 남겼다.

"할아버지께서는 부산 공장 구석구석을 돌아다니시면서 땅에 떨어진 못이나 쇳조각이 눈에 띄면 그 자리에서 책임자를 불러 야단을 치셨습니다. 그래서 당시 직원들은 길을 걷다가도 쇳조각이 보이면 주머니에 챙겨넣을 정도였죠. 나중에는 사무실 직원까지 모든 사원이 현장에 나와 고철줍기

운동까지 벌였습니다. 쇳덩어리를 아무 데나 버리는 것은 돈을 버리는 것과 마찬가지라고 불호령을 내리시며, '고철은 동국제강 같은 전기로 제강 업체의 원자재다'라고 강조하셨습니다."

현 동국제강 회장 장세주가 회고하듯, 그의 이러한 철에 대한 사랑이 오늘날의 동국제강으로 도약시켰던 것이다.

무위암에서의 참선 수행

장경호는 '나이 육십이 되면 사업에서 물러나 수행에 전념하리라' 생각하고 있었다. 사업하느라고 수행에 시간을 충분히 내지 못했다고 생각해온 그는 육십에는 자식들에게 사업을 맡기고 오로지 수행에만 전념하고 싶었던 것이다.

동국제강은 이미 자식들이 모두 경영에 참여해서 현장에서 뛰며 무리 없이 성장하고 있었다. 중요한 일이 있을 때만 회사에 나갈 뿐, 차츰 회사로 향하는 발걸음이 적어지고 있을 즈음, 그는 금정산 자락의 무위암을 찾았다.

함께 수행을 하던 도반 한 사람에게서 '좋은 수행처가 있더라' 라는 말을 전해 듣고 찾은 것이었다. 도반의 말대로 무위암은 부산 시내와 가까우면서도 금정산 산골짜기에 푹 파묻혀 있어 조용히 수도하기에 알맞은 곳이었다.

그의 나이는 어느덧 이순(耳順)의 문턱을 넘어서고 있었고, 그간 통도사 보광전과 극락암, 향곡 스님이 있는 월내 묘관음사 등에서 안거에 들면서 쉼 없이 구도의 끈을 놓지 않고 있었다.

부산 무위암 입구. 무위암은 부산 시내와 가까우면서도 금정산 산골짜기에 푹 파묻혀 있어 조용히 수도하기에 알맞은 곳이었다.

　무위암에는 젊은 수좌 하나와 나이든 수좌 한 사람이 수행을 하고 있었다. 아늑한 터에 들어앉아 있는 무위암은 한눈에 장경호의 마음에 들어왔다. 그간 함께 수행하는 번거로운 사람과의 관계에서 벗어나 조용히 수도에만 전념하고 싶었던 참이었다.

　그곳에 있는 젊은 수좌에게 양해를 구했다.

　"스님, 여기에서 한 철 살고 싶은데 괜찮으시겠습니까?"

　한눈에 보기에도 보통 이상 수행한 듯한 그의 청을 듣고 젊은 수좌가 말했다.

　"오시는 건 좋은데 처소가 변변찮습니다."

당시 무위암은 법당과 사람이 함께 거처하는 인법당으로 되어 있어서 여러 사람이 함께 기거하기에는 작은 암자였다.

"장소가 좁으면 조금 넓히면 되지요. 스님만 환영하신다면 와서 정진하고 싶습니다."

찾아오는 사람이 없는 조용한 곳에서 오롯이 정진만 하고 싶은 그였다.

"불편하시겠지만, 오셔서 정진하시면 저희들도 힘이 되겠습니다."

일단 집으로 돌아간 그는 음력 사월 보름 하안거에 맞추어 무위암으로 들어갔다. 1960년 초여름, 그가 예순둘일 때였다.

법당과 사람이 함께 기거하는 인법당으로 되어 있는 조그만 암자에서 정식으로 하안거 결제를 하고 3개월 동안의 수행이 시작되었다. 법당에서는 스님 둘이 기거했고 작은 방 하나에는 그와 도반 하나(노창수)가 머물면서 하안거 정진에 들어갔다.

스물일곱 첫 안거에서 시작해 예순둘이 될 때까지 많은 안거를 났지만, 그는 처음인 듯 초발심의 심정으로 자리에 앉았다.

'만법귀일 일귀하처'라는 화두를 품은 지 어느덧 40여 년의 세월이었다. 그 세월, 그의 마음 저변은 언제나 내가 본래 부처라는, 곧 '마음이 부처'라는 진리에 흐르고 있었고, 현실에는 최선을 다해왔다. 수행에 소홀히 하지 않았고 기업 경영에도 최선을 다했던 세월이었다.

여느 하안거와 마찬가지로 빡빡하게 짜여진 시간표에도 그는 말없이 시간에 맞추어 정진했다. 간식을 들거나 과식하는 일은 전혀 없었고, 세속사에 대한 일체의 말이 없었다. 가족들에게 알려놓아 일절 찾는 사람도 없이 오로지 수행에만 열중했다.

가끔 부인이 들러 갈아입을 옷을 가져왔고 공양간에 들어가 공양준비를 해놓고 돌아가는 일뿐이었다.

1960년 초여름, 무위암 법당 벽에는 다음과 같은 시간표가 붙어 있었다.

오전 : 3시 기상   오후 : 12시 점심 공양

4시 예불   2~5시 참선 정진

5~6시 참선 정진   5시 30분 저녁 공양

6시 30분 아침 공양   7~9시 참선 정진

8~11시 참선 정진

하루 아홉 시간의 정진이었다. 한 철의 안거 기간, 그는 새벽예불에 한 번도 빠지지 않았으며 빡빡하게 정진으로 짜여진 일과에도 이미 진갑의 나이인 그는 한 점 흐트러짐 없이 정진에 임하고 있었다.

"제가 그때 스물여섯이었고 그분이 예순둘 진갑의 나이셨는데, 정진하시는 걸 보고 상당한 경지에 가 계시구나 느꼈습니다. 그간 몸은 세속에 있었지만 승려 이상으로 정진했던 분이라는 걸 느끼지 않을 수 없었어요. 밤늦게까지 정진하기도 했지만 졸고 계시는 모습을 본 적은 없어요."

현재 무위암 주지로 있는 성현 스님의 말이다.

어느 날, 점심 공양을 하고 난 뒤 잠깐 쉬는 시간에 성현 스님이 물었다.

"속가에 사시면서 이렇게 절에 들어와 수행하시기가 쉽지 않으실 텐데 어떻게 이렇게 수행을 하시게 되었습니까?"

그는 싱긋이 웃었다. 그리고는 모처럼 말문을 열었다.

"화두를 해서 견성성불해야 한다는 생각을 이십대부터 했습니다. 스물일곱에 처음 통도사에서 안거를 나면서 공부를 했는데, 그때 느낀 바가 많았습

무위암 성현 스님.

니다. 수행의 힘을 실감하는 큰 계기가 되었지요. 그뒤 '내가 하고 싶은 일은 무엇이든 하겠다. 이 세상에 나와서 내가 하고 싶은 일을 못해서야 되겠는가' 하는 자신감을 갖고 살아왔습니다. 수행이 주는 힘이었지요. 인간이 지닌 무한한 불성을 개발하는 일이 수행 아니겠습니까?

화두를 들고 정진하는 것은 견성성불뿐만 아니라 일상생활에서도 위력을 내게 합니다. 화두는 시비분별이 끊긴 무념을 지향하게 합니다. 무념에서 무한한 힘이 나오는 겁니다. 그런데 이를 아는 사람이 그렇게 많은 것 같지가 않아요."

늘 묵묵히 화두에 몰입해 있으면서 입을 열지 않았던 그가 모처럼 그렇게 말을 했다.

"장 거사님은 무슨 일이든 하시면 실패가 없으십니다. 모든 게 잘 되는 것 같습니다."

곁에서 듣고 있던 노 처사가 말했다. 때로 꼬박 밤을 새워 정진하기도 했던 사람이었다.

"저도 그렇게 생각합니다. 무엇이든 하면 생각지 않게 주위에서 도움을 주었고, 자연히 모든 게 잘 되어갔습니다. 부처님께서 나를 도와주시는구나 항상 생각하고 살아왔습니다. 부처님의 가피요 은혜지요. 앞으로 남은 세월은 제가 세상과 부처님께 입은 은혜를 갚아가는 데 쓸 생각입니다."

노 처사가 다시 물었다.

"화두는 잘 들리십니까?"

"잘 아시겠지만, 진리에 대한 신념이 있어야 합니다. 수행에는 신념이 첫째 관문입니다. 나 자신에게 부처님 성품이 있다는 그 진리에 대한 확고한 신념이 있어야 그걸 찾으려고 노력하지 않겠습니까? 나는 불교를 본격적으로 공부한 이십대부터 이 신념이 확고했어요. 그런데 이게 안다고만 되는 게 아니에요. 몰두해서 지속해야 합니다."

"거사님께서는 무념에 드십니까?"

"일념이 돈독해지면 무념을 이루게 되어 있어요. 완전한 무념을 이루면 정각을 이룬다고 하지 않습니까? 화두일념이 되려고 무진 애를 쓰고 있지요."

하안거 3개월 동안 그는 밖에 나가는 일 없이 오로지 화두를 참구하는 데 온 힘을 쏟고 있었다. 마음을 먹고 들어온 듯, 누구 하나 찾아오는 사람 없이 철저하게 수행에 임했다.

그해 여름 그렇게 하안거를 마치고 나서, 그는 음력 시월 보름에 다시 동안거 결제를 하러 들어왔다. 해제중에 중요한 회사일을 보고, 또 여러 곳에 있는

1960년대 초. 맨 왼쪽이 큰아들 상준, 맨 오른쪽이 대원 거사.

선지식들을 찾아보곤 하는 일이 그의 생활이었다. 그는 훗날 대원정사를 짓기 위해 동분서주할 때까지 거의 10년 동안 무위암을 오갔다. 급한 일이 있으면 나갔다 들어올지언정 꼭 결제를 해놓는 것을 잊지 않았다.

이처럼 그가 수행에 지속적으로 몰두하는 모습은 훗날 자식들에게 불자로 살아가게 하는 토대가 되게 했으니, 그렇게 그는 자식들의 스승이 된 것이다. 그는 생전에 자식들에게 불교 이야기를 거의 하지 않았다고 하는데, 말이 없었어도 그의 언행일치의 삶이 자식들에게 귀감이 되고 불교를 공부하게 했을 것이다.

첫째아들 상준은 오랫동안 일선에서 아버지를 도와 일하면서 장경호가 종합수도원을 마련하기 위하여 부지를 매입할 때, 성수 스님과 함께 다니면서 부지 매입을 위해 애를 썼다. 선지식들을 찾아다니면서 불교공부를 하는 등 불심이 깊었다고 한다. 동국제강 사장을 지냈고 후에 조선선재를 물려받아 경영하였다. 현재 조선선재는 국내 용접 재료 업체의 선두주자로 중화학공업을 비롯한 각종 산업의 발전에 이바지하고 있다.

둘째아들 상문은 아버지의 불교중흥에 대한 유업을 이어 대원정사, 대원회를 이끌고 불교방송국 개국에 결정적 역할을 하였다.

셋째아들 상태는 말년에 일선에서 물러나면 일본에 가서 본격적으로 불교를 공부했으면 할 만큼 불교에 관심이 많았고, 죽음을 앞두고 화장할 것을 유언으로 남겨 불교에 대한 공부가 깊었음을 보여주었다.

넷째아들 상철도 부인과 함께 통도사에 다니면서 불심을 나타냈고, 다섯째아들 상건은 현재 재단법인 대원정사 이사장으로 있으면서 장학사업을 하고 있다. 또한 2005년 3월, 부산에 대원불교대학 지원을 개설해서 아버지의 유지를 잇고 있다. 그리고 아버지 장경호가 머물렀던 금정산 무위암에 기거하면서 참선 수행을 하고 스님들의 법문을 듣고 불교 관련 서적들을 보면서 수행에 매진하고 있다. 장상건이 회장으로 있는 동국산업 건물의 이름이 불이 (不二)이다.

2001년 동국제강 그룹에서 계열 분리된 한국철강을 경영하고 있는 막내아들 상돈도 대원정사 법당 등 사찰에 자주 들르면서 불심을 다지고 있다.

아버지의 불교를 토대로 한 언행일치의 삶 전체가 무언으로 자식들에게 영향을 끼친 것이다.

철강 전문 기업으로 재출발하다

창업주 장경호의 강한 지도력으로 동국제강 그룹은 가족회사라는 인상이 지배적이었다. 그러나 시장 변화에 능동적으로 대처하기 위해서는 독립경영 체제로 가는 것이 여러모로 유리한 시대가 도래하고 있었다. 1990년대 후반 철강업체들은 지금까지 고수해온 고유 영역을 벗어나 다른 분야로 진출하기 시작하였다. 그러한 상황에서는 고부가가치 제품 개발과 원가 절감만이 시장에서 살아남는 길이었다.

외환 위기로 인해 외적인 어려움이 그 어느 때보다 컸으므로 선단식 경영은 아무래도 비효율적이었다. 기업의 규모가 커졌기 때문에 다루는 분야도 넓어졌고 회장이 혼자서 모든 것을 끌고 가는 방식을 버리고 특화 전문화된 기업 구조로 개편할 필요성이 대두된 것이다.

이에 동국제강 그룹은 장상태, 장상건, 장상돈 형제가 18개 계열사를 나누어 소유와 경영을 책임지는 분할 경영 방침을 세웠다. 동국제강의 핵심 사업인 철강부문에 그룹의 역량을 집중시켜 내수시장을 확대하고 해외시장 진출을 위한 경쟁력 강화에 주력한다는 것이 독립경영 체제의 요지였다. 동국제강 그룹의 자발적인 분리와 독립경영은 정부주도의 구조조정이나 내부 갈등으로 인해 기업이 해체되는 경우와는 대조적이어서 재계의 주목을 받았다. 형제 우애를 늘 돈독히 하라던 장경호 생전의 당부가 세월이 많이 흐른 후에도 바래지 않았던 것이다.

먼저 장경호의 여섯 아들 가운데 막내인 장상돈이 운영하던 한국철강이 동국제강에서 완전히 독립함으로써 이루어졌다. 그리고 동국산업도 한국철강과의 지분 정리를 마치고 단일 기업으로 분리되었다. 동국제강은 연합철강과 국제종합기계, 운송업체인 국제통운과 천양해운(동국통운) 등을 맡게 되고, 나머지 회사는 장상건의 동국산업 계열과 장상돈의 한국철강 계열로 분리되었다. 동국제강 그룹은 창업 51년 만에 철강전문 소그룹으로 새 출발을 하게 된 것이다.

장상건은 대학을 졸업한 직후, 아버지의 사업을 도와 동국제강 성장에 힘을 보탠 아들로 2001년 동국제강 그룹에서 계열 분리된 동국산업의 회장으로 있다. 동국산업은 철강전문 생산회사로 1967년 대원사로 출발하여 동국제강에서 생산되는 제품의 대외무역 창구 역할을 하였다. 1976년에는 부산 사상 공장과 포항공장을 매입하고, 1978년 포항공장 내 철골공장을 완성하면서 생산 시설을 확장하며 철강전문 생산회사로서 성장 발전을 계속하였으며, 1986년에는 동국건설을 흡수 합병하였다. 1990년에는 포항공장에 냉연강판 설비를 완공한 데 이어 1998년에는 열연아연도금강판(H.G.I)을 생산하기 시작하였으며, 설비 합리화를 통해 세계 수준의 최첨단 설비를 갖추고 고부가 가치 제품 생산에 주력하고 있다.

1970년대 초반, 대중불교 운동의 첫 산실이 된 대원정사를 지을 때 공사 자금 관리를 맡았던 장상건은, 현재 장학사업과 포교지원사업을 이어오고 있는

동국산업은 설비 합리화를 통해 세계 수준의 최첨단 설비를 갖추고 고부가가치 제품 생산에 주력하고 있다.

대원정사 이사장직을 맡아 아버지의 유지를 잇고 있다. 그가 회장으로 있는 동국산업에서는 1992년 재단법인 불이원(不二院)을 설립해서 기업에서 얻은 이윤을 사회에서 소외된 이웃에 회향하고 있다.

2004년 12월 부산에 대원정사 지원을 마련하고 불교 포교에 심혈을 기울이고 있는 장상건의 말이다.

"불교가 산에서 시내로 내려와야지요. 주변의 동네사람들부터 포교해야 합니다. 아침부터 저녁까지 많은 사람들이 드나들도록 포교 방법에 대한 새로운 아이디어를 내고, 장소가 비좁다는 생각이 들도록 사람들이 모여들면 그게 포교죠."

수행과 대중교화를 함께 아울렀던 아버지 장경호의 뒤를 그는 그렇게 이어가고 있다.

"기업하는 분이 하안거·동안거 찾아다녔으니까, 기업을 제대로 했다고는 할 수 없지요. 적어도 젊은 시절에는 그렇게 생각했습니다. 그러나 제가 수행을 좀 해보니까, 참선을 습관적으로 하면 저절로 자기가 해야 할 일이 정리되고, 어떠한 문제에 대한 답도 나오게 되어 있다는 생각이 듭니다. 어찌하였든 경쟁에서 이겨야 하는 기업정신은 무욕과 무아를 추구하는 종교 정신과는 안 맞지만, 아버님의 지혜는 수행에서 나왔다고 생각합니다. 나이 드니, 진정한 무아일 때 세상을 정확히 보고 다루는 지혜가 나오겠다는 생각을 하게 됩니다. 회사일은 산재해 있고 밥 먹이고 가르쳐야 할 자식들은 많은데, 젊은 날부터 석 달 열흘 산에 들어가서 안거에 든 것은 수행이 현실생활에 큰 힘을 발휘한다는 확신 때문이었겠지요. 근검절약할 줄 알고 성실하게 올바른 길만 가면 되는 거지요. 아버지가 저희들에게 주신 교훈입니다."

장경호가 그랬던 것처럼, 한평생 철강과 함께 살아오면서 '철강과 소재와 친환경 산업분야에서 리더가 될 수 있기를 다짐하고 있는 장상건의 회고다.

현재 한국철강 회장으로 있는 장상돈은 장경호의 막내아들로 1960년대 후반부터 동국제강에서 일해 왔다. 한국철강은 철근, 빌렛 등의 생산 및 판매를 주력사업으로 하고 있으며, 최근에는 온라인상에서 제품을 판매하는 전자상거래를 본격 시작하는 활발한 개방 경영을 시도하고 있다.

1957년 2월에 설립되어 1967년 제강, 강판을 생산하는 마산공장을 준공하였으며 1972년에 동국제강에서 인수했다. 1978년 국가기간산업체로 선정되었으며, 1986년에 동국중기공업을 흡수 합병했다. 1987년에는 창원공장 내에 도금공장을 준공했으며 1988년에 창원공장 내 산소공장을 완공했다. 성장을 계속하여 1993년에는 120톤 직류전기로 및 압연 설비를 갖추었다. 2001년 동국제강 그룹에서 계열분리된 후 2002년 환영철강공업을, 2004년에는 영흥철강, 대흥산업, 영흥태창 등의 인수 합병에 성공하며 회사를 성장시키고 있다.

"반세기를 한결같이 철강 제품 개발·생산으로 철강문화의 창달과 풍요로운 인간의 삶을 향상시키기 위해 한국철강은 혼신의 힘을 바쳐왔습니다. 현재, 철강 수요 패턴은 더욱 정밀화, 경량화, 고강도의 철강을 요구하기에 이르렀고 일반강의 소비도 급증하고 있습니다.

이처럼 급증하는 고객의 요구를 만족시키기 위해 저희 한국철강은 새로운 기술개발과 설비에 과감히 투자하여 최첨단 설비를 완공하여 신제품 및 고품질의 제품을 연간 300만 톤 생산하고 있습니다. 뿐만 아니라 품질보증

체제와 신속·정확한 납기 이행으로 고객제일주의를 실현하고 있으며 철과 인간, 기업과 사회, 더 나아가 맑고 깨끗하고 더 푸른 자연환경보존을 통해 풍요로운 인류문화 창달에 앞장서고 있습니다.

고객과 함께하는 한국철강, 인류문화에 기여하는 한국철강으로 남고 싶은 것이 우리 한철인의 소중한 꿈입니다."

한국철강 회장 장상돈의 말이다. 그는 장경호가 사람을 중요시했던 것처럼, 한국철강 경영 이면에서 '우리는 용품과 용역을 생산하기 이전에 이를 생산하는 사람을 우선 만드는 일에 노력한다'고 밝히고 있다.

"우리나라 철강산업은 1950년대와 1960년대의 태동기, 1970년대의 도약기, 1980년대와 1990년대의 확대성장기를 통해서 지속적으로 발전해왔다. 우리나라는 1990년대 이후 세계속의 철강국가로 자리잡았다. 1993년 이후에 세계 6위의 철강국으로 부상했으며 2002년에는 세계 5위로 기록되었다.

최근의 철강산업은 '옛날' 산업이라는 인식을 불식하고 기술혁신을 중심으로 철강산업의 질적 발전을 추구해야 한다. 40여 년의 짧은 기간에 세계 철강 산업의 주역으로 부상한 우리나라에게 또 한번의 도전이 기다리고 있다."

『동국제강 50년사』

우리나라 철강산업사에 앞으로 다시 새로운 철강 역사를 쓰게 될 동국제강, 동국산업, 한국철강은, 세상을 불이(不二)로 보고 기업을 경영했던 장경호의 정신이 깃든 기업이라는 데 이의를 달 사람은 없을 것이다.

검소하고 도덕적이었던 재벌 회장

무위암에서 첫 안거를 나면서 암자가 너무 비좁다고 느낀 장경호는 들어간 지 한 달 만에 집을 짓기 시작했다. 법당 곁에 10평 남짓한 조그마한 요사채를 지으려는 것이었다. 생각을 내자 곧 집을 지을 자재가 올라오고, 조선선재에서는 못과 철근을 보내왔다.

30여 명의 일꾼들이 올라와 집을 지으니 일의 진척이 빨랐다. 그는 정진하다가 쉬는 시간이면 나와서 집 짓는 곳을 둘러보곤 했다. 그리고는 시멘트를 풀어 쓰고는 여기저기 던져놓은 푸대를 전부 주워서 푸대에 붙어 있는 실밥을 뜯어내어 전부 감아놓았고 푸대를 잘 개서 한곳에 모아두었다. 또 여기저기 떨어져 있는 녹슨 못들을 주워 모았다가 회사에서 차가 오면 실어 보냈다. 못의 양이 적은 날도 마찬가지였다.

"이것 가지고 가서 용광로에 넣게."

쌀 한 톨, 배추 한 잎을 함부로 버리지 않는 불가(佛家)의 풍습을 그대로 실천하고 있던 그는 물건을 쌌던 포장지 하나 그냥 버리는 법이 없었다. 전부 모았다가 손바닥만 하게 잘라서 화장실 휴지로 사용했다. 가족들이 사다놓은 두루마리 휴지는 벽장 속에 두거나 다른 사람이 사용하게 했다.

한평생 그의 생활은 모두 절약으로 채워져 있었다. 그를 기억하는 가족들은 물론 함께 지냈던 사람들에게 '장경호'라는 이름 세 글자와 함께 떠오르는 것은 '절약'의 이미지였다.

평생 그는 시간을 철저하게 아껴 사용했고, 먹는 것 또한 낭비하지 않았다. 시간을 아낀 것은 근면과 성실로, 물자를 아낀 것은 절약으로 나타난 것이다.

"낭비하면 자기 복주머니를 낭비하는 것이지. 사람이 복을 감하면서 살아서야 되나, 복을 키우면서 살아야지."

함께 살았던 사람들이 그에게 가끔 들은 말이었다.

언젠가 성수 스님(현 조계종 원로의원)이 단도직입적으로 이렇게 물은 적이 있다.

"돈 버는 재주가 뭡니까?"

그 물음에 그가 거두절미 이렇게 대답했다고 한다.

"쓰지 않는 거지요."

적게 쓰고 적게 먹는 것은 일상생활에서 그의 신조였다. 시간과 물자에 대한 절약은 한평생 언제 어디서나 한결같았다.

아들 상문이 홍콩에서 총영사를 지낼 때, 상문의 장남이자 그의 손자인 세우를 남산 그의 적산가옥에서 데리고 산 적이 있다. 그는 당시 대학생이던 손자에게 지출 내역을 쓰게 했다고 한다. 빠듯할 만큼의 한 달치 용돈을 주고 한 달에 한 번 지출내역서를 검사했는데, 한창 용돈이 필요할 나이의 손자가 할아버지에게 검사를 맡기 하루이틀 전에 적당히 써가지고 가면 영락없이 알아보고, "야야, 거짓말을 조금 하는 것은 괜찮은데 많이 하는 것은 곤란하다"하고 말했다고 한다.

그의 타의 추종을 불허하는 절약정신에 대해 이종갑(전 불서보급소 사장)은 이렇게 말한다.

"그 어른의 물자에 대한 존중은 아주 철저했어요. 일요일이면 가까운 사람 몇이 등산을 가곤 했습니다. 여름에는 더워서 계곡물에 머리를 몇 번 감게 되죠. 그럴 때면, 그분이 항상 '흘러가는 물도 다 임자가 있는데 그렇게 마구 쓰면 안 된다' 는 말씀을 하곤 하셨어요. 물자를 절약하고 아끼는 데 그분보다 철저한 분은 없을 겁니다."

무위암 하안거에 든 3개월 동안 그가 노 처사와 함께 쓴 방에 늘어난 물자라고는 하나도 없었다. 안거가 시작되면서 그는 무위암 공양주에게 부탁했다고 한다.

"공양주 보살님, 제 밥그릇에는 8할만 밥을 퍼주십시오."

가득 담으면 남겨서 버리기 쉬운 밥그릇 철학은 평생 그가 견지해온 검소한 생활태도였다. 집에서도 며느리들이나 부인에게 언제나 그렇게 일렀다.

"할아버지 앞에서 밥 한 톨이라도 남기면 큰일 났죠. 어렸을 때니까 밥맛이 없을 때가 있을 수도 있는데, 할아버지 앞에서는 어떤 경우에도 밥을 남겨선 안 됐어요. 할아버지께 하도 혼이 나곤 해서 나중에는, 할아버지께서 잡숫고 난 다음 먹든가, 아니면 먹지 않고도 '전, 먹었습니다' 하기도 했죠. 절약 면에서는 아주 엄한 교육을 시키셨죠."

동국제강 장세주 회장의 말이다.

무위암의 소찬에도 그는 전혀 개의치 않았고 적당한 양만큼만 먹고 숟가락

무위암 요사채. 대원 거사는 안거 중에도 항상 솔선수범해서 시간과 계율을 철저히 지켰으며 적게 쓰고 적게 먹는 것을 실천하였다.

을 놓았다. 나이 들면 갖기 마련인 노욕이라고는 찾아볼 길이 없었다.

시간표대로 움직이는 선방생활에서 가장 연장자였으나 그는 언제나 솔선수범해서 시간을 철저히 지켰고, 계율 또한 철저하게 지켰다. 그의 계율에 대한 신념은 한평생 빈틈없었다. '생명을 죽이지 마라, 남의 물건을 훔치지 마라, 음행하지 마라, 거짓말하지 마라, 술을 마시지 마라' 하는 불가의 기본적인 계를 지키는 데 그는 지독하리만큼 철저했다.

불가에서 지켜야 할 계율은 곧 도덕적인 생활이다. 그는 평소 계율을 지키지 않고는 결코 도를 닦을 수도, 성불할 수도 없다는 신념을 갖고 있었다. 살아 있는 생명을 죽이고 정당하지 않은 물건을 취하며, 자신의 배우자가 아닌

남의 배우자와 적절치 않은 관계를 맺고, 바른말을 하지 않으며, 또 지나치게 술을 마시면서 어떻게 도의 길을 가겠느냐는 것이었다. '계를 어기면서 도를 이루려 하는 것은 모래로 밥을 지으려는 것과 같다'는 불가의 가르침을 그는 철저히 믿고 한평생 어긋남 없이 실천했다.

그는 일생에 단 한 번도 자신의 아내 말고는 다른 여성과 가까이 지낸 적이 없었다. "무엇 때문에 남의 여자와 손을 잡느냐"면서 다른 여성하고는 악수 한 번 하지 않았다는 게 가족들과 주위 사람들의 전언이다.

"큰일 할 사람은 도덕적으로 결함이 없어야 한다. 도덕은 곧 계율이다. 계율을 지키지 않으면 결코 지혜가 나올 수 없다."

젊은 날, 통도사 구하 스님에게 들은 그 말은 그의 가슴 깊이 박혀 생활신조가 되게 했던 것이다.

"일제 강점기에 아버님께서 평양에 친구분들과 가신 일이 있었다고 합니다. 그때, 친구분들이 짓궂게 기생을 방에 들여보낸 적이 있었다고 해요. 그런데 그때 아버님께서는 기생을 타일러 돌려보냈다는 이야기를 들은 적이 있습니다. 아버님의 단 한 분의 여성은 평생 동안 시어머님뿐이었어요."

"말수가 적었던 아버님께서 모처럼 말문을 여는 상대도, 또 살짝 머금은 미소를 활짝 터트렸던 상대도 어머님뿐이었다. 두 분의 금슬이 좋아서인지, 아들들도 마음이 따뜻하고 가정적이었다."

셋째와 넷째 자부의 증언처럼 재벌 총수였던 그에게 단 하나의 여성은 부인뿐이었다. 돈과 명예와 권력을 두루 갖춘 재벌들이 자칫 놓치기 쉬운 '도덕적인 생활'을 한 치도 잃지 않은 그만의 '계율'을, 그의 삶에서 가장 빛나는 부분이었다 한다면 지나친 표현일까.

장경호가 무위암에 살면서 보인 재가수행자로서의 모습은 성현 스님에게 깊은 감동으로 남아 있다.

"불가에 있어서 우바새로서도 가정적으로도 모범적인 가장이었고, 부모로서도 원만하고 사회적으로 보아서도 성실한 사업가로 그렇게 훌륭한 삶을 살 수 있었던 것은 그럴 만한 복도 타고났겠지만 금생에서도 성실하게, 그리고 원리에 맞게 사니까 그리 순탄하게 잘 사셨던 것 같다. 그분은 몸은 재가에 있었지만, 출가자와 다름없이 화두를 깨쳐서 견성성불해야 한다는 신념이 확고하게 자리잡힌 분이었다.

나는 스물셋에 출가해서 지금 일흔 살에 이르기까지 선방 수좌로만 살아왔다. 장경호 거사님을 만나고 지금까지 이곳 산중에 살면서 조금도 어렵다는 느낌 없이 살 수 있었던 것은 그분의 검소하고 무욕한 삶을 보면서 느낀 감동 때문이었다. 많은 것을 소유한 재벌도 저렇게 무욕한 삶을 사는데 하물며 수행자인 내가 어렵다고 비관해서야 되겠는가 하는 생각을 하면서 살아왔다. 10여 년 가까이 그분과 함께 지내면서 그분이 내게 준 가장 큰 영향이었다."

장경호를 처음 만나 함께 안거에 들었을 당시 이십대였던 나이가 어느덧 칠순에 접어든 세월에 와 있는 성현 스님은 그렇게 회고했다.

찹쌀 세 가마니와 철제 다리

장경호는 한 달 동안 젊은 수좌인 성수 스님(현 조계종 원로의원)과 한방에서 참선을 하면서 그림처럼 앉아 있었다. 몇 시간을 움직이지 않은 채 앉아 있는 그의 모습은 고요하고 묵묵한 산과 같았다.

무위암에서 안거를 끝내고 해제 기간 중, 공부를 착실히 하고 있는 스님이 있다는 말을 듣고 함께 공부하고 싶어서 찾아가 참선을 하고 있었던 것이다. 양산의 천성산 자락에 있는 토굴 법수원에서였다.

서른셋의 젊은 수좌였던 성수 스님이 그와 함께 하루 세 시간만 잠을 자고 묵언하면서 정진한 지 한 달 만에 물었다.

"오늘은 거사님께서 공부하신 경험담을 좀 듣고 싶습니다."

조는 법이라고는 없이 손도 한 번 움직이지 않고 앉아 있는 것이 마치 저 옛날의 조사스님처럼 점잖게 보였던 그에게 물은 것이었다.

"거사님께서 공부하시는 걸 보니 마치 효봉 스님을 뵙는 듯했습니다. 예전에 효봉 스님과 함께 삼칠일 용맹정진했는데, 그때 보니까 눈 한 번 깜박거리지 않고 밤새도록 앉아 계시더군요."

효봉 스님과 해인사 퇴설당에서 함께 정진한 적이 있던 성수 스님이 그렇게 말문을 열자 그가 화답을 했다.

"효봉 스님은 저도 1·4후퇴가 있던 겨울에 부산 금정사에서 뵌 적이 있지요. 낮으로 찾아 뵙고 함께 선방에 앉아 있곤 했습니다. 벌써 10년도 더 전이군요."

"그러셨습니까? 대단한 어른이시죠. 거사님, 공부하신 경험담을 좀 들려주십시오."

한 달 동안 좌선하고 있는 그의 모습은 더할 수 없이 반듯하고 깊으며 흐트러짐이 없었다. 진지하게 수행하는 그를 보면서 늘, 묻고 싶었던 이야기를 비로소 꺼내었던 것이다.

"별 말씀을 다하십니다. 제가 무슨 공부를 했다고 경험담을 이야기하겠습니까?"

그러나 젊은 수좌인 성수 스님의 눈에 비친 그는 결코 공부가 짧은 사람이 아니었다. 수행을 많이 한 사람에게서 느껴지는 원숙함이 그에게 있었다. 강직해 보이나 그 이면에 숨겨져 있는 부드러움은 오랜 수행에서 나오는 힘임을 성수 스님은 감지할 수 있었다.

"그러지 마시고 좀 들려주시지요. 젊은 제가 공부하는 데 도움이 되지 않겠습니까? 저는 열아홉에 출가해서 지금까지 생사의 문제를 해결해야 한다는 명제를 두고 마음이 불이 난 듯 분주하군요."

젊은 수좌가 간절하게 거듭 청하자 장경호는 더 이상 물러서지 못하고 대답했다.

"스물일곱 살에 시작해 지금까지 36년 동안 공부를 한다고 했습니다만, 10년은 공부하는 데 속고, 10년은 공부가 되는 데 속고, 10년은 도를 아는 데 속았습니다."

곁가지를 쳐낸 간단명료한 대답이었다. 그의 말에는 언제나 군더더기가 묻어 있지 않았다. 필요한 말만, 그것도 핵심적인 말만 하는 게 그의 말의 특징이었다. 그리고 그의 말에는 '나'가 없었다. 결코 수다하지 않았으나 선명함이 있었고 상대방에 대한 관심과 사랑을 품고 있었다. 그것은 상대와 내가 하나라는 진리가 체득된, 수행에 깊이 들어간 사람에게서만 느낄 수 있는 어법이었다.

성수 스님이 그 말을 듣고 다시 물었다.

"그러면 현재는 어떠하십니까?"

"현재는 속지는 않고 삽니다."

성수 스님은 말문을 닫았다. 더 이상 물을 것이 없었다. 공부한 이야기를 번다하게 듣지 않아도 이미 들을 것은 다 들은 셈이니 더 이상 물을 필요가 없었던 것이다.

두 사람 사이에 잠깐 침묵이 흘렀다. 이십대에 이미 생사초탈에 대한 명제 하나에 매달려 효봉 스님, 동산 스님, 인곡 스님 등 제방의 선지식들을 찾아 누구든 가리지 않고 멱살을 잡고 도를 물었던 성수 스님이었으나, 그의 짧은 대답에는 잠잠히 앉아 있을 수밖에 없었다.

잠시 강물처럼 깊은 침묵이 결코 범상치 않은 둘 사이를 흐르고 지나갔다. 서른셋과 예순셋이라는 30년의 나이 차와 출가자와 재가자의 신분을 초월한 둘 사이에 흘렀던 비상한 침묵을 깨고 먼저 말문을 연 것은 장경호였다.

"스님께서도 공부하신 경험담을 좀 이야기해 주시지요."

홀로 밥 끓여 먹으며 깊은 산중에서 수행정진하는 고독한 젊은 수행자에게 공부한 경험담을 청했던 것이다. 그러나 젊은 수행자가 '도시 할 말이 없다'면서 극구 사양하며 강하게 물러서자 장경호가 말했다.

"저는 아들 여섯, 딸 다섯을 낳고 키우면서 사업하는 과정에서 공부한 재산을 다 털어놓았는데, 스님은 도만 전문으로 닦는 수행자이신데 경험담이 없다는 것은 이유가 안 됩니다. 말씀해 보시지요."
　그때의 일을 성수 스님은 이렇게 회고했다.

　"눈 한 번 깜박이지 않고 꼿꼿이 앉아 있었던 그분에 비해 수행이 짧았던 나는 한 달 함께 정진하는 동안 많이 졸았었지요. 당시 제가 느끼기로 그분의 눈빛이 '내가 당신의 재산 다 안다' 하는 야단을 담은 표정이었어요. 부끄러웠습니다. 그 눈길에 더 피할 길이 없던 제가 '할 말은 없으나 먼저 여쭌 죄로 한마디만 하겠습니다' 이렇게 대답을 했습니다."

　장경호는 미소를 머금은 채 키가 훤칠하고 몸이 반듯한, 앞으로 수행을 하기에 무한히 많은 시간을 가진 젊은 스님을 잠잠히 바라보았다. 한국 불교를 걸머지고 갈 동량 중 한 사람 아닌가. '저처럼 산속에서 마음을 맑게 하고 간 이름 없는 수행승들이 그 얼마나 많았을까'를 생각하게 한 젊은 스님이었다.
　더 이상 물러서지 못하고 성수 스님이 대답했다.
　"저 뜰 밑에 개미벌거지가 나보다 낫고 나는 아직 개미보다 못하다고 느끼기는 했습니다만, 그것도 실행이 안 되고 실천이 안 되어서 이 놈의 심보가 하루 열두 번쯤 미울 때가 있습니다."
　성수 스님 또한 그 말뿐이었다.
　장경호는 우직해 보이면서 한편 괴팍하게도 느껴졌던 젊은 수좌가 범상치 않음을 느꼈다. 그의 대답이 평범치 않게 다가왔던 것이다.
　두 사람은 서로에게 삼배를 했고, 그 후 10여 년 동안 깊이 이어졌던 그들의 인연이 시작되었다.

그런 대화가 오간 뒤 며칠이 지나고 법수원에 머물러 정진하던 장경호가 떠나면서 성수 스님에게 말했다.

"스님, 제가 못 공장을 하고 있지 않습니까? 제가 다리를 하나 놓아드리겠습니다."

토굴로 들어오는 길목에 놓여진 나무다리가 늘 마음에 걸렸던 그였다. 옆에 작은 폭포가 있어서 나무다리보다는 튼튼한 철제 다리를 놓았으면 생각해왔던 것이다.

공부를 잘 하고 가는 것에 대한 예의이기도 했고 고마움이기도 해서 그렇게 말한 그에게 성수 스님이 뜻밖의 말을 했다.

"그 다리는 세상 사람 누가 봐도 때가 되면 합니다. 그러니 그것말고 세상 사람이 알지 못하는 것 하나 하십시오."

"말씀하시지요. 그게 뭡니까?"

1960년대 초중반, 세상 어느 곳이나 먹거리가 충분하지 않았던 시절이었다. 산속에서 조용히 수행하는 출가자들 또한 꽁보리밥에 간장 한 종지 놓고 밥을 먹는 절이 허다했던 때였다.

"저 산골에 수행승들이 두세 명씩 어울려 토굴을 짓고 공부하는데 먹는 것이 넉넉지 않습니다. 가끔 찰밥을 한 번씩 보내주면 좋겠습니다. 뱃속이 든든해야 도를 잘 닦습니다."

열아홉에 출가해서 각처를 다니면서 공부를 했던 성수 스님이 경험한 바이기에 나온 소리였다.

"그리 하겠습니다. 얼마가 필요합니까?"

"전국에 도를 닦는 사람들 모두에게 한 달에 찹쌀 세 가마니씩 10년을 대주십시오. 10년을 찰밥 먹고 나면 절반은 도인이 될 겁니다. 한 달에 찹쌀 세 가마씩 대주시면 되겠습니다."

1960년대 초 소탈한 모습의 대원 거사(앞줄 왼쪽). 뒷줄 왼쪽에 큰아들 상준이 앉아 있다.

"좋습니다. 그렇게 하죠."

장경호는 그 자리에서 참쌀 세 가마니 값을 내놓았다. '옳다'라고 생각하면 두말 않고 그 자리에서 실천에 옮기는 그였다. 두 사람이 한 약속은 그 뒤 1년 반 동안 지켜졌다.

그는 매달 정확한 날짜에 쌀값을 보냈고 성수 스님은 그 돈으로 참쌀을 사서 전국 곳곳에서 공부하는 스님들에게 보냈다. 그런데 시간이 흐르자 이 사실을 알지 못하는 스님들이 성수 스님에게 약값이다, 병원비다 하고는 필요한 용돈을 얻으러 와서 감당할 수 없게 되었다. 이러한 비용까지 장경호에게 부탁할 수는 없는 일이어서 스님은 그만 손을 들고 현풍 도솔암으로 잠적해 버렸는데, 돈을 받아서 처리할 사람이 없게 되자 자연히 돈이 끊기게 된 것이다. 그렇게 해서 전국의 이름 모를 도인들에게 배달되던 찹쌀 세 가마는 자취를 감추게 되었던 것이다.

그가 산을 내려간 다음날, 장경호의 넷째아들 상철이 다리를 놓을 철제와 시멘트, 모래 등을 가지고 인부들과 나타났다. 그리고 얼마 후 해발 800미터나 되는 그곳에 튼튼한 철제 다리 하나가 만들어졌다.

두 사람의 인연은 1973년 남산의 대원정사가 출범하기까지 계속되었다. 장경호는 이 나라 불교 발전을 위해 내놓는 수행자의 의견을 경청했고 신임했으며, 성수 스님은 수행이 깊고 한국의 불교중흥을 위해 골몰한 재가수행자를 존경하고 도왔다.

두 사람은 사부대중을 위한 종합수도도량을 건설할 계획을 함께 도모했고 이 땅에 불교를 일으켜 새로운 역사를 만들어갈 인재불사를 해야한다는 데 같은 생각을 가지고 있었다. 그들의 의기투합은 오랜 동안 계속되었다.

돈 쓰는 방법을 가르쳐 주시오

"조계사로 가끔 종정스님을 찾아오셔서는 '불사 잘 돼 가십니까?' 라고 하시곤 했습니다. 그분의 언동이나 동태로 보아서는 참말로 마땅한 분이 있으면 불사를 위한 거액의 희사를 하려는 것 같았습니다. 종단을 위해서 당신이 해야 할 일을 골똘히 생각하고 계신 눈치였습니다. 한 번은 제게 빙그레 웃으시면서 '스님은 돈이 있으면 종단을 위해서 제일 하고 싶은 게 뭡니까?' 하고 물으시더군요. 어떻게 해야 도인을 많이 배출할 수 있을까, 승단의 재건을 위해서 많이 고민하시는 것 같았죠. 불교 정화가 한창일 때 필요할 때마다 동산 스님을 여러 번 직접 찾아 뵙고 퍽 많은 불사금을 내놓으셨습니다."

동산 스님이 종정직을 맡고 있을 때, 종정을 모시면서 조계종 총무원 총무부장을 맡고 있었던 능가 스님(범어사 내원암 조실)의 회고를 들어보면 장경호의 불교에 대한 애정이 얼마나 깊었는지 알 수 있다.

1982년 대원정사 개원법회를 마치고 나서는 성수 스님과 장상문 당시 이사장.

일제에 주권을 빼앗겼을 때 뜻 있는 수행자들과 함께 시작되었던 불교 정화 운동은 1962년 4월 정화이념에 의해 비구승들의 주도로 통합종단이 출범하고 초대 종정으로 효봉 스님이 추대되면서 정화 운동이 일단락을 짓고 서서히 안정을 되찾았다. 그러나 종단은 늘 여진을 안고 있어 시비가 끊이질 않았고, 일제 강점기부터 불교집안의 내분과 발전을 함께 지켜본 장경호에게 종단의 불안정은 늘 안타까운 일이었다.

일제 불교의 잔재를 청산하여 우리의 민족 전통문화를 회복하고, 율장(律藏)정신에 의한 청정비구승단을 재건하여 승단의 본분인 지계(持戒)와 수도를 통해 불조(佛祖)의 혜명(慧命)을 계승하고 구세도중(救世度衆), 즉 세상을 구하고 대중을 제도하고자 하는 역사적 요청으로 일어난 정화 운동은 한국 불교에서 빼놓을 수 없는 역사(役事)였다. 그러나 종단간 불화의 골은 너무나 깊었고 그 여진으로 인한 분규는 끊일 날이 없었다. 조계종은 도제양성과 포교, 역경을 정화 운동의 이념으로 내세웠으나 실현될 날은 요원해 보였다.

그럴 즈음, 장경호는 왜색불교를 척결하기 위한 정화 운동에도 앞장섰고, 정화 불사를 위해 서울 조계사에 머물며 종정 소임을 보고 있는 동산 스님을 찾아가곤 한 것이다. 불법승 삼보의 하나인 승가 집단 즉 종단이 안정되어야 불교의 발전도 함께하리라고 생각했기 때문이다.

그는 젊어서부터 자신과 부처님께 약속했던, 나라와 세상으로부터 입은 은혜, 그리고 부처님으로부터 입은 은혜를 회향하는 방법을 깊이 생각하고 있었다. 그러한 원력은 많은 선지식들과 불교학자들을 만나서 그 길을 모색하게 했고, 성수 스님을 찾아간 것도 그러한 발걸음 중 하나였던 것이다.

예순 살이 넘고 사업 일선에서 물러나면서 그는 회향 방법에 대해 깊이 생각하고 있었다. 무위암에 조촐하게 선원도 지어서 뜻 맞는 사람들과 조용히 수도를 했으면 하는 생각을 가지고 있었고, 자신이 소유하고 있는 재산을 불교의 발전을 위해서 어떻게 써야 할지 생각하고 있었던 것이다.

그럴 즈음, 그는 성수 스님을 다시 찾았다. 그리고 단도직입적으로 물었다.

"불교의 발전을 위해서 일을 해야겠습니다. 어떤 방법으로 하면 좋겠습니까?"

"기왕이면 종합수도원을 하나 지으십시오."

불교발전을 위해 자신의 돈을 쓰고 싶다는 장경호의 말을 듣고 성수 스님이 망설임 없이 대답했다. 제대로 된 사람을 만들어 이 나라의 성장에 이바지해야 한다는 불교의 발전에 누구보다 관심이 많고 패기가 넘치던 시절의 성수 스님이었다.

"절은 지금도 많이 있지 않습니까?"

"아닙니다. 절은 많지만 '참된 사람'을 만드는 도량은 없습니다. 예의 없이 드나드는 일반인들의 발걸음으로 날로 유흥장소로 변해가고 있는 게 요즘의 절입니다."

그도 오랫동안 생각해오던 일이었다. 그는 집으로 돌아온 그날부터 일년 동안 여러 사람의 의견을 경청하고 숙고한 끝에 수도와 교화를 함께할 도량을 설계했다. 그리고 다시 성수 스님을 찾아갔다.

참된 사람을 만드는 종합수도원 구상

"아무런 대답 없이 묵묵히 듣고 서울로 올라갔던 그분이 다시 저를 찾은 것은 다시 한 해가 지난 뒤였습니다. 불교학 관계 교수들을 불러 의논해서 설계했다는 수도원 설계도를 내놓더군요. 서울 워커힐호텔 근처에 4천 평의 땅에 400평의 건물을 지으려고 한다는 이야기였습니다. '이러면 되겠습니까?' 하는 그분에게 제가 첫마디에 '안 된다'고 했습니다."

1년 동안 공을 들인 계획을 한마디로 부정해버리는 젊은 스님을 장경호가 기가 막히다는 표정으로 바라보았다.

"허허. 스님, 어째서 안 된다고 하십니까?"

"옛날에는 눈 밝은 도인이 사람을 지도해갔지만, 지금은 도인이 없는 시대입니다. 그래서 환경과 위치가 사람을 만들어야 합니다. 땅 100만 평을 사서 수도원을 지어 이 나라를 구제할 '참사람'을 만드세요."

장경호가 한참 생각에 잠겼다가 물었다.

"그렇게 많이 필요합니까?"

"물질을 만드는 공장은 수억씩 투자해서 좋은 물건을 만들고, 강 건너까지 가지고 다니며 자랑하시지 않습니까? 그런데 이 나라를 성장시키고 이끌어갈 '참사람' 만드는 공장을 만들어보시라고 하는데, 돈이 많으니 적으니 하십니까? 그러시려면 그만두시지요. 돈을 버는 수고보다 지키기가 어렵고, 지키는 수고보다 잘 쓰기가 어려운 법입니다."

"저는 나이 육십이 넘은 지금까지 이발비와 목욕비 이외에는 제 자신을 위해서 돈을 쓰지 않고 살아왔습니다. 밖에서 점심 한 끼 사먹지 않을 만큼 절약해서 돈을 벌었습니다. 그런데 100만 평을 마련하라고 하는 것은 너무한 것 아닙니까?"

"그렇게 생각하신다면 알아서 하실 일이지 굳이 저에게 물으실 것은 없지 않습니까? 그만 올라가시지요."

성수 스님의 단호한 말에 장경호는 다시 숙고했다.

"그렇게 크게 만들고 나면 거기에 걸맞게 운영을 해야 하지 않겠습니까? 어떻게 해야 할지 마땅한 복안이 있습니까?"

"먹고사는 것을 걱정하는 사람은 죽을 때까지 먹고살 것만을 걱정하게 되니, 평생 걱정해도 모자라는 법입니다. 그러나 나라와 중생을 걱정하는 자는 아무런 걱정 없이 일이 되어 나갈 것이라고 했습니다."

장경호는 다시 한참을 생각에 잠기더니 결심한 듯 말했다.

"그러면 해봅시다."

당시 그에게 땅 100만 평은 그리 무리가 되는 평수는 아니었다. 그는 조선선재를 경영하면서 여유가 생기자 땅을 사두기 시작했고, 동국제강이 성장하면서부터는 이미 많은 땅을 가지고 있던 터였다.

장경호는 그간 각고의 노력을 들여 계획했던 일을 과감히 포기했다. 아마 그때 그 계획을 그냥 밀고 나갔더라면, 남산에 대원정사가 세워지는 대신 몇 년 일찍 서울의 워커힐 쪽에 불교포교당 건물이 세워졌을 것이다.

그가 동의하자 성수 스님이 말했다.

"참사람을 만드는 연구를 하려면 물건을 만드는 연구비보다 훨씬 많이 들 겁니다. 각오하셔야지요. 우선, 장소는 서울이나 부산에서 하루에 갈 수 있는 곳을 정하고, 큰 산이나 큰 강을 낀 곳을 찾아보도록 하시지요. 안목이 있는 사람 열 명 가운데 아홉 사람이 좋다고 하는 곳이어야 합니다."

"그렇게 하십시다. 땅은 스님께서 찾아보도록 하세요."

그리고 그는 10만 원을 내놓았다. 당시 10만 원이면 논을 몇 마지기 살 돈이었다. 땅을 사러 다니는 데 쓸 비용을 내놓고 돌아간 그는 바로 그 이튿날 동국제강 사장으로 있던 큰아들 상준을 보냈다. 운전수가 딸린 승용차와 함께였다.

"당시 대원 거사님과 나의 포부는 사람다운 참사람을 만드는 인재불사를 해서 일제의 압제 아래에서, 또 전쟁을 치르면서 고통 속에서 아직 헤어나지 못한 이 나라를 부처님 가르침으로 새롭게 만들자는 거였다. 원효 대사나 사명 대사와 같은 위대한 인물을 만들어보자는 데 의기를 투합했다. 세 살 때 버릇 여든까지 가는 법, 어려서부터 불교를 바탕으로 인물을 키우려는 게 일차적인 생각이었다."

성수 스님의 회고다.

그때부터 장경호는 수도원 구상으로 많은 선지식들과 불교학자들을 만나러 다니는 발걸음이 잦아졌고, 성수 스님은 100만 평의 땅을 찾는 일에 전념하였다.

해인사 전경. 1960년대 중반 100만 평 규모의 종합수도도량 계획을 앞두고 해인사에서 백일 공부에 들어갔으나 시절 인연이 닿지 않아 무산되고 말았다.

　탄압과 전쟁으로 상처받은 이 나라, 이 민족을 불교정신으로 끌고 가야 한다는 데 두 사람의 생각은 일치했던 것이다. 전쟁을 겪으면서 먹고사는 것에 급급했던 사람들이 정신에 눈 돌릴 겨를도 없이 물질문명이 급속히 발달하는 과정에서 인간성을 잃게 되는 것은 당연했다. 정신과 물질의 균형잡힌 발달과 인간성의 회복이 무엇보다 시급한 일이었다.

　장경호는 물밀 듯이 밀려오는 서구 문물 속에서 무너져가는 사회윤리와 물질에 편중되어 정신의 중요성이 상실되어가는 현실 속에서, 불교가 제 역할을 찾지 못해 현실에 무능력한 것을 안타깝게 바라보고 있었다. 아무런 자유가 없었던 일제의 혹독한 탄압과 전쟁이라는 뜨거운 불길을 건너며 이 나라의 아픈 역사를 건너왔던 그에게는, 인간의 존엄과 평등을 선언하며 인류에게 무한한 빛을 주었던 불교가 제 빛을 발휘하지 못한 채 부유하는 이 땅의 불교현실이 안타깝게만 느껴지고 있었다.

장경호는 100만 평의 넓은 땅에 불국토를 만들고 싶었다. 수도원을 만들어 이 나라를 이끌고갈 인재를 키우고, 차츰 방송사, 신문사, 잡지사, 병원, 복지 기관 등을 만들어서 명실공히 청정국토를 마련할 계획이었다. 대중 교화를 향한 적극적인 그의 발걸음이 시작된 것이다.

동국제강이 부산제강소에 아연도강판(도금) 공장을 준공, 가동하면서 본격적인 국제화에 첫걸음을 내딛을 무렵, 대중불교를 펼칠 요람이 될 종합수도도량을 지을 부지가 잡혔다.

경상남도 언양의 석남사로 가는 길목에 있는 보동이라는 곳에 터를 잡은 것이었다. 논 270마지기, 밭 75마지기에 논밭 한복판에 5만 평의 황무지가 산도 들도 아닌 임야로 있는 땅이었다. 큰 산이 뒤에 있고 밑에 논, 옆에 밭이 있는 땅을 보고, 통도사와 범어사의 노장스님들이 '통도사 같은 절을 열 개 지어도 남겠다'며 만족해 했을 만큼 위치가 좋은 땅이었다.

서른일곱 명의 땅 임자들에게 도장을 받는 데만 석 달이 걸렸다. 도장을 모두 받아놓고 그 고장의 유지인 군수와 서장, 교육감을 땅값 조정 위원으로 해서 땅값을 매겼다. 논은 상답 300원, 중답 200원, 하답은 100원으로 조정했고, 밭은 상하로 해서 200원과 100원, 산은 모두 30원으로 인정해서 결정짓게 되었다.

"가격까지 매겨놓고 거사의 큰아들 장상준에게 땅 임자들에게 돈을 주고 사라고 해놓고, 나는 해인사 퇴설당 위의 조사전으로 갔습니다. 큰일을 하는데 앞서 백일 동안 공부를 하고 나올 작정이었어요. 땅 포기각서까지 다 받았고 땅값 조정위원장에게 값도 다 매겨 놓았으니까 돈만 주고 땅만 사면 되는 일만 남아서 안심하고 기도하러 간 것입니다.

그런데 그곳과 인연이 안 되려고 그랬는지, 땅이 확정되었다고 하니까 장경호 거사님이 부인하고 땅을 둘러보러 그곳에 간 겁니다. 그러자 사람들이 땅값을 올리려고 데모를 했어요. '당신들 때문에 동네 망한다'고 시위를 한 거죠. 좋은 일을 하려고 마음먹고 흐뭇한 마음으로 가본 것인데 그렇게 데모를 하니까, '이렇게 원망하는 데 터를 잡지 말고 새로 터를 잡아라' 그렇게 되어서 결국 무산으로 돌아갔고 한참 후 남산에 대원정사를 짓는 것으로 귀결되었지요."

장경호는 땅을 소유한 사람들이 시위를 하는 것을 보면서, 그 땅이 인연의 터가 아님을 느꼈다. 아쉬운 일이었지만 주민들의 원성을 들어가면서까지 무리하게 도량 건설을 추진하고 싶지 않았던 것이다. 장경호가 계획했던 100만 평의 땅위에 세우려고 했던 종합수도도량 계획은 그렇게 무산되고 말았다.

불교라는 이상적인 가르침을 바탕으로 해서 '참사람'을 만들어내고, 나아가 언론기관인 방송사, 신문사, 잡지사, 병원, 복지기관 등을 만들어서 불국토를 이루어보려 했던 그의 계획이 무산되고 말았지만, 그것은 남산에 대원정사가 서게 되는 전초전이 되었다. 불교 대중화를 향한 적극적인 그의 발걸음이 시작된 것이다.

결과적으로 1960년대 중반은 그의 이러한 이상적인 생각이 실현되기에는 시기상조였다. 그것을 추진하고 실현할 만한 인적자원과 시절인연이 무르익지 않았던 것이다.

그러나 장경호의 선진적인 종합수도원 구상은 그로부터 20년 후, 그가 출연한 자금으로 만들어진 대한불교진흥원 사업에 의해 이루어졌다.

1989년 충청북도 괴산군 청천면 삼송리 조항산 기슭에 부지를 매입하여 한국불자교육의 근본 도량이 될 '다보사·다보수련원'을 건립하였다. 1996년

다보수련원 법당. 장경호의 선진적인 종합수도원 구상은 그로부터 20년 후인 1996년 불교진흥
원 사업에 의해 충북 괴산군 조항산 기슭의 다보수련원으로 이루어졌다.

에 완공된 뒤 불교대중화의 산실로서 각종 불자 교육 프로그램을 운영하고
있으며, 매년 크고 작은 불교 수련 및 교육을 지속적으로 실시하고 있다.

그리고 1993년에 경기도 양주군 은현면 용암리 일대 13만 2천여 평을 불교
복지타운 부지로 매입하고, 2003년부터는 현대적 시설의 대규모 '불교문화
체험촌' 건립 사업을 추진하고 있다. '불교문화체험촌'에는 1차 법당을 비롯
한 사찰동을 건립하고, 차후 연차 계획을 통해 남북통일을 기원하는 미륵대
불을 중심으로 어린이불교교육장, 청소년불교수련원, 명상의 집 등 살아 있
는 불교를 접하는 계기를 마련하기 위한 수련시설을 세우고 있다. 너른 땅에
종합수도원과 복지시설을 갖춘 불국토를 이루어보려고 했던 그의 원력이 바
야흐로 열매를 맺고 있는 것이다.

대중불교 운동 속으로

장경호는 우리 현대불교사에서 대중불교시대를 연 선구자로 평가된다. 이론을 갖춘 전문적인 운동가는 아니었으나, 대중불교가 지향하는 '상구보리 하화중생'의 중생교화를 위해서 품을 판 발걸음은 어느 전문가 못지않은 것이었다.

그가 대중 교화에 뜻을 두고 있던 1960년대에 우리 불교계는 기복(祈福)과 제사 등 의식(儀式)에 치우쳐 있던 그간의 비불교적인 요소를 털어내고, 부처님의 법대로 돌아가 살아 숨쉬는 부처님 법을 배우고 실천하자는 자성의 목소리가 나오면서 대중불교 운동이 움트고 있었다. 조선 500년의 억압과 일제강점기, 그리고 서양문물이 밀려들어오는 가운데 민족종교로서의 위치를 잃어가고 있었고, 산사 중심의 닫혀 있는 불교에서 가정에서나 현실생활에서 부처님 말씀을 배우자는 데 많은 사람들이 동조하고 있을 때였다.

당시 대중불교의 실천적 과제는 교리와 신앙과 보살행이었고, 한국 불교가 정화 운동의 이념으로 내세웠던 것도 도제 양성과 포교, 역경이었다.

이러한 시대적 상황에서 장경호가 대중불교 운동의 첫 번째 일환으로 실천에 옮긴 것이 불서 보급이었다. 1960년대 중후반, 출판문화가 지금처럼 발달하지 않았던 시절에 그는 인쇄소를 설립해서 많은 불서를 보급하고자 했다. 뜻을 잘 알 수 없는 한문으로 된 경전에서 벗어나 젊은이들도 쉽게 읽을 수 있는 책을 만들어 보급하려고 했던 것이다.

젊은 시절, 선서(禪書)를 읽으면서 발심을 했고 불교를 이해했던 자신의 경험이 바탕이 되었고, 일제 강점기라는 암흑기를 거치면서 사람이 배워 익히는 것이 모든 것의 바탕이 된다는 교훈을 잊을 수 없었던 것이다.

불교를 만남으로 인해 얼마나 삶이 깊어졌던가. 덧없다고 느껴지기만 했던 삶에 얼마나 무한의 힘으로 다가왔던가. '이 세상 모든 것은 성불한다. 단지 이르고 늦음의 차이일 뿐이다' 라고 선언한 법화경을 통해서 희망을 얻었고, '상(相)에 머물지 말고 마음을 내라' 는 금강경을 통해서 '무아(無我)' 라는 부처님의 가르침을 얻지 않았던가.

세상에 때로는 폭풍우가 몰아치듯 격렬하게, 때로는 소리 없이 흐르는 강물처럼 조용히 왔다간 옛 조사들의 어록을 통해서 힘차게 생활에 정진하게 하는 조사들의 정신을 만났고, 그 조사들을 통해서 더 먼저 왔다갔을 수많은 선지식들을 만났으며, 더 나아가 부처님을 느꼈다. 그것은 문자의 기록이 아니면 안 될 일이었다. 한 인간의 삶에 대한 바른 눈을 틔우는 데, 그래서 한 사람의 일생을 지배하게 만드는 책의 중요성을 그는 자신의 경험을 통해서 누구보다 잘 알고 있었다.

너와 나는 더불어 사는 존재, 그래서 한 뿌리 한 생명이라는 관계성과 원인을 지으면 반드시 결과가 뒤따른다는 인과성이 흐르고 있는 것이 우주의 법칙이며 세상사를 가로지르는 진리다. 이러한 관계성과 인과성을 이해하고 실천하게 하는 것이 교육이며, 그 교육으로 인해 인간은 인성을 다듬는 것이다.

인성교육은 궁극적으로 올바른 진리관을 가질 때 가능한데, 종교의 역할은 그것에 눈뜨게 해주는 데 있다. 그러한 종교의 역할 중에 중요한 것을 그는 불서를 많이 보는 일이라고 보았다. 책을 읽어 내 생각 하나가 맑고 깨끗하면 세상은 그만큼 정화되고 불국토가 되는 것이다.

"그분은 참선 수행을 많이 하셨지만 경전도 많이 읽었다. 『법화경』이야기를 많이 하셨다. 당시 식민 통치 아래에서 느끼는 감정들을 그런 경전들을 읽으면서 힘을 얻으려고 했을 것이다. 그분은 실천적인 것을 원했다. 불교의 보편화와 생활화를 대중 속에 심으려 했던 분이다."

박경훈(전 동국역경원 편찬부장)의 회고이다. 널리 배우지 않으면 신심도 깊어지지 않고 지혜가 드러나지 않는 것, 그러므로 그는 불교의 실천은 교학과 수행이 함께 해야 한다고 보았다.

"40여 년 전 통도사 미타암에서 처음 대원 거사를 만났던 그날, 그분은 오늘의 한국 불교에 무엇이 가장 긴요한가를 묻고, 경전을 쉽게 풀어 일반에게 보급하는 것이라고 스스로 진단했다. 일본의 경우 독자의 수준에 맞추어 번역하고 해설한 경전이 많은데 한국에는 그것이 전무하다고 아쉬워했다.

대원 거사가 불교 중흥을 위해서 갖는 관심은 평이한 경전만이 아니었다. 의식을 우리말로 거행해야 한다고 했다. 불공을 드리거나 예불을 올릴 때, 의식문의 내용을 모르면 맹목적인 믿음에 떨어진다는 것이다. 맹목적인 믿음으로는 불교의 중흥을 기대할 수 없다는 것이 대원 거사의 지론이었다.

미타암 확장 공사의 회향을 기념하는 소책자를 간행할 생각이었다. 그때 대원 거사가 우리말 의식집을 권했다. 미타암 주지로 있던 성수 스님은 전통을 중요시하는 보수주의자였는데, 어떻게 설득했는지 성수 스님이 그 권유를 받아들였다. 광덕 스님과 내가 일상의 신행 생활에 필요한 의식을 모아 한문과 한글 음사(音寫)와 번역을 실은 프린트본을 만들었다. 시행하면서 단점을 보완할 필요도 있을 것이고 여러 사람의 의견을 묻기 위해서였다. 그 이후, 의식에서 한문을 벗겨내는 작업이 꾸준히 진행되어 지금은 다양한 우리말 의식이 거행됨으로써 신도들의 신앙을 북돋워주고 있다. 이러한 현상 역시 대원 거사의 선견지명과 무관하지 않다고 생각한다.

역경(譯經)에 관심이 많으셨고, 그 즈음 동국역경원장이셨던 운허(耘墟) 스님을 만나신 것으로 알고 있다."

박경훈의 회고에서 알 수 있는 것처럼, 산중의 한국 불교가 대중 속으로 나오는 길은 불서를 보급해서 대중을 일깨우는 것에 있다고 말해왔던 그였다.

"하루는 은사이신 이종익 박사님(전 동국대학교 교수)께서 장경호 거사님을 찾아보라고 하시더군요. 찾아 뵈었더니 불서를 보급하는 인쇄소를 하나 경영하셨으면 한다는 말씀을 하셨습니다. 이미 인쇄소를 차릴 돈으로 4천만 원을 만들어 놓으셨더라구요. 당시로서는 꽤 큰돈이었죠.

불교책을 전문으로 하는 출판사가 거의 없던 시절이었기 때문에 불서를 찍어내는 인쇄소를 생각하신 것 같아요. 그래서 제가 인쇄소보다는 서점을 겸해서 하는 출판사가 좋겠다고 했어요. 서점을 겸하면 독자가 어떤 책을 선호하는지 파악할 수 있고 해서 그렇게 제안한 거죠. 그렇게 해서 탄생한 것이 불서보급사였습니다. 처음에는 종로쪽에 출판사와 서점을 겸한 장소를 찾아보았으나 비싸기만 하고 자리도 없었어요. 그래서 어렵게 찾아 계약을 한 곳이 당시 조계사 앞 영어잡지를 보급하는 유피아이 건물 아래층을 얻었습니다. 새로 현대식으로 지은 건물이었어요. 1967년이었죠."

심재열(현 원효연구소 소장)의 증언이다.

장경호는 지방에 거주하면서 사업을 하고 있던 이종갑(후의 불서보급사 사장)을 영입했고, 불서보급사에 대한 전반적인 일을 그의 맏사위인 박덕수에게 맡겼다. 심재열은 출판기획과 원고를 쓰는 일을 담당하는, 말하자면 편집장의 직책을 맡았다.

"그분은 역시 기업을 경영한 분답게 경영성을 강조하시더군요. 당신이 죽더라도 출판사가 지탱되려면 자체적으로 운영될 만큼 채산성이 있어야 한다는 거였습니다. 그러니까 스테디셀러가 될 수 있는, 내용도 좋으면서 오래 읽힐 수 있는 그런 책을 냈으면 하셨어요."

그렇게 해서 불서보급사가 처음 세상에 내놓은 책이 해안(海眼) 스님의 『금강반야바라밀경』이었다. 장경호의 측근 가운데 한 사람이 해안 선사의 『금강반야바라밀경』을 추천했고, 그러한 인연으로 해안 선사는 후에 대원정사가 설립되고 나서 시민선방을 개원했을 때 초대 선원장으로 초대되었다.

장경호의 불서에 대한 애정은 불서보급사를 설립해서 경영하는 데 그치지 않았다. 부처님의 팔만사천 법문이 살아 숨쉬는 경전이 우리말로 번역되어 대중들에게 다가가야 함을 그는 절실히 느끼고 있었다. 한문으로 된 불교 경전이 번역되어 대중들에게 다가가는 것이 곧 불교의 중흥이요 발전이라고 믿었다.

그의 이러한 생각은 같은 생각을 가지고 있었던 이한상(전 풍전산업 회장)

해안 선사의 『금강반야바라밀경』(오른쪽). 대원 거사가 대중불교 운동의 첫 번째 일환으로 세운 불서보급사(왼쪽)에서 처음 내놓은 책이다.

씨와 '지속적으로 역경할 수 있는 토대를 마련하자'는 데 뜻을 모아 역경자금을 서로 갹출하는 것까지 이어졌지만 여러 사정으로 결렬되고 말았다. 그 일을 계기로 개인의 힘으로 방대한 양의 불경을 역경하는 것에 한계를 느낀 장경호는 역경원장인 운허 스님을 찾아가기에 이르렀다.

"역경원에서 『반야심경』을 역경할 즈음, 시인 김달진 씨가 노장님(당시 역경원장 운허 스님)께 '장경호라는 분이 있는데 한글대장경 역경을 맡아 했으면 좋겠다'는 이야기를 전하더군요. 역경이 종단의 3대 사업의 하나라는 명분이 있어서 개인에게 주어버리면 역경사업이 혹 퇴색될지 모른다는 우려 때문에 이야기가 진전되지 않은 일이 있었어요."

당시 역경원장이었던 운허 스님의 제자 월운 스님(현 동국역경원장)의 회고이다.

동국역경원은 1234년부터 1251년에 걸쳐서 조판된 불교문화의 정수이자 민족 최대의 국보인 『고려대장경』과 국내 고승들의 저술을 우리 글로 번역하여 출간하고 있었다. 장경호는 자신의 사재를 들어서 역경사업에 참여할 생각을 했으나 월운 스님의 증언처럼 개인이 참여하기에는 여러 여건이 맞지 않았던 것이다.

그가 깊은 관심을 두었던 『팔만대장경』 역경은 2001년에 동국역경원에 의해 완간됨으로써 한국 불교를 한 차원 높이는 기틀을 마련했다. 그의 사재로 세워진 대한불교진흥원에서도 역경 사업에 일부 지원을 함으로써 적지 않은 도움을 주었으니, 한국 불교사에 한 획을 긋는 큰 불사로 평가받고 있는 한글대장경 완간에는 그의 한국 불교 발전에 대한 관심과 애정이 스며 있는 것이다.

불서보급사는 해안 스님의 『금강반야바라밀경』을 출판해 보급한 이후, 불자들이 애송하는 『천수경』을 조그맣게 만들었고, 『천수경』과 『반야심경』, 『금강경』 등을 함께 묶은 불자 독송집을 출판해서 많이 팔리기도 했다. 또 탄허 스님이 감수한 『초발심자경문』 등을 펴내면서 독자층을 조금씩 넓혀갔으나 1960년대에 불서를 보급하는 일이란 쉽지 않았다.

불서보급사는 3년 뒤 심재열이 다른 곳으로 떠나면서 마땅한 적임자를 찾지 못하여 책 출판이 추춤하다가 장경호가 타계하자, 이종갑이 운영을 맡아 이름 그대로 출판보다는 불서를 보급하는 일에 치중했다.

오늘날 주인과 장소는 바뀌었으나 조계사 앞에 불서보급사라는 간판이 그대로 남아서 장경호의 불서를 통한 대중불교 운동의 흔적을 남기고 있다.

시대를 앞서가던 사람

　돌아보면 장경호의 생각은 시대를 몇 발자국씩 앞서갔던 것 같다.

　불서 출판사가 거의 전무했던 데다가 불서가 읽히지 않던 시대에 불서를 읽혀야 한다면서 출판사를 낸 것도 그렇고, 수행과 교화를 위한 불교 대중화 운동을 펴야 한다는 생각도 그랬다.

　대원불교대학도 그가 동국대학교 불교학과 교수들을 초청해 대중들에게 불법을 전하는 것으로 포문을 열자 그 뒤 각 절에서 불교교양대학을 여는 계기가 되었고, 불교계 최초로 남산의 대원정사에 시민선방을 열자 그 후 다른 곳에서도 많은 시민선방을 개설한 것을 봐도 그의 생각이 얼마나 시대를 앞서 갔는지 알 수 있다.

　박경훈(전 동국역경원 편찬부장)의 증언이다.

　"장경호 거사는 불교가 기업경영에 영향을 주는 것을 이렇게 설명했다. '일본인들 사이에 불교는 생활화된 면이 있습니다. 개인의 사생활은 물론

대원불교대학. 대원 거사가 동국대학교 불교학과 교수들을 초청해 대중들에게 불법을 전하는 것으로 포문을 열자 그 뒤 각 절에서 불교교양대학을 여는 계기가 되었다. 2005년 1학기 수업 광경.

기업의 경영에서도 그것을 볼 수 있습니다. 사원(寺院)의 연수회 같은 모임에서 사원들이 참선 수행하는 것이 경영 마인드를 향상시키기 때문입니다. 이처럼 일본에서는 불교가 기업과 일상 속에 자리잡고 있는 반면에 한국에서는 절에 가면 노보살들이 대부분입니다. 이래서는 불교가 노쇠할 수밖에 없지요. 한국 불교가 선종(禪宗)이라고 한다면, 선(禪)이 산중에 사는 고승들의 전유물로부터 벗어나 시중으로 내려와야 합니다. 선을 시중으로 끌어내야 한국 불교가 중흥합니다' 라고 했다.

1960년대 말에 동교동 아드님의 집을 개조해서 시민선방을 마련했을 때도, 대원 거사는 조실을 맡은 성수 스님에게 '새벽의 출근길과 저녁 퇴근길에 젊은이들이 찾아와 참선하는 도량으로 만들어 달라' 고 주문했다. 요즘 템플스테이와 도심 선방에서 젊은이들이 모여 참선하는 것을 보면 선견지명을 가진 대원 거사의 원이 이루어지고 있다는 생각을 하게 된다."

방송을 통해 불교를 전파해야 한다는 그의 주장으로 인해 그의 사후 16년이 흐른 1991년이 되어 불교방송국이 개국된 것도 그렇고, 출판과 잡지에 대한 그의 계획도 1980년대에 가서야 그의 아들 장상문에 의해 이루어지게 되었으니, 그는 분명 선각자요 시대를 앞서간 사람이었다.

한글대장경의 완간도 현대와 미래의 불자들을 위하여 보다 편하게 인터넷으로 불교 경전과 사전 등을 접할 수 있는 토대를 만들어가는 것으로 발전했으니 장경호의 미래에 대한 혜안을 다시 한 번 확인할 수 있다.

"사업에 관한 일이나 현실적인 일에 대한 말씀을 듣다 보면, '저게 무슨 말씀일까' 하고 이해를 온전히 못할 때가 있었습니다. 그런데 나중에 보면, 그러니까 10년쯤 후 그 말씀이 현실화된 적이 많습니다. 그만큼 앞을 내다보는 예지력이 뛰어나셨던 거지요."

무위암 성현 스님의 증언처럼, 불교라는 보물창고 속에 들어 있는 무궁무진한 컨텐츠 개발을, 그는 그 시대에 이미 내다보고 있었다.

선각자들의 역할은 꽃을 피우는 일보다 씨앗을 뿌리는 일에 있는지도 모른다. 1960년대와 1970년대 초에 불교문화를 이 땅에 전파하는 일은 파종을 하는 일에 만족해야 할 일이었다.

시대를 앞서갔던 불서에 대한 그의 생각은 장상문에 의해 실현되었다. 독서량이 깊고 방대했던 장상문은 출판을 통한 대중불교 운동에 깊은 집념을 가지고 있었고, 대원정사 출판부와 진흥원 출판부 그리고 출판사 대원사를 설립해서 선친의 유지를 이었으니, 장경호의 선각자적인 노력은 시차를 두고 있을 뿐, 오늘날 더 크게 꽃을 피우고 열매를 맺고 있는 것이다.

부처님 오신 날 법회에 참석한 장상문. 대원 거사의 둘째아들 상문은 출판을 통한 대중불교 운동에 깊은 집념을 가지고 출판사 대원사를 설립하는 등 아버지의 유지를 이어갔다.

"어떤 일이든 진실한 사람이 일에 깊이 들어가는 법인데, 그분은 철저하게 진실한 양반이었죠. 무엇이든 임시방편으로 적당히 하지 않고, 진실한 것은 끝까지 추구하고 자세가 인상적이었어요. 모든 일의 원칙이 '진실해야 한다'는 철학이 확고한 분이었죠. 늘, 구도자와 같이 철저하게 진실하게 실천하는 모습을 보이셨습니다. 참선을 생활화한 데서 오는 힘이었을 거라고 생각했습니다."

불서보급사 일로 몇 년 동안 장경호를 가까이서 보았던 심재열의 증언이다.

불교정신, 어떻게 보급해야 하는가

　1960년대 말과 1970년대 초에 걸쳐 동국제강은 날로 발전하고 있었다. 역시 장경호는 복된 사람이었다. 기업으로 국가에 보은하고 중생을 이익케 하리라는 맑은 서원 때문이었을까, 자식들이 주력하고 있는 동국제강은 순탄하게 흘러가고 있었다.

　이처럼 순탄한 사업 성장은 당연히 그에게 불교 중흥에 더욱 관심을 갖게 했고 박차를 가하는 데 힘을 실어 주었다. 사람의 인생은 복이 주는 힘이 크다 할 것이다. 그러나 자기가 받는 복도 자기가 지어서 받는 것이고 보면, 그가 지은 복의 크기는 헤아릴 수 없는 것이다.

　그의 대중 교화를 위한 발걸음은 사업 일선에서 물러난 이후 더 바빠지고 있었다. 많은 학자들을 만났고 종파를 가리지 않고 많은 스님들을 만나러 다녔다. 자신이 가진 힘을 사회에 환원하려는 방법을 그렇게 꾸준히 모색해 나갔던 것이다.

　김동화도 그런 사람 중의 하나였다. 비슷한 연배의 그와는 굴곡진 근현대의 역사를 함께 건넜던 동료의식 같은 것이 공존하고 있었다.

나중에 대원불교대학을 세우는 데 산파 역할을 했던 김동화는 불교 대중화에 깊은 관심을 보이면서 운동을 실천했던 불교학자였다. 동국대학교 교수직에서 물러난 후 성북동 정각사에 있으면서 나름의 대중불교 운동을 실천하고 있던 김동화가 어느 날 장경호에게 말을 건넸다.

"저는 일찍부터 이 나라, 이 민족을 어떠한 정신으로 이끌어가야 될까 하는 것을 항상 생각해왔습니다. 불교를 공부한 사람으로서 또 한때 부처님의 제자로 출가한 사람으로 당연한 일이겠지만, 저는 언제나 이 생각이 떠나질 않았습니다."

"저나 박사님이나 나라를 잃어버렸던 역사의 격동기를 헤쳐온 사람들 아닙니까? 충분히 그러셨겠지요……."

"불교정신을 어떻게 보급해야 하는가에 대해서 충분히 생각해봐야 합니다. 종래의 우리 불교는 승려 중심으로 되어 있었습니다. 그러나 이것은 잘못된 생각입니다. 원시불교시대인 석가모니 부처님 당시부터 이 불교교단이란 사부대중으로 구성되어 있었습니다. 이처럼 불교를 직접 맡아서 운영해 나가는 사람이 사부대중입니다."

삶과 유리된 종교의 교리란 인간의 삶의 질을 향상시킬 수 없는 것, 종교가 경계해야 할 것이었다.

"지당하신 말씀입니다. 그러면 이러한 불법의 정신을 어떻게 하면 이 나라, 이 민족에게 널리 보급시켜서 다 같이 훌륭한 사람들이 되도록 할 수 있겠습니까?"

그는 자신의 의견을 피력하기보다는 언제나 경청해서 듣는 사람이었다. 장황하게 자신의 생각을 드러내는 일은 특별한 경우를 제외하곤 없었다. 짧으나 선명한 게 그의 말의 특징이었다.

대원정사교양대학 제1회졸업기념 ○ 1975. 2. 25.

대원불교대학 제1회 졸업기념 사진(1975년 2월). 원 안은
김동화. 대원 불교대학을 세우는 데 산파 역할을 했던 그
는 불교 대중화에 깊은 관심을 가지고 운동을 실천했던 불
교학자였다. 앞줄 왼쪽에서 세 번째가 대원 거사.

"저는 20년 동안 다음 세 가지 목표를 세우고 직접 선두에 나섰습니다. 그 첫째는 불교의 현실화입니다. 불교는 오늘날 우리 문제를 등한시하는 경향이 있습니다. 우리의 생명이란 영원히 계속되는 하나의 선(線)입니다.

우리의 생활이란 불교의 원대한 이상을 시시각각으로 현실화해나가는 것입니다. 그럼에도 불구하고 우리가 성불한다는 것은 영원한 장래의 일이지 별안간 되는 것이 아니라 하여 이 현실을 무시하는 경향이 많았지요. 그런데 그래서는 절대 안 됩니다. 그래서 현실화하는 데는 출가자만이 하는 것이 아닙니다. 우리 사부대중이 다같이 그런 생각을 가져야 합니다. 그러므로 현실화하자는 말은 어느 누구라도 믿을 수 있는 불교라고 하겠습니다. 승려만이 믿는 것이 아닙니다. 누구든지 부처님이 하신 말씀과 그 정신을 향해서 나가는 것이면 그것이 누구라도 참불교를 믿는 것이 되는 것입니다.

그 다음 두 번째는 대중화 운동입니다. 불교를 대중화한다는 것은 아무나 행할 수 있는 불교라는 말입니다. 일부에 국한된 행이 아니고 불교의 정신을 가지고 그 이상을 향하여 실천해 나갈 것 같으면 누구나 다 행하는 것이 됩니다."

그는 고개를 간간이 끄덕이며 듣고 있었다.

"셋째는 포교 전도 운동입니다. 포교를 한다는 것은 종래에 일부 출가인만이 하는 것이라는 생각들을 하고 있었습니다. 그러나 불교를 아는 사람은, 이 정신을 가진 사람은 누구나 다른 사람에게 전해줄 의무가 있는 것입니다. 하루를 더 먼저 알면 하루 동안만큼 그 사람은 선도자이고 지도자입니다. 그러므로 하루 늦은 후배에게 이것을 전해줄 의무가 있는 것입니다.

흔히 기독교인들은 얼마 안 다녀도 모두가 전도를 하는데 불교인들은 10년, 20년을 다녀도 전도할 줄 모른다고 합니다. 이것이 문제입니다. 그래서 불교란 역시 누구나 전할 수 있는 불교가 되어야 하겠다고 생각합니다.

그래서 아무라도 믿을 수 있는 불교, 아무라도 행할 수 있는 불교, 아무라도 전할 수 있는 불교가 되어야겠다는 세 가지 구호를 외치고 있는데, 이것이 안 된 것은 사실 승려들만의 책임이 아닙니다. 우리 모두의 책임입니다. 우리가 우리의 권리를 포기했기 때문에 그렇게 된 것입니다. 우리가 진실로 믿고 진실로 행하고 진실로 전할 생각을 적극적으로 가지고 있으면 그런 사상이 내내 계속되었을 텐데 우리가 등한했다고 할 수 있습니다. 그러므로 우리들이 버렸던 것을 다시 머릿속에 넣도록 하여 우리 사부대중이 단합해서 이렇게 행해 나가도록 하자고 외치는 중입니다."

  김동화는 이미 성북동 정각사에서 이러한 대중불교 운동을 실천하고 있었다. 당시 그에게 강의를 들은 사람들은, 강좌에 단 한 사람이 와 앉아 있어도 정성을 다해 간곡히 불법을 전했다고 회고한다.

  장경호의 생각도 김동화 박사와 상당 부분 일치하고 있었고, 그러한 생각들은 대원정사를 설립하고 교양대학을 운영하는 이념으로 적용되었다.

현대식 사원 대원정사를 계획하다

석가모니 부처님 당시의 일이다.

코살라국 사위성에 수달 장자라는 아주 큰 부자가 있었다. 그는 위대한 수행자가 있다는 소문을 듣고 부처님을 찾아간다. 그는 부처님을 뵙고 가르침을 듣고는 한눈에 그 아름다운 이에게 압도되었다. 수달 장자가 바라본 그의 영혼은 금강보다 더 빛났고 그의 모습은 해와 달이 빛나는 모습을 뛰어넘어 1백 배는 더 빛을 발하고 있었다.

한 나라의 왕자의 자리를 버리고 떠나온 그가 맨발로 밥을 빌러 들길을 거닐어 성안에 들어갈 때면 그 위의에 압도되어 그를 바라보는 모든 이들이 멀리서나 가까이서나 저절로 무릎을 꿇었고 숨을 죽이는 모습을 보고 그는 놀랐다.

세상에 저렇듯 거룩한 분이 있을 수 있구나. 저렇듯 고요한 자태와 힘 있는 말을 토해낼 수 있는 사람이 있구나. 세상의 온 존재를 나라는 존재와 둘로 나누어 보지 않음은 물론이고 모두를 다 완성된 부처로 바라보는 그 위대한 수행자를 수달 장자는 감동으로 바라보았고 뜨거운 마음으로 우러렀다.

그는 그 위대한 이를 자신의 스승으로 삼고 싶었다. 그는 스승의 가르침을 늘 마음속으로 생각하면서 닦아 나갔고 일상생활에서 실천하면서 불법의 위대함에 놀랐다. 그는 부처님의 가르침으로 인해 자신의 정신이 나날이 자유로워지고 있음을 느꼈다. 자신의 삶이 변화되고 있음을 보았다.

아직 부처님의 가르침을 접하지 못한 사람들에게도, 또 부처님이 돌아간 후 뒤에 올 사람들이 부처님 법을 듣고 마음을 내서 단단하고 흔들리지 않는 삶을 영위해 나갈 수 있는 방법을 찾기 시작했다.

그는 깊이 고민했다.

"이 부처님의 위대한 정신을 영원토록 후대에 계승시킬 수 있는 방법은 무엇일까?"

그는 또 이웃들에게 물었다.

"어떻게 나의 이 재산을 불법의 계승을 위해서 쓰면 좋겠습니까? 만약 당신에게 재산이 있다면 어떻게 쓰시겠습니까?"

깊은 사유와 여러 의견을 경청한 끝에 그는 결정했다. 사위성에 절을 짓기로 한 것이다. 사부대중이 함께 모여 부처님을 모시고 법문을 듣고 수행해 나가려는 생각이었다. 그리고 다음에 올 성자들이 부처님 법을 이어갈 것임을 확신했다. 그런데 절을 지을 땅을 코살라국의 기타 태자가 소유하고 있었다. 그는 기타 태자를 찾아가 부탁했다.

"제가 그 땅을 샀으면 합니다."

그러자 태자가 말한다.

"그 땅을 팔 생각이 없습니다."

수달 장자가 그 땅을 꼭 사고 싶다고 거듭 간청하자 태자가 뜻밖의 제안을 한다.

부산 감로사 요사채. 장경호는 틈나는 대로 부산 통도사, 묘관음사, 감로사 등을 방문하여 선지식들과 이야기를 나누고 법문을 듣고 갔다.(위)

부산 감로사 주지 혜총 스님.(왼쪽)

"만일 장자께서 꼭 이 땅이 필요하다면 황금으로 이 땅에 까시오. 그러기 전에는 이 땅을 조금도 팔 수가 없습니다."

가능한 제안이 아니었으나 수달 장자는 오히려 기뻤다. 땅값이 정해졌으니 살 수 있는 가능성이 열렸기 때문이었다. 수달 장자는 그 넓은 땅에다 금을 깔기 시작했고, 이를 바라보던 태자는 그때서야 장자에게 물었다.

"귀한 황금을 땅에 깔다니 이해할 수 없습니다. 이 땅을 사서 무엇을 하시려고 그럽니까?"

"저 마가다국 왕사성에 인류의 스승이 되실 깨달은 한 분이 계십니다. 그런 훌륭한 분을 왕사성에만 머물게 할 수 없습니다. 우리 코살라국에도 모셔와서 우리 민중들에게도 그분의 가르침을 듣게 해야지요. 그래서 이 땅을 사서 절〔精舍〕을 지으려고 하는 것입니다."

그 말은 들은 태자는 장자의 스승을 기리는 마음에, 그리고 가르침을 함께 나누려 하는 헌신에 감동하지 않을 수 없었다.

마침 금이 모자라서 한 귀퉁이를 남겨놓고 있는 것을 본 태자는 이렇게 말한다.

"이제 그만 금을 까시오. 이곳에 정사를 지으시기 바랍니다."

이렇게 해서 부처님이 도를 이룬 후 두 번째 정사가 세워졌다. 스승을 향한 장자의 뜨거운 존경과 대중과 함께하고 싶은 진실한 믿음의 발로였다.

교단 성립에 중요한 역할을 한 정사의 설립 뒤에는 한 장자의 눈 밝은 안목과 스승에 대한 헌신과 민중 교화에 대한 원력이 서려 있었던 것이다.

장경호는 이 이야기를 부산 감로사 조실로 있던 자운(慈雲) 스님에게 들었다. 유수한 재력가의 한 사람이 절을 하나 세워 자운 스님에게 드리는 것을 본 그가 이에 대해 자세히 묻자, 자운 스님이 기원정사(祇園精舍)의 유래를 설명

했던 것이다. 이야기를 마치면서 자운 스님이 그에게 말했다.

"지어놓으면 부처님도 계시니, 스님네와 신도들도 모여들 게고, 그러면 불법이 널리 퍼지지 않겠습니까?"

"저도 마음을 내려고 해도 선뜻 이루어지지 않는군요."

허름한 옷을 입고 자운 스님을 찾은 그가 그렇게 고민의 흔적이 역력한 대답을 하자 자운 스님이 격려의 말을 했다.

"복을 타고나셔서 잘 될 겁니다."

"그렇지도 않습니다."

어느덧 그도 일흔이 넘어 있었다. 부산 금정산 무위암이 있는 곳에 종합수도원을 지을 생각도 했으나, 무위암에 들어앉은 부지 전체가 부산대학교 땅으로 되어 있어서 불발로 그친 뒤였다. 회향이 늦어지고 있었다.

"아닙니다. 뜻만 잘 세우면 잘 될 겁니다."

장경호는 이미 이때 교육을 위주로 하는 포교당을 지을 것을 결심한 것으로 짐작된다. 1969년 초의 일이었다.

생전에 일흔이 넘었던 구하 스님은 사십대였던 자운 스님에게 각듯하게 문안인사를 했다. 이 기묘한 광경을 보고 혜총 스님(현 감로사 주지)이 물었다고 한다.

"스님, 큰스님께서는 왜 젊은 스님에게 시봉하러 오십니까?"

"그 이유는 이러하단다. 나의 은사스님께서 열반하시기 전, '이러이러한 스님이 오면 너의 스승으로 믿고 섬겨라' 하는 유언을 남기셨다. 자운 스님의 행동은 나의 은사스님이 말씀하신 그대로이니, 자운 스님은 나의 스승이 되는 것이지."

당대의 율사로 존경받았던 자운 스님에 대한 대원 거사의 존경은 각별했다. 향곡 스님이 주석하고 있던 부산 월내 묘관음사에서 자운 스님과 함께 안거에 들었던 일도 있었다. 자운 스님이 부산 감로사에 있을 때, 초하룻날 법문이 있는 날이면 일찌감치 찾아가 이야기를 나누고 법문을 듣고 갔다고 한다.

"자운 노스님께서 서울 성북동 보문사에 계실 때였다. 하루는 장경호 거사님이 허름한 점퍼 차림으로 스님을 찾아 뵙고 인사를 드렸다. 그리고 당시 한 재벌 회장이 절을 지어서 스님께 헌사한 이야기를 듣고는 그에 대해 자세히 물었던 기억이 난다. 그분이 돌아가고 나서 한 번은 피아트라는 새로 마련한 승용차를 가지고 왔다. 스님에게 드린다면서 타시라고 했다. 물론 노스님은 내가 이런 차를 탈 일이 뭐 있겠느냐면서 사양하셨다. 그러자, 대원 거사께서 '그럼, 한 번 타고 남산을 드라이브하자'고 해서 나도 함께 남산을 한 바퀴 돈 적이 있다."

자운 스님의 제자이자 현재 부산 감로사 주지인 혜총 스님의 회고이다.

대중불교 운동의 첫 산실, 대원정사

기원정사가 기타숲에 세워져 부처님께 헌사되었던 것처럼, 장경호의 대원정사 설립도 이와 크게 다르지 않다. 2,700년 전, 수달 장자가 '부처님의 위대한 정신을 영원토록 후대에 계승시킬 수 있는 방법은 무엇일까'를 고민하다가 자신의 재산을 내놓아 사원을 지은 것처럼, 장경호도 대원정사를 세우면서 대중 교화의 산실이 되기를 기원했다. 한국 불교 1,600년 역사상 불교의 대중화 · 현대화 · 포교화를 위한 새로운 전기를 마련하고자 한 것이다.

그는 성수 스님과 함께 계획했던 종합수도원의 계획이 어그러지고 나서 서울 동교동에 있던 아들의 집을 법당으로 개조해 성수 스님을 중심으로 법회와 선방을 운영하면서 새로운 활로를 찾고 있었다. 많은 학자와 불교인들, 그리고 선지식들을 종파를 가리지 않고 만나면서, 대중 교화와 불교를 통한 이 나라의 발전에 대한 것을 귀기울여 들었다.

당시 한국 불교계는 1967년에 포교의 현대화를 종단 3대사업의 하나로 내세우면서 포교위원회를 구성할 만큼 포교의 중요성에 역점을 두고 있었다.

1973년 대원정사로 설립된 대원빌딩. 대원정사는 불교 교리를 교육하고 선지식들의 법문을 수시로 듣게 하며 수행의 장을 마련할 목적으로 세워진 도심 포교당이다.

유능한 포교사를 확보해서 포교사업의 현대화와 정상화를 전국적인 규모로 확대할 것을 천명하기 시작했고, 또 산하에 불교방송후원회를 조직, 마침내 매스미디어를 통한 포교사업을 활발히 추진하기로 계획하였다. 포교 현대화의 용틀임이 시작된 것이다.

역경과 포교, 도제 육성, 의식 등의 현대화, 군승제의 실현 촉구, 신도조직 강화, 부처님 오신 날의 공휴일 제정, 불교회관 건립 등을 내세웠고, 포교의 현대화를 위해 각 사찰은 매주 1회 이상 정기법회를 개최하고 불교방송국과 승가대학 신설을 채택했는데, 이는 당시 우리 불교가 나아가야 할 방향과 현주소를 여실히 보여주고 있다.

그러므로 불교발전에 늘 눈과 귀를 모으고 있었던 장경호가 불교회관을 지

대원정사 개원 테이프를 자르는 대
원 거사, 부인 추적선화 보살. 도심
에 포교당 문을 여니 사부대중이 모
였고, 대덕스님들을 초청한 법회가
열리면서 불음이 퍼지게 되었다.

으려고 했던 것은 당연한 귀결이었다. 새로운 정사(精舍)의 개념인 불교포교
당을 지어서 불교의 교리를 교육하고 선지식들의 법문을 수시로 듣게 하며,
선방을 열어서 수행의 장을 마련하고자 한 것이다.

부처님의 바른 정법을 신봉하는 자비청정한 인연도량으로, 부처님께서 오
도하신 진리를 깨닫기 위하여 용맹정진하는 수행도량으로, 불법을 널리 전하
는 교화도량으로 사용되기를 바라면서 포교당 형태의 불교식 회관을 짓기로
결심한 것이다.

1970년 2월 첫날, 지금 대원정사가 들어선 용산구 후암동에 본격적으로 대
중포교당을 짓기 시작했다. 1천여 평 규모의 터전에 5층, 1천 200여 평의 불
교식 회관이 올라가기 시작한 것이다.

예순이 넘으면서 대중 교화를 통한 불교의 발전을 위해서 끊임없이 시도했
던 때로부터 10여 년이 넘어선 때였다.

"법당과 선원을 겸한 불교회관을 크게 짓기로 하고 부지를 찾으러 다니던 끝에 후암동에 있는 적산가옥을 몇 채 샀다. 불교가 산중에 머물러 있지 말고 도시로 나와야 한다는 게 아버님의 생각이셨다. 그래서 도시 가운데에서도 좀 조용한 곳을 찾다가 남산자락에 있는 후암동으로 결정한 것이다. 회관을 짓기 시작하자 아버님은 늘 현장에 계셨고 나는 자금 관리를 맡았다."

당시 대원정사 공사 자금 관리를 맡았던 장상건의 말이다.

대원정사는 장학사업과 포교지원사업을 목적으로 하여 당시 문교부 관할의 장학재단으로 등록되었다. 그리고 이러한 사업을 추진시킬 신행단체를 위해 대원회를 설립했다.

1973년 5월 13일 장경호의 대중 교화의 원력이 서린 대원정사가 남산에 우뚝 솟던 날, 그는 많은 사부대중이 참석한 가운데 이렇게 말했다.

"오늘, 대원정사 불교회관의 개관을 보게 되었음은 오직 부처님의 가호에 의한 것입니다. 이곳 대법당에 부처님을 봉안하고 고승대덕 여러 스님 및 불교계 지도자 되시는 여러분과 많은 불자님을 모신 가운데 불상 점안과 함께 기념특별기도법회를 거행하게 되었음을 충심으로 감사해 마지않습니다.

오늘날, 뜻 있는 사람들은 고도로 발달한 물질문명 속에서도 기계문명의 위기를 말하고 인간성 상실을 염려하고 있습니다. 세계는 완전한 평화가 없는 사상적, 경제적 대결 속에 사람들은 좌절과 소외, 불안과 공포 등 정신적 갈등으로 방황하고 있습니다.

일찍이 부처님께서는 절대적 자아 발견으로 이 모순을 해결하는 밝은 길

대원정사 개원 법회. 도심의 대원정사에서는 대덕스님들을 초청한 법회가 잇달아 열려 많은 호응을 얻었다. 가운데가 영암 스님.

을 교시하셨습니다. 그것은 '천상천하 유아독존'이라는 인간 가치의 선언과 '일체중생 실유불성'이라는 인간평등의 진리입니다.

이 외침은 유한한 인간에게 무한한 가치를 부여하고 영원한 희망과 불멸의 광명을 비추어 주었습니다. 세간에서 부르짖는 인간회복의 길이 바로여기에 있다고 봅니다.

지금 우리 앞에는 조국의 민주통일과 민족중흥이라는 커다란 과업이 있습니다. 온 겨레는 과업성취를 위해서 정신적, 물질적 온갖 힘을 함께 묶어 국가발전의 대열에 나서야 할 때입니다.

본인은 한 국민으로서 이 나라 사회에 보은하고 도움이 되는 길을 생각해 왔습니다. 오랜 불교 신앙의 체험을 통해서 인간정신의 올바른 향도는 어떤 제도나 지식 위주의 교육보다도 양심을 일깨우는 종교 운동이 가장 중요함을 확신합니다. 이리하여 모든 불교인의 한결같은 염원에 부응하고자 이곳 남산 기슭에 조그마한 대중도량을 마련하였습니다.

이 대원정사는 부처님의 정법을 신봉하는 자비청정한 인연도량이 되기를 바랍니다. 그리고 부처님께서 오도하신 진리를 깨닫기 위하여 용맹정진하는 수행도량이 되고 불법을 널리 전하는 교화도량으로서 사명을 다하고자 합니다.

또한 대원정사는 통불교 이념으로 각자의 근기에 따라 누구든지 참여할 수 있습니다. 참선, 염불, 독경, 예불, 정근 등 선교병수의 문을 활짝 열어놓고 있습니다. 이곳은 승속의 구별을 떠나 명실상부한 사부대중의 화합을 지향하여 눈부시게 변화하고 발전하는 시대사조에 발맞추어 조화의 내용과 방법을 현실화함으로써 불교의 생활화에 힘쓰고자 합니다.

바라건대, 고승대덕님과 석학 등 관계되시는 분들은 미혹된 대중의 길잡이로서 앞장서 이끌어주시기를 간절히 바랍니다.

그리고 많은 청신남녀 불자들은 이곳에서 진실로 부처님의 정신을 체험하고 인격양성에 힘쓸 것이며, 나아가 보살도의 실천생활을 통해 어두운 중생사회에서 밝은 등불이 되시어, 사회의 안정과 국가발전에 기여하시기를 축원해 마지않습니다.

나무 대자대비 석가모니불"

그날, 많은 이들이 장경호에게 힘찬 박수를 보냈으니, 그 가운데에서도 김동화 박사의 축하 인사는 그의 노고에 대한 적절한 화답이었다.

"지금 장 이사장님이 대원정사를 설립하신 것도 바로 이 일을 하기 위한 것이라고 생각합니다. 어떤 의미에서 장 회장님의 선견지명이라고 할까, 욕심이 많다고 할까, 하여간 많은 사람들을 건지는 좋은 일을 하겠다는 좋은 욕심은 얼마든지 필요한 것입니다.

불교에서는 욕심을 가지면 안 된다는 말을 많이 하는데 이것은 사실 그런 것이 아닙니다. 불교는 아주 큰 욕심쟁이입니다. 석가모니 부처님만한 욕심쟁이가 없습니다. 석가모니 부처님은 카필라국을 버렸다, 자기 아내를 버렸다, 아들 라홀라를 버렸다고 하지만, 카필라국을 버린 대신에 석가모니 부처님은 오늘날 세계를 다 소유하고 계신 셈입니다. 아내를 버렸다고 하지만 많은 청신녀를 자기 제자로 만들고 있습니다. 라홀라를 버렸다고 하지만 그 대신 이 세계 인류를 모두 자기의 제자로 만들어가고 있는 중입니다.

이러한 것을 본받으셔서 이것을 실천하시게 된 장 이사장님의 선견지명, 또한 이렇게 한다는 것은 대단한 용기입니다. 칠순이 넘은 분은 모든 것이 싫어진다고 합니다. 그렇지만 싫어할 줄 모르고 이런 일을 시작하셨다는 그 용기를 다시 한 번 우리가 칭찬하지 않을 수 없는 것입니다.

오직 이것은 장 이사장님 혼자 하실 일이 아니고 여러분이 각각 힘이 미치는 대로 해야 될 일이라고 생각합니다."

대원정사에는 많은 사람들의 발걸음이 이어졌다. 대덕스님들을 초청한 법회가 열리면서 도심에서는 직접 들을 수 없었던 도인들의 법문을 들으려는 발길들이 이어졌던 것이다.

"지어놓으면 사람들이 모여들어 부처님 법을 공부하지 않겠소?" 했던 자운 스님의 말처럼, 도심에 포교당 문을 여니 사부대중이 모였고 불음(佛音)이 퍼 지게 된 것이다.

"당시 대원정사 법회에서는 많은 유명한 강사스님들을 모셔서 귀한 법문 을 들었습니다. 변설호 스님이 화엄경을 설하셨고, 해안 스님께서 선법문 을 많이 하셨습니다. 영암 스님과 성수 스님께서도 법문을 많이 하셨어요. 당시 이한상(전 풍전산업 회장) 씨가 이끌던 삼보법회 말고는 생활불교를 펼치던 법회가 없었기 때문에 대원정사의 법회는 대중불교를 펼치는 데 선 구자적인 역할을 한 것이죠."

김해근(현 KBS 효과 담당 프로듀서)의 말이다.

세상에 불음(佛音)을 떨치고자

장경호의 대중 교화에 대한 관심과 애정은 끝이 없었던 것 같다. 그는 불교 회관인 대원정사를 지으면서 서울역에서 바라다보면 남산에 우뚝 솟은 부처님을 볼 수 있도록 대불(大佛)을 세울 계획이었고, 불교방송국을 설립해서 불음(佛音)이 세상에 퍼지기를 기원했다.

많은 사람들이 오가는 서울역 광장에서 바라보면 지혜와 자비의 모습으로 나툰 부처님을 볼 수 있게 해서 불교인들에게는 신앙심을 높이고, 일반인들에게도 불교에 대한 관심을 갖게 하려고 했던 것이다. 그러한 대불 조성 계획은 남산의 고도 제한 등 여러 사정에 부딪혀 이루지 못하고 말았으나, 그가 불법의 홍포를 위해 얼마나 끊임없이 새로운 것을 시도했는지 알 수 있다.

그리고 그는 매스미디어가 전하는 포교의 힘이 얼마나 대단한지를 간과하지 않았다. '라디오에서 목탁소리가 늘 나오고, 스님들의 법문을 언제 어디서나 들을 수 있는 방송국을 세워야 한다'는 말을 자주 했던 그는, 대원정사를 방송국으로도 쓸 수 있게 설계를 했다.

불교방송국 개국. 드디어 1990년 5월 대원 거사의 오랜 염원인 불교방송국이 설립되어 이 땅에
불음이 널리 퍼지게 되었다.

방송국으로 쓰일 건물을 몇 번이나 고치면서 방음이 될 수 있도록 천장을 높이고 벽에 방음시설을 갖추었고, 한편으로는 불교방송 설립을 위해서 관계 당국과의 타진을 시도했고, 기자재를 도입하고 설립허가 신청서를 관계기관에 접수하는 등 노력을 기울였다.

"대원정사를 지을 때 여러 번 대원 거사님께서 나를 불렀다. 당시 KBS에 근무하던 나는 퇴근 후면 달려가서 그분에게 방송국 설립에 대한 조언을 하곤 했다. 대원 거사님은 매일 공사현장에 나오셔서 직접 지휘를 했다. 몇 번이나 건물 계획을 수정하면서 방음벽을 새로 했고, 밖으로는 관련자들을 통해서 방송국 설립을 위한 접촉을 시도하셨다. 결국은 잘 안 되고 말았지만, 불교방송국 설립에 대한 거사님의 원력은 대단했다."

김해근(현 KBS 효과 담당 프로듀서)의 증언이다.

불교방송국에 대한 설립 구상은 1967년 조계종 종단이 포교의 현대화 방안 중 하나로 불교방송후원회를 조직하면서 시작되어 1969년, 대한불교조계종 주최 제22차 정기중앙총회에서 '불교방송국은 불교회관 건립과 동시에 건립할 수 있는 준비를 갖추도록 한다'는 결의를 통해 2천만 원의 예산을 확보하는 등 종단차원에서 추진되기도 했던 사안이다.

1970년대 초, 종단에서 재차 불교방송국의 설립의 필요성을 역설하면서 설립을 구체화하던 중, 장경호 또한 불교포교당인 대원정사를 지으면서 불교방송국을 구상했고, 대원정사를 개원하고 나서도 계속 설립을 위한 노력을 하였으나, 결국 허가를 받지 못하였다.

6·25 직후, 유엔군 사령부 대북방송팀장으로 8년 간 근무한 경력이 있는

사단법인 대한불교대원회 발기인대회. 신행단체인 대원회는 1989년 사단법인 대한불교대원회로 거듭나며 한국 불교 대중화를 위해 많은 일들을 하고 있다. 대원회의 출범은 대중불교 운동의 본격적인 시발이었으며 새로운 방향정립을 위한 조직적인 움직임이 되었다.

그의 아들 상문에게 방송의 규모와 기자재 선정을 묻고 준비하면서 대통령에게 불교방송 설립 인가를 청원했으나 불발로 그친 것이다.

　방송경험이 있는 데다가 선친의 방송국에 대한 집념을 잘 알고 있던 장상문은 이후, 1990년 마포 다보빌딩에 방송국을 개국하기 전, 대원회 이사장으로 있던 1987년에 이미 방송국 설립을 서두른 적이 있다.

　"장상문 회장은 그해 초여름, 일본 장기 출장에서 돌아와 방송설계도와 기자재의 견적서 등을 펴놓고, '장소는 대원정사 건물이면 가능하고 기자재 구입과 기초 운영비 충당은 대한불교진흥원이 담당할 수 있다'는 이야기를 했다. 당시 20억 원의 예산이었던 것으로 기억되는데, 이후 미국 자료 등을 보완하여 종합플랜이 작성되었다. 이 종합플랜은 진흥원 이사회에 정식 의제로 상정되어 긍정인 검토가 이루어졌으나, 예의 채널확보의 걸림돌로 인하여 이 또한 무산되고 말았다."

대한불교진흥원 사무국장과 불교방송 전무를 지낸 권오현의 말이다.

대원정사 내에 불교방송국을 설립하려고 노력했던 장경호의 염원이 자칫 실현될 수 있었던 기회는 그렇게 물러갔다. 그러나 1975년 그가 타계하면서 한국의 불교 중흥을 위해 내놓은 거액의 재원은 대한불교진흥원의 설립으로 이어져, 1990년 5월 1일 불교방송국이 개국되었으니, 장경호가 불음이 이 땅에 퍼질 것을 고대하고 발로 뛰었던 원력이 실로 15년 만에 결실을 본 것이다.

장경호의 선구자적인 노력은 헛되이 끝나지 않고 튼튼한 초석이 되어 이 땅에 불교방송국 개국이라는 위업을 달성하게 한 것이다. 더욱이 개국 이후 지방방송국들이 계속 개국되어 그야말로 이 땅의 어느 곳에서나 은은한 천년의 범종소리는 물론, 부처님의 말씀과 선지식들의 가르침을 접해 불자로서의 눈을 틔울 수 있는 장을 그가 마련해준 것이다.

그는 남산에 대불을 세워 서울역 앞을 오고가는 모든 사람들이 부처님을 우러르게 하고 싶어했던, 부처님의 말씀을 전하는 불음이 전국 방방곡곡에 울려퍼져 대중들의 가슴속에 살아 숨쉬기를 염원했던 휴머니스트요 원력보살이었다.

'한 사람이 다른 한 사람만 변화시키기로 헌신하고 실천한다면 온 세계가 개선될 수 있다'라고 했던가. 그는 불음을 접한 한 사람 한 사람이 자신이 부처임을 깨달아 이 땅이 불국토가 되기를 서원한 구도자와 다름 아니었다.

"그분은 역대 조사님들의 말씀을 예를 들어서 논리정연하게 불교를 말씀하셨죠. 그러면서도 불교에 대해 현대적인 감각을 가지고 있었어요. 절대 말씀을 길게 안 하시고 항상 짧게 하셨는데, 거기에는 깊은 철학이 담겨 있었습니다. 수행자와 같은 생활을 하셨기 때문에 많은 사람들에게 귀감이 될 수 있는 거겠지요."

김해근의 말이다.

한국 불교 중흥을 발기한 토요모임

대원정사를 지으면서 장경호는 불교 대중화와 불교 진흥을 위한 구체적 방안을 마련하기 위해 모임을 하나 만들었다. 매주 토요일마다 정기 좌담회를 가지면서 한국 불교가 나아가야 할 방향 등 불교발전에 관해 활발한 토론을 벌였는데, 이 자리에는 각계각층의 인사들이 초청되었다.

한국 불교의 재가신앙에 전환기가 필요한 시기였던 당시, 토요모임으로 불렸던 이 모임에는 선사이면서 학승이었고, 포교사이며 방송인이기도 했던 대은 스님, 총무원 원장을 지낸 영암 스님, 유불선(儒佛仙)을 꿰뚫어 당대의 선지식으로 불렸던 탄허 스님, 불사를 함께 추진했던 성수 스님, 그리고 무진장 스님(전 조계종 포교원장) 등이 출가자로 참석했고, 불교학자로는 조명기, 김동화, 홍정식, 김영태, 이종익 등이 참석을 했다.

그 밖에 중앙일보 교정부장이었던 안승발, 교법사 서재하, 불교지 편집인 임영창, 언론인 최종화, 이종갑 등이 참석해서 불교 대중화 운동의 활로를 모색했다.

대원불교통신대학 출석 교육. 대원정사를 지으면서 대원 거사는 토요모임을 만들어 한국 불교가 나아가야 할 방향 등 불교발전에 관해 활발한 토론을 벌였다. 이때 나온 학교와 통신 강좌 등 교육기관 설립이라는 뜻을 대원불교대학이 이어가고 있다.

당시를 이건호(재가 불교운동가)는 이렇게 회상한다.

"대원 거사님은 당시 한국 불교의 침잠된 모습에 대해 매우 안타까워하셨습니다. '한국 불교, 이래서 되겠습니까?' 라는 말씀을 자주 하시면서, '앞으로 한국 불교를 위해서 제가 어떻게 뒷바라지하면 되겠느냐?' 하고 물으시곤 했습니다. 항상 겸손한 모습으로 참석자 모두에게 존칭을 쓰시면서 '여러분들이 도와주십시오' 라고 하셨어요. 착실하게 불교 대중화 운동을 할 만한 스님이나 학자 등 선구자를 찾으려고 동분서주하셨죠."

이 토요모임에서 현대적인 불교의식, 대중교육제도의 신설, 시민선방 운영, 대중포교를 위한 언론·출판사의 창설, 대원정사의 운영계획 등의 내용이 거론되었고 이 내용들은 신행단체인 대원회와 장학재단인 대원정사의 운영방안으로 적용되었으니, 이는 대중불교 운동의 역사적인 발기 모임이 된 것이다.

일평생 늘 메모하는 습관을 버리지 않았던 장경호의 수첩에는 당시의 회의 내용들을 이렇게 정리해놓고 있다.

첫째, 불교의식의 현대화와 간소화, 관혼상제의 불교식 거행.

둘째, 불교 주변의 미신적 요소 배제와 정통불교의 정착.

셋째, 불교 수도 도량 건설, 신앙 수련대회를 정기적으로 개최하여 관념을 타파하고 약동하는 불교로 정착.

넷째, 종합적인 교화사업을 통해 선의 생활화, 알기 쉬운 불교 전파.

다섯째, 대단위 언론 기관인 신문사, 방송국, 잡지사를 설립 운영해서 현대화된 시청각 교육으로 국민적인 포교 전개.

여섯째, 사회복지사업으로 병원 설치 운영, 유치원 경영, 고아원·양로원 등 복지시설 이룩.

일곱째, 학교·통신 강좌 등 교육기관 설립.

그가 늘 품어왔던 한국 불교가 지향해야 할 현안들을 그렇게 정리해놓고, 하나하나 실현해 나갈 의지를 다졌던 것이다.

대를 이은 대중불교 운동

　토요모임에서 논의되었던 발전적인 건의들은 신행단체 대원회를 창립하면서 구체적으로 실천되기 시작하였다. '자아(自我)를 발견하고 지상에 낙원을 이룩한다'는 구호를 내세운 범불교적 신행단체인 대원회의 출범은 대중불교 운동의 본격적인 시발이었으며 새로운 방향 정립을 위한 조직적인 움직임이 되었다.

　이렇게 출발한 대원회는 1975년 장경호의 갑작스런 죽음으로 주춤했다가, 1981년 7월 이후 장상문에 의해 활기를 띠기 시작했다. 장경호가 죽음을 앞두고 불교 중흥에 대한 그의 생각을 유언으로 남길 만큼 신심이 깊은 아들이었던 장상문은 여섯 아들 가운데 유일하게 공직생활을 하느라고 선친의 사업을 돕지 못했던 자식이었다.

　장상문은 외무부 방송국 방송과장을 시작으로 외무부 정보국장, 대통령 국방외교비서관, 정무담당차관보 등의 직책을 거쳐 스웨덴, 멕시코, 유엔대사 등을 역임하였는데, 선친 사후 여섯 아들에게 동국제강 주식이 똑같이 분배

대원불교회관. 장상문이 1981년 대원정사 이사장에, 그리고 신행단체인 대원회 회장에 취임하고
나서 300평 규모의 대원불교회관을 별도로 준공, 법회와 불교대학의 독립적 운용을 추진했다.

되자, '나는 동국제강을 경영하는 데 참여하지 않았으니, 아버지의 유업이 깃
든 대원정사와 대원회를 발전시키는 일에 쓰겠다'고 하고, 주식을 팔아 대원
정사 재단에 넣는 등 적극적으로 대중불교 발전에 혼신의 힘을 기울였다.

장상문은 1981년 대원정사 이사장에, 그리고 신행단체인 대원회 회장에 취
임하고 나서 300평 규모의 대원불교회관을 별도로 준공, 법회와 불교대학의
독립적 운용을 추진했다. 대원불교대학 교수들과 수시로 학술토론회를 하고
법회와 대원불교대학 활성화에 폭넓은 의견을 교환했던 그는 '사회에 대한
기능이 없는 불교는 도태되고 만다'면서 경전의 말씀도 쉽게 풀이하고 설법
의 내용도 현실적인 것으로 하며, 전파매체나 문서포교에 눈을 돌려야 한다

1989년 경기도 양주 봉선사에서 열린 제1회 대중불교결사. 전국 재가단체들과 연대를 모색하고 본격적인 대중결사를 주창했다.

는 생각으로 장경호의 대중불교 운동의 뜻을 이어갔다.

　1985년에는 교육 기회가 적은 지방불자들에게 불교교육의 장을 마련하여 주자는 취지 아래 지방도시 단기(7일) 불교대학 개설을 기획하고 광주, 전주, 제주 등을 기점으로 전국 주요도시에서 개설했다. 이것은 체계적인 불교교육이 전무하던 각 지방도시의 불자들에게 신선한 충격을 주었고, 지방 불교교양대학을 설립하게 하는 기폭제가 되었다. 매년 7, 8월경 60~70여 곳의 중소도시를 대상으로 했던 이 순회법회는 대장정의 불사로서 1992년 장상문이 타계할 때까지 계속되었다.

　장경호가 심혈을 기울여 세운 최초의 재가불자 교육기관인 대원불교대학은 그렇게 대중불교 교육의 새 시대를 펼쳐가는 주역으로 발돋움한 것이다.

또 대원회는 '대중불교 운동은 관혼상제의 개혁에서부터 이루어져야 한다'는 결의 아래 '매장 및 묘지 등에 관한 법률' 개정안을 마련해서 당국에 제출했고, 탑묘원 부지를 확보하여 착공에까지 이르렀으나 민원이 발생하여 뜻을 이루지 못했다. 장상문은 이를 위해 일본 등을 비롯한 여러 나라를 방문하여 견문을 넓혔다고 하는데, 그후 법이 개정되어 화장과 납골의 편의가 이루어졌음을 볼 때, 장상문 또한 그의 선친이었던 장경호와 마찬가지로 시대를 앞서간 인물이었다 할 것이다. 대원회는 재단법인 대원정사의 지원을 받는 신행단체로 있다가 1989년 조직을 확대·개편하고 사단법인 한국불교대원회로 거듭났다.

대원회에서는 '집집마다 부처님을 모시고, 직장마다 법회를 봉행하고, 마을마다 회관을 건립하자'라는 슬로건을 내세우고 전국 재가단체들과 연대를 모색하고 본격적인 대중결사를 주창했다. 1989년 경기도 양주 봉선사에서 1차 결사를 가지면서 전국 150여 개 시군 대표와 신행단체장이 모여든 불교지도자들에게 대중불교 운동의 필요성을 역설했다.

그 후 매년 이루어지고 있는 대중불교결사 전국대회에서 결의된 내용은, '이 시대가 필요로 하는 새로운 불교결집인 불교백서의 간행 결의, 새 생명을 살려내자는 취지의 장기기증본부 발족 결의, 전국순회법회 개최 결의, 불교방송 지방망 확장을 위한 100만 서명 결의 등'이었는데, 이 모든 결의가 실천에 옮겨졌다고 하니, 이 모두는 장경호가 뿌려놓은 대중불교의 염원이 싹을 틔운 것으로 보지 않을 수 없다.

'법회와 강좌는 공간이 좁은 게 흠이다. 인쇄매체를 통한 포교는 최대한의 공간을 확보할 수 있다.'

대원회지와 월간 『대중불교』. 장상문이 대원회 회장으로 있으면서 불교의 문서포교 일환으로 창간하였으나 그가 타계한 뒤 얼마 지나지 않아 휴간되고 말았다.

장상문은 대원회 회장으로 있으면서 이러한 생각으로, 월간 『대중불교』를 창간했다. 문서포교지로서 태어난 『대중불교』는 문서포교는 물론 대원회가 주관했던 지방 단과 불교대학의 운용, 전국순회법회, 대중불교 결사 등의 전위대 역할을 담당할 만큼 이 땅의 문서포교에 새로운 지평을 여는 데 한 몫을 했다.

대중불교지 구독자가 10만 명만 돌파하면 산촌과 어촌의 불자들도 불교를 공부할 수 있게 되고 그렇게 될 때 이 땅의 불교는 새롭게 태어날 수 있다는 신념 아래 독자 확보에 힘을 썼으나, 당시 불교계의 현실은 구독자 3만 5천 부를 넘기지 못하고 말았다. 그러나, 당시 한 불교 월간지가 3만 5천 부 구독자가 있었다는 것은 대단한 활동이었다.

주식회사 대원사는 '빛깔있는 책들'을 비롯한 여러 단행본을 발행하고 있다. 장상문은 대원 거사의 불사를 이어받아 문서포교 활동을 활발히 하는 한편 우리 전통문화의 지킴이 역할을 할 출판사를 따로 설립하고, 대표적인 기획 시리즈 '빛깔있는 책들'을 발간하였다.(아래)

장상문.(왼쪽)

'상구보리 하화중생'이라는 장경호의 염원이 대원회로 이어지지 않았다면, 또 장상문의 사재 출연 등 대중포교에 대한 열의가 아니었으면 불가능한 일이었을 것이다.

'대원회보'에서 '대원'으로, 다시 '대중불교'라는 제호로 발전하며 이 땅의 문서포교에 활기를 불어넣었던 『대중불교』는 장상문이 타계하고 나서 몇 년 후 휴간되고 말았다. 『대중불교』의 휴간은 잡지 하나에도 한 사람의 원력이 얼마나 뜨거워야 하는가를 생각하게 하며, 애정이 담긴 지속적인 재정적 뒷받침 없이는 이 땅에서 불교 잡지의 생존은 불가능하다는 것을 보여주고 있다.

그뿐만 아니라 장상문은 사재를 털어서 1988년 3월 출판사 대원사를 열었다. 잡지나 단행본 출간으로 만족하지 않고 출판사를 따로 설립해서 '이 땅의 문화적 자존심을 지키고 가꾸는 우리 전통문화의 지킴이' 역할을 자처한 것이다.

창사 이념으로, '우리 문화를 세계에 알리는 초석이 될 것과 한국의 미, 민속, 자연, 조상들의 삶의 흔적이 더 훼손되기 전에 편찬을 통한 기록의 임무를 담당할 것, 동서양 문화 이해에 길잡이 역할을 할 것, 최고의 저자·충실한 내용·최고의 품질·최대한 염가 공급을 목표로 일할 것'을 바탕으로 하여, 3년의 준비기간을 거쳐 1989년 5월 첫선을 보인 '빛깔있는 책들' 시리즈는 500권을 목표로 하여 현재 250권이 넘는 책을 출간했다.

전통, 예술 등 인문과학 도서와 어린이 대상의 동화에 이르기까지 다양한 분야의 책들을 출판하는 대원사는 기획 시리즈로 '빛깔있는 책들'을 발간해서 세계 속에 우리 문화의 우수성을 보다 많이 검증받게 하고, 나누고 융합시켜야 하는 시대에 우리부터 문화적 무장을 하자는 책자로 만들었다.

해외번역물이 홍수를 이루고 있을 때도 국내 저자의 저술을 고집하여 학계의 연구성과를 대중적으로 끌어내고자 함은 물론 외국에 의존하지 않는 우리 역량만으로도 충분히 빛을 발할 수 있음을 보여주려고 노력해오고 있다.

이 '빛깔있는 책들'의 기획은 출간이 되고 나서 대통령상, 한국출판문학상, 불교출판문학상, 우수환경도서상, 한국과학기술도서상 등 출판계의 상을 휩쓰는 등 한국출판문화의 새로운 장을 열었다는 평가를 받았다.

불교문화 부분에만 국한하지 않고 우리의 민속, 고미술, 자연 등 다양하고 균형 있는 주제의 이 기획물이 채산성이 없는 사업임에도 불구하고 지금까지 전통문화 지킴이의 역할을 하고 있는 것은, 장경호와 그의 아들 장상문의 문서포교라는 원력이 살아 숨쉬고 있기 때문일 것이다.

출판으로 이윤을 남기기에는 독서시장이 너무나 열악한 이 나라 출판환경에서도 장상문은 사재를 쏟아 부으면서 부친의 뜻을 기렸고, 오늘날의 주식회사 대원사는 다시 장상문의 아들인 장세우에 의해서 이어지고 있다.

진정한 보시는 놓아버리는 것

"무주상보시(無住相布施), 상에 주하지 말고 보시하라 함은 깨끗한 마음으로 보시를 하라는 말이다. 보시란 무엇인가. 물질로나 법으로나 남에게 베풀어주는 것을 보시라 하나니, 보살이 피안에 이르는 방편으로 만행(萬行)을 닦는 일이나 일만 가지 행이 육바라밀에 지나지 않는 것이요, 그 가운데서도 보시가 머리가 되는 것이니, 계(戒)를 가짐과 욕됨을 참는 것과 부지런한 것과 선정을 닦는 것과 지혜를 밝히는 것은 보시의 다음이다.

그러므로 보시는 피안에 이르는 가장 빠른 길이 된다. 어째서 그러한가. 이 세상에서 가장 무섭고 더러운 죄악의 근본이 모두 탐욕에서 기인하는 것인데, 보시는 이 탐욕의 무서운 병근(病根)을 다스리는 선약(仙藥)도 되고 자비심의 등불도 되기 때문이다. 왜 그러한가. 보시는 내 것을 널리 베풀어준다는 뜻이니, 준다는 것은 곧 놓아버린다는 뜻이 된다.

우리는 참으로 잘 살기 위하여 내가 가지고 있는 모두를 놓아버려야 한다. 눈도 놓아버리고 귀도 놓아버리고 코도, 혀도, 몸도, 알음알이〔識見〕도

대원정사 시민선방의 초대 선원장 해안 스님(가운데 안경 쓰신 분). 해안 선사는 서울 성북동에 내소사 지원의 선방을 개설하여 서울로 올라오면서, 대원정사 내에 있던 시민선방의 초대 선원장이 되어 재가신도들을 지도했다.

놓아버려야 한다. 이것이 참으로 보시인 것이다.

모두를 놓아버리고 한 물건도 더 놓을 것이 없이 가난하게 된 때가 바로 잘 살게 될 때요, 거기가 도피안이요, 그곳이 극락세계인 것이다."

해안 선사가 『금강반야바라밀경』에서 설한 보시에 대한 법문은 한평생 청빈함으로 살아온 선사답게 곡진하고 깊었다. 그는 일부러 가난하게 살며 공부하기 위하여 불교 집안에서도 먹고살기가 척박한 호남지방으로 출가해, 창호로 스며드는 달빛을 양식 삼아 견성한 도인이었다.

장경호는 해안 선사의 보시에 대한 법문을 떠올리며 그가 주석하고 있는 내소사를 찾았다. 대원정사가 완성되고 시민선원 개원을 준비하면서 해안 선사를 선원장으로 초빙할 작정이었다.

해안 선사를 만난 적은 없지만, 불서보급사에서 발간한 그의 책『금강반야바라밀경』을 읽으면서 장경호는 해안 선사가 도인임을 확신하고 있었다.

"절이 참, 아름답습니다."

장경호가 해안 선사에게 예를 올리고 그렇게 말문을 열었다.

마른 체구의 단아한 모습인 해안 선사는 그를 반갑게 맞이했고, 그는 몇 년 전 책을 발간한 일에 대해 인사를 한 다음, 해안 선사에게 용건을 말했다.

"내년에 대원정사 내에 사부대중 누구나 참여할 수 있는 선방을 만들어서 개원하려고 하는데, 스님이 오셔서 지도를 해주셨으면 합니다."

겸손한 태도로 그가 청을 하자 해안 선사 또한 정중하게 말했다.

"뜻은 좋으신데 저는 부적격한 것 같군요. 시골에 사는 제가 어떻게 서울에 가 살면서 참선지도를 하겠습니까?"

"마음을 좀 내주십시오. 처음 시작하는 일이라 꼭 스님을 모시고 싶습니다."

장경호는 법문이 격이 있으면서도 현대인의 근기에 맞게 불교를 풀어내는 호남의 도인에게 선원장을 맡기고 싶었다.『금강경』을 풀어낸 그의 법문은 탁월했다. 그러한 그의 마음을 아는지 해안 선사가 말했다.

"세계 중생들에게 가장 많은 병이 '상병(相病)'이지요. '나'라는 상병에 걸리지 않은 사람은 거의 없다 하여도 과언이 아닙니다."

"부처님께서 금강경에서 설하신 것도 '나'라는 상을 버리라는 말씀 아닙니까?"

"그렇습니다. 그래서 이 상병이 모든 병의 근원이 되는 거지요. 중생들은 너나없이 모두 '나'라는 상 때문에 깨끗한 마음을 보지 못하고 부처가 되지 못합니다."

"그래서 참선을 해야 하는 것 아닙니까? 수행 없이는 상병을 떼어내기 어렵지요."

장경호는 누구보다 참선수행으로 인한 기쁨을 아는 사람이었다. 어떤 것도 그런 충만한 기쁨을 누리게 할 수 없음을 알았기에, 그는 가끔 알아들을 만한 사람들에게 "참선, 참 좋습니다. 꼭 하세요"라고 말하곤 했다.

해안 선사의 상병론(相病論)이 이어졌다.

"아상만 없으면 곧 부처입니다. 그 상 때문에 항상 중생계에서 윤회하며 만반의 고통을 받습니다. 부처가 되기 위해서는 먼저 '나'라는 상을 떼어야 하고, 나라는 상을 떼기 위해서는 먼저 '나다' 하는 마음을 조복받아야 합니다."

장경호는 해안 선사의 깊은 수행정진에서 나온 상병론에 동의하며 다시 부탁을 했다.

"스님께서 오셔서 대원정사에 오는 사부대중들에게 이런 법문을 좀 해주십시오. 참선지도와 함께 말입니다. 법문을 많이 들어야 참선 수행을 하겠다는 발심이 생기지 않겠습니까? 부탁드립니다."

해안 선사는 대답을 미룬 채 상병에 대한 결론을 내렸다.

"세계평화의 초석이 되며, 전 인류가 잘 살게 되는 행복의 터전은 이 상병을 뿌리뽑는 일입니다."

해안 선사의 법문은 진리였다. '내가 있다'라고 하는 마음을 버리지 못하는 한 평화와 행복은 있을 수 없는 것이었다. 장경호는 이런 생각을 하며 '치골에 사는 늙은 중이 어떻게 서울에 살며 선원장을 할 수 있겠느냐'며 사양하

대원정사 시민선원 하안거 해제 기념(1973년 음력 7월). 가운뎃줄 왼쪽에서 다섯 번째가 영암 스님.

는 해안 선사를 뒤로하고 장경호는 내소사 일주문을 나섰다.

손님이 오면 언제나 절문 밖까지 따라나와 배웅하던 해안 선사는 늘 하던 대로 일주문 밖까지 나와 그를 배웅했다. 그를 태운 차가 멀리 사라질 때까지 바라보며 해안 선사는 생각했다.

'진정으로 잘 사는 사람이구나.'

세상을 어떻게 살아야 하는가에 일찍이 바른 눈을 틔워 기업을 잘 키워서 나라에 보국했고, 자신이 성실함으로 번 돈을 불교의 발전을 위해 회향하고 있는 그를, 해안 선사는 오래도록 생각했다.

서울로 돌아오는 차 안에서 장경호 역시, 해안 선사가 설한 보시의 의미를 곰곰이 되씹고 있었다.

"모두를 놓아버리고 한 물건도 더 놓을 것이 없이 가난하게 된 때가 바로 잘 살게 될 때요, 거기가 도피안이요, 그곳이 극락세계인 것이다."

목숨조차 내놓고 뼈를 깎는 혹독한 정진으로 올곧게 한평생의 살아온 선지식의 말이 그의 가슴에도 오래도록 남았다.

'소유란 무엇인가, 무엇을 위해서 어떻게 써야할 것인가' 하는 뚜렷한 전제가 없으면 소유란 자유로운 정신을 속박할 뿐이요 업만을 더하는 일이었다.

그는 젊어서부터 자신이 소유한 모든 재산이 자신의 것이라고는 한 번도 생각하지 않았고, 늘 사회로 다시 환원해야 한다는 생각을 하고 있었다. 그랬기에 한평생을 근검 절약으로 살아왔고, 불교의 발전을 위해 회향할 것을 늘 생각해왔던 것이다.

그 후 장경호는 한 번 더 해안 스님을 찾아가 삼고초려했고, 이듬해 해안 선사는 서울 성북동에 내소사 지원의 선방을 개설하여 서울로 올라오면서, 대원정사 내에 있던 시민선방의 초대 선원장이 되어 재가신도들을 지도했다.

"제가 설악산에서 공부하고 있을 때, 선사께서 급히 올라오라는 연락을 하셨어요.

내소사로 급히 왔더니, 서울 남산 대원정사에 잠깐 가게 되었으니 짐을 싸라고 하셨어요. 그래, 선사를 모시고 대원정사로 가서 모시고 있었지요. 그때 선사의 말씀이, 장경호 거사께서 두 번이나 찾아오셔서 간곡하게 부탁을 하셨다고 하더군요. 대원정사에 있으면서 보니, 장경호 거사께서는 한창 건물을 짓느라 분주하신 것 같았지만, 새벽만큼은 꼭 선방에 참석하셔서 좌선을 하시곤 했습니다."

해안 선사의 상좌로 부안 내소사 회주였던 혜산 스님의 회고다.

이듬해 1974년 2월에 문을 연 시민선방은 평소 함께 모여 참선을 하고 싶었으나 장소가 마땅치 않아 망설이고 있던 재가불자들에게 단비와 같은 반가운 것이었다.

지금은 많은 사찰에서 재가선방을 마련해 재가불자들에게 수행의 목마름을 달래주고 있으나, 당시만 해도 재가선방은 불모지였음을 감안할 때 그는 앞서가는 선지식이었고 수행이 전제된 전법이어야 한다는 생각을 실현했던 것이다.

대원정사 시민선방은 사부대중 누구에게나 열려 있었고, 선승들을 모셔다가 선을 지도하고 법문을 했다.

장경호의 선방에 대한 관심과 애정은 그 후에도 이어졌는데, 대한불교진흥원에서 지원하여 1983년 6월에 비원 앞 가든타워에 '도심선원'이 마련되었고, 그해 8월에 구로공단 입구에 '공단선원'이 개원되어 초종단적으로 운영되어 많은 사랑을 받았다. 공간활용을 하기 위하여 후에는 신행상담, 교리강좌 등을 함께 했는데, 이로 인해 더 많은 사람들에게 관심을 불러일으켰다.

결국 시간이 흐르면서 장경호의 대중 교화의 뜻은 하나하나 실현되었던 것인데, 이를 볼 때 그가 얼마나 시대를 앞서갔던 인물이며, 또 결국은 그의 원력이 시간이 흐름에 따라 하나하나 실현되고 있음을 볼 수 있는 것이다.

불교계 최초 불교교양대학 개설

대원불교대학은 1973년 3월 불교계 최초로 설립된 2년제 불교 전문교양대학이다. 장경호가 이 땅의 불교를 중흥시킬 인재양성을 발원하고 일반인을 위해서 세운 불교교양대학으로, 2005년 현재 32년의 역사를 지니고 있다.

당시 주5일 강의로 프로그램이 짜여진 교양대학에는 조명기 학장을 비롯해서 김동화, 홍정식, 이종익, 원의범, 김영태, 고익진 등 동국대학교 불교대학 교수진들이 포진하고 있었다. 고익진과 김동화 박사는 오늘날 후대 학자들이 가장 존경하는 불교학자로 선정할 만큼 뛰어난 학자들이었으니, 당시 교수진이 얼마나 화려했는지 알 수 있다.

1970년대 초, 아직 대중을 향해 대원정사만큼 불교공부를 체계적으로 가르치는 곳은 없었으므로 가르치는 사람도 배우는 사람도 열기가 뜨거웠다. 야간에 이루어지는 강의에 교수도 학생도 졸음을 참아가며 신심을 불태웠다.

불교회관이 마무리되자 곧 불교교양대학이 개원되면서 장경호는 강의실을 자주 찾았다. 한편 흐뭇했고 한편 궁금해서였을 것이다. 바로 옆 적산가옥에서 살았던 그는 밤마다 환하게 불이 켜지고 불교강의가 이어지는 대원정사를 흐뭇한 마음으로 바라보곤 했다. 그리고는 산책을 하다가 슬며시 강의실 문을 열고 들어가 강의를 듣기도 하고 학생들을 격려하기도 했다.

"1974년 학기가 시작된 지 얼마 되지 않은 날 저녁, 동국대학교 목정배 교수 강의시간으로 기억된다. 강의가 한참 진행되는데 빠꼼히 문이 열리더니 노인 한 분이 들어섰다. 워낙 조심스럽게 문을 열고 닫는 바람에 대부분의 학생들은 노인이 들어오시는 걸 알아차리지 못한 듯 강의에 귀를 기울이고 있었다.

키가 자그마하고 허름한 차림새의 노인은 나는 듯이 가벼운 걸음으로 천천히 교실 뒤편에 가 앉으셨다. 때마침 교수님의 질문이 학생들에게 떨어졌다.

'도단학성(道斷學成)이 뭐지요? 이게 어디에 나오는 말입니까?

그날 강의는 그런 식의 질문이 많았다. 학기 초반인 탓이었던지, 아니면 교수님의 밀어붙이는 강도가 컸기 때문인지 대답이 쉽게 나오지 않았다. 누구에게 지목이 떨어질지 몰라 강의실 안에 약간의 긴장감이 돌던 어느 순간, '와 이리 대답을 못하노. 척척 대답을 해야제' 하는 투박한 음성이 들려왔다. 학생들의 대답이 없음을 안타까워하심이 역력한 음성이었다.

어느새 존재감이 잊혀졌던, 뒤편에 앉아 계시던 노인이었다. 누구시길래 저렇게 안타까운 마음으로 이 강의를 주목할까 궁금했던 나는 그날 강의가 끝나고 그분이 장경호 거사님이라는 걸 처음 알았다. 그분은 그 뒤로도 종종 강의실에 오셔서 학생들이 공부하는 모습을 지켜보시곤 했다."

대원불교대학 3기 졸업생이면서, 오랫동안 『대중불교』 편집장을 지낸 김희균의 말이다.

대원불교대학 1기 졸업생 가운데 당시 대원불교대학에서 강의를 들으면서 발심해서 출가한 비구니스님은 자신이 출가한 절의 법당에 장경호의 위패를 놓고 기도를 올렸다고 한다. 자신을 출가로 이끈 그분에 대한 고마움으로 은법사(恩法師)로 모시면서 기도를 했는데, 지금도 자신이 머무는 절에 장경호의 사진을 모셔놓고 있다고 한다.

장경호는 대원정사 바로 곁의 자그마한 적산가옥에 부인과 함께 기거하면서 새벽에 법당예불에 꼭 참석했고, 예불을 마치면 예외 없이 선방에서 좌선 삼매에 빠지곤 했다. 일평생 규칙적으로 지켰던 일과였다.

그리고 그는 여전히 검박한 생활을 하고 있었다. 손님이 오면 겨울이면 따뜻한 보리차 한 잔, 여름이면 마당 우물에서 퍼올린 시원한 물 한 잔을 놓고 이야기를 나누었고, 간식을 내놓는 일이란 드물었다고 한다.

저녁에 공부하러 오는 교양대학 재학생들에게 하루 토큰 두 개와 저녁을 무료로 제공했는데, 그의 식탁도 그들과 마찬가지로 밥과 국, 그리고 밑반찬 한 가지에 김치 정도의 소찬이었다고 한다.

"휴지를 쓰시고 나면 그냥 버리시질 않았습니다. 한 통에 모아두었다가 햇볕 나는 날에 마루에 깔아 말리셨죠. 그리고는 말린 휴지를 다시 접어서 휴지통에 쌓아놓았습니다. 어린 우리들이, '할아버지, 더러워요' 하고 말하면, '야야, 그런 게 아니다. 이렇게 절약해야 복이 오는 거지, 이런 노력 없이 복이 오는 게 아니다' 하시곤 하셨어요. 할아버지는 사업가로서 직관력도 뛰어나신 분이었지만, 검약정신은 누구도 따를 수 없을 만큼 철저하셨습니다."

대원불교교양대학 제12회 졸업식. 주5일 강의로 프로그램이 짜여진 교양대학에는 이름난 불교
학자들이 다수 포진하고 있었다. 그만큼 가르치는 사람도 배우는 사람도 불교공부에 대한 열기
가 뜨거웠다.

현 동국제강 회장 장세주는 할아버지를 이렇게 추억했다.

대원불교대학이 문을 연 지 얼마 안 되는 따뜻한 봄날이었다. 마당에서 떨
어진 못을 발견한 대원 거사가 못을 주워드는 것을 보고 마침 강의를 하려고
왔던 동국대학교 목정배 교수가 물었다.

"회장님, 못 장사를 하시면서 못은 왜 주우십니까?"

공사하면서 여기저기 떨어져 있는 못을 발견하면 꼭 주워놓았다가 공장으
로 보내는 그의 철에 대한 사랑과 습관은 여전했다.

"이 못 하나가 소중한 겁니다. 이걸 모으면 곧 철강을 만드는 재원이 되는

초기 대원정사 남산쪽 입구. 대원 거사가 대중불교를 위해 심혈을 기울여 지은 대원정사는 필요한 사람 누구에게나 열려 있었다.

겁니다. 고철은 곧 철강의 쌀입니다.”

못 장사로 시작해 동국제강이라는 굴지의 민간 철강회사를 만들어낸 그에게는 여전히 녹슨 못 하나도 쌀 한 톨로 보였던 것이다.

장경호는 강의가 있는 날이면 좀 일찍 대원정사로 가곤 했던 목정배를 불러 함께 식사도 하고 차를 나누며 많은 이야기를 나누었다고 한다. 그리고 유난히 목정배의 강의가 있는 날이면 강의실에 자주 들어가 미소 지으며 젊은 불교학자와 학생들을 격려했다고 한다. 목정배는 장경호를 이렇게 추억했다.

"자신이 공부한 경지를 남에게 드러내려고 하지 않았던 분이다. 분명히 법열(法悅)을 느낀 분이라는 생각이 들었는데, 무문관(無門關)에서 오랜 동안 공부한 큰스님들 수행과 버금가는 경지가 느껴지곤 했다. 교학과 선을 한 모든 스님들과 그렇게 가깝게 지낼 수 있었던 것은 무언으로 통하는 수행적 체험의 경지가 깊었기 때문일 것이다. 『금강경』의 '항복기심(降伏其心), 항복받은 그 마음'으로 사셨던 분이라는 생각이 든다. 상을 드러내지 않고 아무 티끌 없이 보시하고 봉사하며 대중을 아울렀던, 저 부처님의 제자 마하가섭과 같은 분이었다."

예지원 원장 강영숙의 회고를 들어보면 당시 장경호가 어떤 모습이었는지 알 수 있다.

"예지원을 설립해놓고는 사무실과 강의실을 마련하지 못해 애를 태우고 있을 때였다. 누군가, 현대식 건물을 막 지은 대원정사를 한번 찾아가보라고 해서 무작정 남산으로 올라갔다. 누구를 찾아야 할지 몰라서 깨끗하게 지어진 강의실만 둘러보고 있는데, '무엇하러 오셨습니까?' 하고 묻는 소리가 나 돌아보니, 허름한 차림의 노인 한 분이 서 있었다. 순간, '아, 이 건물의 관리인가 보다' 생각하고 용건을 말하면서 누구를 찾아가면 좋겠느냐고 물었더니, 건물 사무실에 가서 이야기하라고 했다. 나중에 이야기가 잘 되어서 이사장님을 면접하게 되었는데, 약속한 시간에 이사장실에 가보니 그때 관리인이라 생각했던 그분이 앉아 계신 게 아닌가. 그분이 동국제강 창업주이며 대원정사 이사장이신 줄은 꿈에도 생각지 못했다. 그후 이사장님의 배려로 우리 예지원은 대원정사 내에 사무실을 차렸고, 강의실을 무료로 임대받아 외부 강의를 하게 되는 행운을 누렸다. 불교와는 직접적인

부산 대원정사. 대원 거사의 뜻을 이어받아 장상건 대원정사 이사장은 부산에 대원정사를 마련하여 부산과 경남 지역의 불교인재 양성을 위한 대원불교대학을 개원하였다.

관련이 없는 일이었으나, 우리의 예절문화를 되살리고 발전시키려는 후학들에게 사랑을 베풀었던 장경호 회장님을 지금도 잊을 수 없다."

그가 대중불교를 위해 심혈을 기울여 지었던 대원정사는 그렇게 필요한 사람 누구에게나 열려 있었던 것이다.

1973년 3월 불교계 최초로 설립되어서 현재 졸업생 2,893명, 법사 600명을 배출한 대원불교대학은 1986년 7월에 지방강좌를 개최했고, 1987년 3월에는 법사과정과 통신과정을 개설했다. 1990년 3월에는 미국 워싱턴에 분교를 설치했다.

2003년 3월에는 불교사이버대학을 개교했는데, 이는 부처님의 가르침을 생활화·현대화·대중화하기 위하여 불교지도자와 포교사를 양성하고자 교계 최초로 설립된 사이버대학으로 인터넷으로 강의를 들을 수 있게 하였다.

그리고 2005년 3월에는 부산 대원불교대학을 개교하였다. 장경호의 다섯째아들인 동국산업 장상건 회장이 사재로 부산광역시 장전동에 6층 건물을 마련해서 신입생 200여 명을 시작으로 부산과 경남 지역의 불교인재양성에 기여하고 있다.

아름다운 회향

장경호는 대원정사를 지어놓고 이 땅의 불교발전을 위해 또다시 여러 가지 구상을 했던 것 같다. 그의 불교를 통한 대중회향의 생각에는 끝이 없었던 것이다.

"여의도 개발을 시작하면서 서울시에서 땅을 분양할 때 국회의사당 앞에 땅을 사놓은 것이 있었다. 아버지는 그곳에 불국사와 같은 고전적인 사원을 하나 짓고 싶어했다. 차를 타고 지나가는 사람들이 보기도 하고 또 들어와서 참배할 수 있도록 해야겠다고 하셨다."

그의 아들 장상건의 회고처럼 그는 불교회관식으로 지은 대원정사 말고 고전적인 사원을 하나 더 짓고 싶은 생각을 가지고 있었다. 빌딩으로 숲을 이루고 있는 삭막한 여의도에 고전적인 전통사찰을 지어서 몸과 마음이 지친 많은 이들을 위로하고 또 법당에 앉아 참선도 하게 하고, 수시로 스님들의 법문을 듣게 하고 싶었는지도 모른다.

그의 이 땅의 불교중흥과 대중 교화에 대한 사랑은 끝이 없었던 것 같다. 종로에 중앙포교당을 내려고 건물을 보러 다니기도 했고, 불교방송국의 허가를 받으려고 무던히 애를 썼다.

아무도 예측하지 못했던 죽음을 맞기까지 그는 이 땅을 청정국토, 열반의 땅으로 만들려고 쉼 없이 애썼고 중생교화에 대한 열정을 놓지 않았던 것이다. 그러나 일흔일곱에 다가온 죽음은 그의 이러한 모든 꿈을 멈추게 하는 듯했다.

모처럼 아내와 함께 떠난 스웨덴 여행길에서 그는 자신의 건강에 이상이 있음을 느꼈다. 급히 돌아와 병원에 입원해서 진단을 받아보니 췌장암이라고 했다. 가끔 소화가 안 되는 듯한 느낌 말고는 건강에 이상을 느끼지 못했으므로, 뜻밖의 진단 앞에서 그는 잠시 망연했으리라. 그러나 그는 곧 정신을 곧추세워 조용히, 죽음 앞에서 자신이 무엇을 정리하고 가야 할 것인가 생각했다.

'모든 것에 걸림이 없는 사람이라야 대승의 길을 통하여 생사의 고뇌에서 벗어날 수 있다'는 화엄경의 한 구절을 떠올리며, 그는 담담히 자신의 생을 정리하기 시작했다.

그는 먼저, 건강에 이상을 느끼며 예감이 좋지 않았던 스웨덴에서 이미 스웨덴 대사로 근무중이던 둘째아들 상문에게 일렀다. 어느 자식보다 불심이 깊었던 아들에게 그는 간곡히 부탁했다고 한다.

"아버지가 가고 없거들랑 내가 하지 못한 일을 네가 맡아주기 바란다."

그리고 그는 이 나라의 통치자인 박정희 대통령에게 편지를 썼다. 한평생 자신이 지향했던, 삶의 참 값어치라고 여겼던 상구보리 하화중생에의 원력을 담은 편지였다. 그가 생애 마지막으로 쓴, 그리고 세상에 유일하게 남아 있는 편지는 간곡하고 진실했다.

"존경하옵는 박정희 대통령 각하에게 삼가 이 글월을 올립니다.

격동하는 국내외 정세 속에서 국가발전과 민족의 안녕 및 중흥을 위하여 힘쓰고 계신 대통령 각하께 충심으로 감사의 뜻을 표합니다.

더욱이 북한공산도당들이 또다시 민족적 비극인 대살육의 망상을 꿈꾸고 있는 이 마당에 국가위난을 국민총화와 총력안보로 극복하시려는 영도자로서의 각하의 의연한 결의와 자세는 정말로 든든하옵고, 이를 위해 불철주야 골몰하시는 각하의 모습이 눈에 선하오며, 그 노고에 새삼 감사와 송구함을 금치 못하는 바입니다.

지성이면 감천이라는 말도 있습니다마는 각하의 확고한 신념과 오랜 인고의 보람으로 지금 전국 방방곡곡에서는 근면·자조·협동하려는 새마을운동이 요원의 물결처럼 번지고 있고, 우리들의 생명과 재산을 지키며 국가를 반석 위에 세우려는 유신과업의 수행 대열에 국민 모두가 흔쾌히 참여하고 있음은 자랑스러운 일이 아닐 수 없습니다.

이 사람은 올해 77세의 고령인 동국제강의 창업자 장경호입니다. 이제 머지않아 이 생을 마칠 것을 내다보고, 인생무상의 대도 앞에, 조용히 그리고 엄숙한 마음으로 옷깃을 여미며, 영원한 진정을 각하에게 말씀드리게 된 것을 한량없는 영광과 기쁨으로 생각합니다.

본인 장경호는 평소 소박한 생활신조로서 남자로 태어난 것과, 대한민국에 태어난 것과, 불교를 신봉하게 된 것을 행복으로 생각, 항상 감사하였습니다. 그리고 소비산업이 아닌 국가의 기간산업을 일으켜 산업보국하려는데 뜻을 두고 시작한 제강공업이 조그마한 업적이나마 남기게 되었다면 그것은 국가·사회의 은혜에 힘입은 바 큰 것이며, 이 또한 감사하지 않을 수 없습니다.

본 소불자(小佛者)는 평생을 통해서 오직 근면과 검약으로 일관해서 기

대원 장경호 거사는 죽음을 앞두고 '국가와 사회에서 얻은 이익은 다시 사회의 공익을 위한 일에 환원해야 한다'는 생각에서 자신의 재산을 불교 중흥과 발전을 위해 내놓았다.

업을 키워나왔사오며, 그 결과 본인에게 돌아오는 얼마간의 사유재산을 모으게 되었습니다. 이 재산은 저에게는 필생의 피와 땀의 대가라 할 수도 있을 것입니다.

대통령 각하, 앞에서 말씀드린 바와 같이 국가와 사회 그리고 부처님의 은혜를 입은 제가 그 은혜에 보답하는 길이 무엇인가 곰곰이 생각한 결과, 본인 명의의 모든 사유재산을 낙후한 한국 불교의 중흥사업을 위해 내놓기로 하였습니다. 각하께서는 저의 뜻을 받아 주시옵고, 국가의 도움 없이는 종교가 존립·발전할 수 없는 만큼, 불교중흥을 위하여 대통령 각하의 각별하신 하념이 계시옵기 바랍니다.

본 소불자가 이토록 불교중흥을 염원하게 된 것은 그 어떤 주의나 사상보다도 불타의 정신이 건전하며, 인간의 행복과 사회윤리를 진작하고, 국가를 사랑하고 지키는 데 불교가 큰 몫을 하리라고 믿기 때문입니다.

그것은 불교가 이 땅에 전래된 지 일천육백여 년 동안, 신라 통일의 원동력으로서 찬란한 문화를 창조하였고, 고려 때에는 국가총화정신의 뿌리를 이루었으며, 숭유억불의 이조 때에도 국가누란의 위기를 막기 위해 임진왜란에서 호국종교로서의 진수를 발휘하였고, 일제 탄압 밑에서도 민족 주체정신을 지켜온 전통이 입증하고 있기 때문이기도 합니다.

일찍이 삼계의 대도사이시고 사생의 자부이신 석가모니불께서는 미망에서 방황하는 인류에게 절대적 자아의 발견으로 인간완성과 세계평화의 밝은 길을 교시하셨습니다.

그러나 이 진리를 아는 사람은 많지 않은 것 같습니다. 이리하여 오늘날 세계는 전쟁의 참화와 평안 공포에 떨고 있고, 인간성은 점점 상실되어 정신적 갈등 속에 온갖 불순한 사상으로 사회 혼란이 조성되고 있습니다.

이같은 세계적 위기현상과 부단히 변화하는 내외의 어려운 여건 속에서도 각하께서는 조국 근대화 작업을 전개하며, 한편으로는 국가안보를 튼튼히 하고, 또 한편으로는 국민경제를 발전시키며 민족적 자각을 통한 국민 총화를 이룩하는 데 힘쓰고 계십니다.

이러한 때에 어느 종교보다도 우리 민족의 정기와 전통문화에 큰 몫을 한 불교가 오늘날 인간의 정신향도에 무기력해진 데 대하여 안타까운 마음 금할 수 없사오며, 이 기회에 다시금 새로운 생기를 한국불교에 불어넣어야 할 줄 믿습니다.

참된 종교는 인간의 생각을 가장 건전하게 이끌고, 올바른 생활을 통하여 행복을 누리게 하며, 나아가 사회윤리 진작과 국가발전으로 승화시키는 데 그 존재 가치가 있지 않겠습니까.

따라서 이제 우리 불교는 오랜 잠에서 깨어나 어려운 국가적 현실을 직시하고, 구력(救力)의 정법이념을 드높이 내걸어 국민의 정신생활에 지표가 되어야 할 것입니다.

그리고 산사 중심의 의식과 기복에 치우친 소극적 관념적 무사안일주의에서 벗어나 번뇌와 정신적 갈등 속에서 방황하는 현대인들의 올바른 길잡이가 되어야 하며, 고질적 병폐인 교리를 빙자한 분열과 분파로 배타, 비난하는 퇴영적 종파불교의 폐습을 불식하고, 통불교(通佛敎) 이념으로 화합단결해야 할 줄 압니다.

이렇게 하여 불교가 바로 설 때 국민정신이 올바로 설 것이며, 불광이 온 누리에 비칠 때 이 땅 이 민족이 국태민안 속에 번영, 발전하고, 나아가 전세계에 자유와 평화가 이룩될 것으로 믿습니다.

대통령 각하, 세상에서 사람이 할 수 있는 좋은 일은 많은 줄 압니다. 그 좋은 일이란, 자기만을 위하는 것이 아니라 많은 중생을 위하는 길이며, 불교가 인간정신을 선도하고 어려운 때일수록 국가민족을 수호 발전시키는

데 중요하다고 확신하게 된 본인은, 오직 불교 중흥이라는 일념만으로 저의 조그마한 사재를 내놓게 되었습니다.

역대의 어느 국가 지도자보다도 불교에 대한 참된 이해와 성원이 계시는 박대통령 각하께서는 저의 이 미충(微衷)을 굽어살펴 주시옵고, 이것을 중흥불사를 위한 한 전기로 삼으셔서 역사적인 불교발전을 위해 큰 배려를 베풀어 주시옵기를 다시금 간절히 원합니다.

끝으로 대통령 각하께서 국가를 영도하시는 데 부처님의 가호가 함께 하셔서, 밝은 지혜와 큰 능력 속에 만수무강하시기를 빌어 마지않습니다.

1975년 7월 10일
장경호 합장

그는 마음을 가지런히 하고 그의 민족에 대한 사랑과 국가의 대한 은혜, 불교에 대한 끝없는 애정을 그렇게 표현했다. 그의 사상이 잘 담겨져 있는 곡진한 편지글은 불교를 신앙으로 가졌던 통치자의 마음을 울렸을 뿐 아니라, 두고두고 그의 사상이 무엇인가를 알게 해주는 자료가 되었다.

그는 소유에서의 자유로움이 진정한 자유라는 걸 보여주었고, '국가와 사회로부터 얻은 이익은 다시 사회의 공익을 위한 일에 환원해야 한다' 는 회향의 아름다움을 보이고 있었다.

그의 불교중흥을 위한 재산 헌납 소식은 각 일간지에 대서특필되었고, 이 소식을 들은 사람들은 진정한 소유가 무엇인지 알고 가는 한 노인의 아름다운 회향 앞에 숙연했을 것이다. 그리고 인생의 진정한 회향에 대해서 생각해 보았을 것이다.

당시 통도사 학인이었던 지안 스님(현재 은해사 중앙승가대학원 원장)은 그때의 감동을 이렇게 전한다.

"통도사 큰절에서 장경호 거사의 재산 회향 소식을 듣고 이만한 보살이 있나 하면서 우리 젊은 스님들끼리 찬탄을 금치 못했다. 신선한 충격이었다. 자기 인생을 아름답게 회향한 근세에 보기 드문 분이라고 느꼈다. 실제로 수행을 하면서 불교적인 삶을 살았고, 생애 전체를 도인 가풍으로 산, 오늘날 재가불자로서 가장 모범적인 현대의 유마거사라고 할 만하다는 생각이 든다."

재벌이 죽음을 앞두고 자신의 재산을 사회에 환원하는 일은 어쩌면 너무 당연한 일일는지 모른다. 그러나 그가 자신의 재산을 불교의 중흥과 발전에 위해 써달라고 못을 박고 국가 최고통치자에게 직접 편지를 써 전달한 것에서, 그의 불교에 대한 사랑은 물론, 앞날을 내다보는 수행력을 느끼게 한다.

그가 당시 박정희 대통령에게 장문의 편지와 함께 사재 30억 원(현재 시가 약 2천억 원)에 달하는 막대한 재산을 사회에 헌납한 일은 올곧은 기업인으로서의 마무리를 보여주었을 뿐만 아니라, 한국 불교 발전에 대단한 영향을 끼쳤다.

그가 살아생전에 꿈꾸었던 불교발전에 대한 여러 가지 구상은 그가 내놓은 재원으로 세워진 대한불교진흥원을 통해 하나하나 이루어졌고, 또 지금도 이루어지고 있기 때문이다. 삶에 대한 깊은 통찰과 예지력이 대단했던 그의 힘을 느끼지 않을 수 없는 것이다.

장경호가 쾌척한 30억 원은 1,600여 년 한국 불교사에 커다란 획을 긋는 대불사였다. 오늘날 한국 불교의 성장과 발전에 너무나 많은 흔적을 남기고 있기 때문이다.

"무엇보다 불교 중흥을 염원하는 대원 거사의 결단은 불교진흥원 설립이다. 어떠한 이유로 개인 재산을 전부 대통령에게 바치게 되었건 불교를 위해서 써달라고 용처(用處)를 제한한 것은 절대 권력을 쥔 통치자에 대한 불경죄가 될 수 있다. 대부분의 기업인이 국가에 헌납해달라고 가식하는 것을 대원 거사는 거부한 것이다. 아무나 할 수 있는 일이 아니다. 그 용기가 어디에서 오는가."

박경훈(전 동국역경원 편찬부장)의 말이다.

세상에 남긴 메시지

장경호가 몹시 편찮다는 소식을 듣고 무위암의 성현 스님이 문병을 했다. 무위암에서 함께 정진했던 수좌였다. 이십대 중반에서 이미 불혹을 넘긴 중견 스님으로 변한 성현 스님을 보자 그가 옛날을 회상하듯 말을 건넸다.

"성현 수좌, 내가 무위암에 갈 때는 거기 가서 집도 짓고 공부할 거라고 해놓고는 사업이다, 뭐다 사방으로 끌려다니다가 이렇게 병이 들었어요. 공부를 했어야 했는데……."

스물일곱에 첫 안거에 든 후, 자주 안거에 들어 정진했음은 물론 매일 서너 시간 참선하는 것을 일상화했음에도 불구하고 그는 후회했다.
"그 정도 공부하셨는데, 후회를 하십니까? 후회하지 않으셔도 됩니다."
"아닙니다. 내가 병이 들어보니까 공부가 덜 되었어요. 이렇게 아플 수가 없어요."

췌장암이라는 고통 속에서 그는 공부에 매진했어야 하는데 하고 후회하는 인간적인 면모를 보였다. 모두들 백수(百壽)는 할 것이라고 했던 그의 건강이었다. 평생을 아침 저녁으로 몇 시간씩 참선을 했고, 주말이면 등산에다 매일 아침 남산을 걷는 것으로 건강을 챙겨왔던 그가 칠십대 중반에 죽음을 맞이하리라고는 아무도 예측치 못했다.

"만약 내가 다시 소생한다면 절대 세속에 관여하지 않고 공부만 하겠는데, 그러기는 힘들 것 같고, 다음 생에 가서 다시 공부하려 해요."

공부에 더 전념하지 못한 것을 그는 후회하며 다음 생에 다시 마음 닦는 공부를 할 것을 서원했다.

"제가 문병을 가자 대원 거사님께서는 무위암에 들어왔을 때 내쳐 공부를 했어야 했는데 하시며 몹시 후회를 하시더군요. 심한 통증 앞에서 공부가 덜 되었다고 말씀하시는 모습이 매우 인간적으로 느껴졌어요."

성현 스님은 마지막 본 그를 그렇게 추억했다.

장경호는 문병을 온 이종갑에게는 '불법은 이론이나 자기의 주견만으로는 깨달을 수 없는 것이니, 잘 수행하게' 라고 하며 수행에 대한 당부를 잊지 않았다.

"할아버지가 병이 나신 후 저희 부산 집에 잠깐 와계셨는데, 많이 수척해 보이셨어요. 하루는 저와 눈이 마주쳤는데 조금 웃으시면서, '할아버지 모습이 많이 흉하지?' 하셨어요. 그때 할아버지 미소가 지금도 잊혀지지 않아요."

1974년 대원정사 신도들과 함께 강화 전등사에서. 평생을 아침 저녁으로 몇 시간씩 참선을 하는 등 누구보다 공부에 열심이었던 대원 거사는 죽음을 앞두고 공부에 더 전념하지 못한 것을 후회하며 다음 생에 다시 마음 닦는 공부를 할 것을 서원했다.

세연철박물관 관장 장인경의 말이다. 그러나 그는 수십 년 동안 수행정진한 구도자다웠다. 온몸을 침으로 찌르는 듯한 통증 속에서도 그와 평생 함께했던 화두를 놓지 않았다.

"여러 날 동안 혼수 상태에 드셨다. 가족들이 걱정하고 있는데, 깨어나시더니 연필과 종이를 가져오라는 손짓을 하셨다. 글을 쓰시려고 하는 것 같별세하기 직전의 친필 메모. '심조만유 일체유심조' 이 글을 평생 좌우명으로 삼고 살아온 대원 거사는 이 메모를 쓴 며칠 후 생을 마감했다.

왔다. 종이와 펜을 가져다 드렸더니, 무엇인가 쓰시고는 내게 건네주었다."

병상을 지켰던 다섯째아들 장상건의 회고다.

보름쯤 혼수 상태에 들어 있던 그는 눈을 떴다. 가족 중 누군가가 말라 있던 입 안에 거즈를 넣어 적셔주었다. 그는 자신을 지켜보고 있는 아들, 며느리, 딸, 사위, 손자, 손녀 등 모든 가족에게 하나하나 눈길을 주었다. 한 생애를 잘 살다 가는 사람의 고요한 눈빛이었다.

그는 가족들에게서 눈을 거두고는 종이에 이렇게 써내려갔다.

　4여일 될까

　1차(一次) 사망(死亡) 그러나 생전(生前)이나 다름(없다).

　우주만유(宇宙萬有)는 현상계(現狀界)뿐 아니다.

　변만법계(遍萬法界) 중에 일부분(一部分)이다.

　자타(自他)가 분별(分別) 없는 진법계(眞法界)에서 분쟁하는 것은 하루 살이와 같다.

　나는 이십대에서부터 그 신념(信念)은 확고(確固)하였으나 아는 것으로 되는 것이 아니다. 수련(修錬)하여 체득(體得)하여야 진인(眞人)이 되는 것이다.

　심조만유(心造萬有) 일체유심조(一切唯心造)

　만법귀일(萬法歸一) 일귀타외재(一歸他外在)

　신(信), 각(覺), 체득(體得) 일치(一致)

　심즉시불(心卽是佛), 마음이 곧 부처이니 이를 믿고 깨달으라.

　그 글을 쓴 며칠 후, 그는 삶의 매순간 주인된 삶을 살았던 한 생을 마감했다. 삶의 내용이 진실했던 것처럼 그는 마지막 세상과의 작별도 조용하고 아름다웠다.

원력의 숭고한 결실 대한불교진흥원

장경호가 남기고 간 회향은 얼마나 값진 것이었는지, 얼마나 오랫동안 이 땅의 불교중흥과 발전과 성장을 위한 밑거름이 되고 있는지 참으로 헤아리기 어렵다.

아마도 그가 씨뿌린 원력은 이 땅에 불교가 사라지지 않는 한 남아 있을 것이다. 한 사람의 사심 없는 원력이 빚어낸 숭고한 결실인 것이다.

화두로 견성성불해야 한다고 믿었던 그는 업력으로 산 사람이 아니라 철저히 원력으로 살다간 사람이었다. 그래서 그는 한국 근대 재가불교에서 그만한 원력으로 왔다간 보살은 없었노라는 평가를 받는다.

한평생 가슴에 품어 실천했던 '상구보리 하화중생'에 대한 그의 깊은 원력은 그가 세상에서 사라졌어도 영원한 생명력을 지닌 채 이 땅의 불교 성장에 뿌리를 내리고 있다.

대한불교진흥원의 존재는 생전에 장경호가 하고자 했던 염원들을 실현하는 장이라고 해도 과언이 아니다. 오늘날 대한불교진흥원이 펼치고 있는 사

대한불교진흥원 후암동 시절 간판. 대한불교진흥원은 설립 초기인 1976년에 용산구 후암동 대원정사 안에 사무실을 개설하였다가 마포구에 다보빌딩을 매입하면서 그곳으로 옮겨갔다.

업들을 보면, 그의 원력이 다양하게 꽃피우고 있음을 알 수 있다.

1975년 7월 10일 한국 불교의 중흥을 염원하는 장경호의 장한 뜻을 접한 박정희 대통령은 불교 진흥을 위한 재단법인을 설립하여 한국 불교의 발전에 노력할 것을 지시했다.

곧 구태회 장관을 중심으로 재단법인 설립준비위원회가 발족되어 실무 작업에 착수하였고, 두 차례에 걸쳐 재단법인의 정관과 설립취지문을 작성·심의하였고, 법인의 명칭을 대한불교진흥원(大韓佛教振興院)으로 결정하였다.

1975년 8월 16일 문화공보부로부터 재단의 설립 허가를 받고, 초대이사장에 구태회(제2무임소장관), 이사에 이원경(문교부 장관), 육인수(국회 문공위원장), 이선근(동국대학교 총장), 이서옹(조계종 종정), 감사에 홍승희(동양통신 사장), 장상준(동국제강 사장)이 선임되어 한국 불교 중흥을 위한 대망의 첫발을 내딛게 되었다.

이러한 설립배경을 바탕으로 구태회는 1975년 8월 16일 재단법인 대한불교진흥원 설립위원회 대표 구태회의 이름으로 이렇게 설립취지문을 작성해서 발표했다.

"……

이에 우리는 지난 7월 숨은 불자 장경호 거사가 불교중흥을 위해 희사한 30억여 원으로 본 법인을 설립하여 국민정신을 계도하라는 박정희 대통령의 뜻을 구현하고 앞으로 동참할 유지들의 희사를 재원으로 더욱 확대하여 호국불교 중흥의 당위적인 사업에 기여코저 하는 바이다."

장경호가 대통령에게 기금을 전달한 지 1개월 만에 법인이 설립되었고 1개월 후에 그가 세상을 타계했으니, 빠르게 그의 뜻이 진척되었던 셈이다.

1975년에 재단이 설립되고 실제로 진흥원이 사업을 펼치기 시작한 것은 1976년부터였다. 1976년에 진흥원은 용산구 후암동 대원정사 안에 사무실을 개설하고, 조계종 포교예산 지원, 제3사관학교 및 제2훈련소 군법당 건립 지원, 부처님 오신 날 봉축대법회 지원을 했다. 그리고 그해에 일부 주식 매매 및 부동산 공매 등이 있었다.

1976년에는 재단은 초기의 목적 사업을 수행하는 데 있어 투자자원이 전무

대한불교진흥원은 군법당 건립을 지원하고 각 부대에 35만여 부대에 달하는 불서를 보급하였으며, 군종법사단 보수교육 등을 지원하고 있다.

한 상태이므로 선경, 한진, 쌍용 등 3개 회사의 희사와 동국제강의 특별 보시금을 받았다. 재단은 이 자금으로 목적 사업에 투자하였으며, 조계종 포교예산을 이 자금으로 지원하였다. 장경호가 생전에 종단에 대한 애정을 가지고 겉으로 드러나지 않게 불사자금을 냈던 것을 보면 그의 유업이 첫해부터 이어져 간 셈이다.

재단이 설립된 1975년 8월부터 1980년 말까지를 재단의 설립 시기로 본다면, 이 시기는 재산을 정리하는 데 주력한 시기라고 할 수 있으며, 목적사업은 직접 사업보다 지원사업 쪽에 비중을 두었다고 할 수 있다.

재단의 설립 초기에는 직접사업을 위한 준비 등이 미비하여 주로 재단의 설립취지와 부합하는 사업을 간접 지원하는 데 만족해야 했다.

따라서 재단에서는 군법당 건립 지원, 부처님 오신 날 연합봉축행사 주관, 불교성전의 간행과 보급 등의 사업에 주력하였으며, 대한불교조계종·동국 역경원·한국불교연구원·한국불교학회·불교문화연구원·한국대학생불 교연합회·대한불교조계종 전국신도회 등 불교계 유수의 종단과 단체에서 추진하는 각종 사업도 지원하였다.

1980년 10·27 법난으로 인해 조계종단이 자금난으로 진통을 겪고 있을 때에도 재단은 특별예산을 지원하는 등 종단에 대한 관심을 늦추지 않았다.

재단은 불교종단 및 단체의 행사나 운영비 지원을 통한 간접사업의 한계를 인식하고, 제2대 황산덕 이사장을 중심으로 재단의 체제를 새로이 정비하여 한국 불교 발전을 위한 구체적이고 장기적인 사업계획을 수립, 이를 본격화 하기에 이르렀다.

이에 재단은 우리말 불교성전을 비롯한 많은 불서를 간행·보급하였으며, 불교학술세미나 개최, 시민선방 운영, 불교종단 및 불교단체 지도자 연수 등 의 사업을 직접 추진하였다. 또한 군법당 건립, 부처님 오신 날 봉축행사 등 기존의 사업도 병행하여 추진하였다.

1980년대 말 서울시 마포구 마포동 소재 '다보빌딩'의 매입으로 재원이 증 대되어 보다 안정적인 기반 위에서 불교 진흥에 매진할 수 있게 되었다. 1980 년대 초, 재단 소유의 여의도 소재 600평 대지 위에 4천 300평, 10층 규모의 회관건물을 짓기로 하였다가, 부동산 매각 및 주식 처분이 늦어짐에 따라 뒷 날로 연기되었던 것이 취소되었고, 결국은 마포 소재 연건평 7천여 평 규모의 다보빌딩 매입이 결정된 것이다. 1988년 4월 재단은 오랜 숙원 사업이던 불 교회관 건립을 위한 매입에 성공했다. 대지 700여 평에 지상 17층 지하 5층의 매머드 건물로, 현재 진흥원 재단과 불교방송국이 들어 있는 마포구 마포동

불교방송의 심장부 주조정실에서 프로그램을 송출하는 모습.

소재 다보빌딩이 그것이다.

1989년 10월 제3대 이사장으로 장경호의 둘째아들인 상문이 취임하면서 불교중흥을 위한 제반 사업을 재단의 직접 사업으로 전환한다는 기존의 원칙을 재확인하고 사업에 활기를 띠기 시작했다. 불교방송국 설립에 대한 본격적인 논의가 시작된 것은 그해 6월부터였다. 조계종 제의에 의하여 진흥원과 조계종은 두 차례의 공식회의를 가지면서 방송국 설립을 위한 대체적인 토론을 거쳐 설립추진위원회를 설치하기로 합의했다.

뒤이어 곧, 조계종, 태고종, 천태종, 진각종 등 종단협의회 소속 종단과 신도회, 진흥원 임원 등이 동참해서 불교방송국 설립추진위원회를 결성하기에 이르렀다.

이로부터 1년 6개월 만인 1990년 5월 1일에 불교방송국이 첫 전파를 타기에 이르렀으니, 세계 최초로 불교방송국이 개국되는 역사적 순간이었다.

초대 사장을 맡은 장상문이 젊은 시절 유엔 방송 근무 경험을 바탕으로 박차를 가한 것과 누구보다 선친 장경호의 불교방송국에 대한 숙원을 알고 있었기 때문에 가능했던 일이기도 했다.

1989년 장상문이 사장에 취임한 지 1년여 만에 불교방송국이 개국되었는데, 이 기간 동안 장상문은 불교방송 건립을 위한 범종단적인 전국 모금운동에 동분서주했고, 유능한 방송인을 선발 운용했다. 그리고 마포 다보빌딩의 4개 층을 방송에 적합하게 개조하는 일에 전념했으며, 기자재의 선정발주와 출연진의 선정 및 섭외 등 실무를 직접 지휘했다.

개국 후 장상문은 불교방송국 지방망 확장을 서둘렀다. 불교방송의 전파가 전국적으로 울려 퍼지려면 적어도 7~8개의 지방국이 필요하다고 역설한 그는 자신이 불교방송 지방망 확장 추진위원회 집행위원장이 되어 위원회의 일을 일일이 챙겼고, 광고비용 등의 예산도 불교진흥원이 솔선 담당했다. 그러나 부산과 광주 두 곳만 허가가 나 있던 상태에서 그는 갑작스런 죽음을 맞았는데, 그가 타계한 뒤 15년이 흐른 지금 5개의 지방방송국이 탄생하였다.

1995년 부산불교방송국과 광주불교방송국이 개국되었고, 1996년에는 대구불교방송국, 1997년에는 청주불교방송국이 개국되었다. 그리고 2002년 춘천불교방송국이 개국되면서 불음이 전국에 울려퍼지게 된 것이다.

그간 많은 우여곡절이 있었지만 불교방송국 개국의 성과는 큰 것이었다. 2000년도에 불교방송은 『불교방송 10년사』를 발간하면서 이렇게 쓰고 있다.

"불교방송 개국은 1,600여 년 한국 불교사에 커다란 획을 긋는 대불사였다. 이것은 곧 방송을 통한 목소리로 정법의 소리를 불자를 포함한 수많은 불특정 다수에게 전달할 수 있었고 일깨울 수 있었다. 또 전국 각지에 흩어져 있는 불자들이 아침 예불 방송을 듣고서 자연스럽게 그 경건함을 가질 수 있게 되었다. 뿐만 아니라 라디오가 있는 곳이면 법당이건 자동차건 가정의 안방이건 불교를 대중 속으로 직접 파고들게 하였다는 점도 일대 혁신이었다."

'참된 말씀을 바로 펴는 방송, 온 겨레를 하나로 묶어주는 방송, 우리 것을 새롭게 만들어가는 방송, 나누는 기쁨을 함께하는 방송' 을 방송 지표로 삼아 출발한 불교방송이 내보내는 부처님의 음성은, 아마도 장경호 거사의 깊은 원력이 담겨 영원히 울려퍼지게 될 것이다.

대한불교진흥원이 참여한 지원사업 중 가장 커다란 사업이었으며, 장경호의 원력이 담긴 가장 큰 대작 불사였다 할 것이다.

장상문은 재단과 종단, 그리고 사부대중의 힘을 모아 세계 초유의 불교방송국을 설립하였고, 매년 불교학술세미나와 재가불자 연수 교육을 지속적으로 실시하였으며, 우리말로 된 불교 의식집과 불교 경전을 간행, 보급하기도 하였다. 또한 불자들의 교육의 장이 될 '다보사와 다보수련원' 건립 공사를 시작하였고, 불자들의 신행 개혁을 위한 '대중불교 운동' 을 전개하기도 하였다.

1992년 제4대 서돈각 이사장의 취임을 계기로 재단은 한국 불교의 중추적 기관으로서 '대중불교결사 전국대회' 및 '전국순회법회', '청정운동' 등의 개최를 통한 재가불교운동의 확산에 전력하였다.

또한, 문서포교의 일환으로 추진되는 각종 불서의 간행 및 보급 사업을 보다 확대하였으며, 불자들의 불교적 소양을 함양하기 위한 '불교문화센터' 개설 운영, 그리고 '다보사 다보수련원' 의 개원 및 체계적 운영 등을 통한 교육 연수사업과 학술진흥사업의 실질적 전개를 위해 재단의 역량을 집중하였다.

현재 재단에서는 다보법회 개최, 국제포교, 대원상 제정 시상, 불교봉사단 운영 등을 통한 포교사업, 정기간행물인 격월간 『불교와 문화』의 발간과 불교 성전을 비롯한 불교 교리와 문화 등을 내용으로 하는 불서의 발행 및 불교문화센터의 운영을 통한 출판·강좌사업, 매월 개최되는 불교사상강좌를 중심으로 한 학술진흥사업, 다보사·다보수련원 운영사업, 양주 불교문화체험촌 건립사업 및 지원사업 등으로 사업의 내용을 크게 분류하여 한국 불교의 중흥과 균형 있는 발전을 위해 매진하고 있다.

진흥원은 매주 수요일 법회를 운영하고 있다. 다보법회라 이름지어진 이 법회는 현대인을 위한 도심 포교당의 역할을 수행한다는 취지로 현재 7천여 명에 달하는 회원들을 대상으로 법회를 개최해서 교계의 덕 높은 스님과 법사들의 생활법문을 통해 모든 불자들의 참다운 신심을 싹틔우고 신행상을 정립하고 있다. 장경호가 대원정사를 짓고 나서 열었던 법회가 그렇게 이어져 가고 있는 셈이다.

또 해외 불교교류와 한국 불교를 보다 널리 알리기 위한 방안의 일환으로 추진되는 국제포교사업은 2002년부터 몽골 정부 및 몽골 불교계와의 협의를 거쳐 2003년 7월 11일 본 원의 몽골지부인 울란바토르시 고려사를 개원함으로써 첫 사업을 시작하였다. 고려사는 약 40평 규모로 몽골 전통가옥 양식인 게르의 형태로 지어졌으며, 대한불교진흥원 몽골 지부로서의 역할과 현지 한국 교민들의 모임 및 법회 등을 통해 몽골 내 불교 구심점 역할을 하게 될 것이다.

또 진흥원은 장경호의 호를 따서 대원상을 제정하였다. 한국 불교의 중흥을 염원하며 정재(淨財)를 헌납한 대원 장경호 거사의 뜻을 기려 제정된 대원상은 매년 각 부문별로 모범적으로 불교 포교에 매진하고 있는 불교단체와 불자를 선정하여 시상함으로써 모든 불교단체와 불자들의 불법홍포와 불교

제2회 대원상 시상식(2004년 11월). 대원 장경호 거사의 뜻을 기려 제정된 대원상은 매년 불교 포교에 매진하고 있는 불교단체와 불자를 선정하여 시상하고 있다.

진흥에 자긍심을 고취시키고, 해당 활동에 매진할 수 있도록 하고자 추진되고 있는 사업이다. 이를 위해 매년 9월 시상 범위 및 대상 등을 사전 공고하여 선정위원회의 엄정한 심사를 거쳐 당해 연도 12월에 포교부문과 학술부문에 걸쳐 시상하고 있다.

또, 부처님의 가르침을 소외된 이웃과 도움의 손길이 필요한 사람들에게 실천한다는 취지로 1997년 창립된 불교봉사단은 불자 상가 염불 봉사, 군부대 법회참석 및 지원봉사, 사회복지단체 방문 및 봉사, 재해지구 노력 봉사, 수지침 무료강의 등 많은 봉사·전법 활동을 지속적으로 실시하고 있다.

또 대한불교진흥원은 출판부를 두어 장경호가 생전에 발원했던 책을 통한 포교의 유지를 이어가고 있다. 불서출판사업은 불교 대중화의 대과제를 전제로 양질의 불서를 보다 많은 불자들에게 보급하기 위해 추진되고 있다.

재단은 설립 이듬해인 1976년부터 모든 불자들이 공통으로 수지하고 독송할 수 있는 한글로 된 『불교성전』의 간행을 시작으로 일반 불자들도 쉽게 이해할 수 있도록 새로이 편집 간행한 『통일불교성전』, 『통일불교성전』의 이해를 돕기 위한 『설법지침서』, 각종 법회 행사의 의식 내용을 통일하고 시대의 변화에 맞추어 불교의식을 한글화한 『통일법요집』, 그리고 『청소년불교성전』, 『설법자료집』, 『한영일불교성전』, 『한국불교총람』, 『미래사회를 향한 불타의 가르침』, 『중편조동오위』, 『한국사찰의 편액과 주련』, 『한국의 사찰』, 『알기쉬운 불교성전』, 『세속에 핀 연꽃』, 『한영불교성전』 등 30여 종 70여만 부에 이르는 불서를 간행하여 보급하고 있다.

또 격월간으로 『불교와 문화』를 발행하면서 불교를 생활화, 현대화, 대중화한다는 진흥원의 설립 이념을 구현하고 있다. 1992년 3월 『다보(多寶)』라는 계간지로 창간되어 1997년 『불교와 문화』로 제호를 변경하고, 2000년부터 격월간으로 간기를 변경하여 2005년 6월 현재 통권 제64호를 발행·보급하고 있다.

『불교와 문화』는 불교 속의 문화, 문화 속의 불교와 만난다는 발행 목적에 걸맞게 국내뿐 아니라 해외의 불교 및 불교문화를 비롯하여 우리 전통문화의 가치를 일깨우고 널리 알리기 위해 비중 있는 특집 기사, 화제의 기획기사와 불교 문화재를 발굴하고 탐방하는 등 준학술문화지를 목표로 다양한 읽을 거리를 제공하고 있다. 또 불교계 현안뿐 아니라 사회적인 문제들에 대해서도 불교적 시각으로 폭넓게 다루고자 한다.

불자 개개인의 인격 도야는 물론 불교에 대한 전반적인 이해를 높이기 위해 지난 1991년부터 운영되고 있는 불교문화센터는 다보빌딩 내에 전용 강의 시설을 설치하여 3개월 단위로 수강생을 모집하고 있다. 불교 교학체계를 체

『불교와 문화』는 불교를 생활화, 현대화, 대중화한다는 대한불교진흥원의 설립 이념을 구현하고자 발행되고 있는 격월간 잡지로 2005년 6월 현재 통권 제64호를 발행하였다.

계적으로 가르치는 불교교리강좌를 비롯하여 불화·단청·개금·사경·불교꽃꽂이 등 다양한 불교문화 강좌와 서예·문인화·민화·사군자 등 전통교양강좌, 요가·기공·명상 등 건강강좌, 해외여행 영어·직장인 영어 등 어학강좌, 과학교실·영어·미술·구연동화·바이올린 등 유아·어린이강좌 등을 개설해 2005년 6월 현재 51기에 이르기까지 매기 3천여 명에 달하는 회원들을 대상으로 실시하고 있으며, 매년 실기반 회원들의 종합전시회를 개최하고 있다.

불자들에게 불교의 근본 진리를 보다 쉽게 이해하도록 하여 불자들의 신행

불교문화센터 전통교양강좌 중 민화반. 1991년부터 다보빌딩 내에 전용 강의시설을 설치하고 3 개월 단위로 수강생을 모집하고 있다.

활동에 보탬이 되고자 하는 취지에서 개최되는 불교경전강좌는 1991년부터 매월 1회 정기적으로 사회 전반의 폭넓은 현안 문제를 가지고 각계의 저명인사들을 초빙하여 강연 형태로 진행되어 온 다보문화강좌를 2001년부터 불교경전을 중심으로 부처님의 가르침을 알기 쉽게 풀어 불자들에게 들려주고 있다.

한국 불교의 현 상황에서 무엇보다 시급한 것이 부처님의 가르침을 바르게 배울 수 있는 제반 여건의 조성임을 인식하고, 이를 위해 재단에서는 1989년 충청북도 괴산군 청천면 삼송리 조항산 기슭에 부지를 매입하여 한국불자교육의 근본 도량이 될 '다보사 · 다보수련원' 을 건립하였다.

'다보수련원' 은 현 사회를 살아가는 모든 불자들에게 복잡한 도시의 일상을 떠나 산사의 정취와 현대적 시설이 어우러진 곳에서 일정 기간의 수행을 통해 심신을 조련함으로써 부처님의 가르침에 보다 충실한 바른 불자를 양성하고자 마련된 수행공간이다. 1996년 완공 이후 현재에 이르기까지 불교대중화의 산실이 되고자 각종 불자 교육 프로그램을 개발하여 운영중이며, 또한 매년 크고 작은 불교 수련 및 교육이 지속적으로 이루어지고 있다.

또 불교계 내의 문화·복지사업을 선도하고 활성화함으로써 불교의 사회적 책임을 다할 것을 발원하고, 1993년 경기도 양주군 은현면 용암리 일대 13만 2천여 평을 불교복지타운 부지로 매입하였다. 이를 위해 2003년부터는 보다 구체적이고 종합적인 계획을 수립하여 현대적 시설의 대규모 '불교문화체험촌' 건립 사업을 추진하고 있다. '불교문화체험촌'에는 1차 법당을 비롯한 사찰동을 건립하고, 차후 연차 계획을 통해 남북통일을 기원하는 미륵대불을 중심으로 어린이불교교육장, 청소년불교수련원, 명상의집 등 불교의 수행법을 직접 체험함으로써 살아 있는 불교를 접하는 계기를 마련하기 위한 수련시설과 부대시설로 불교조형물공원, 불교전시관 등 과거에서 현대에 이르는 다양한 불교의 문화를 전시할 계획이다. '불교문화체험촌'이 한국 불자 교육의 중심도량은 물론 누구나 쉽게 찾고 쉴 수 있는 수도권의 명소로 자리 잡을 수 있도록 건립과 운영에 최선을 다할 계획이다.

지원사업은 불교종단 및 단체 등에서 본 재단의 설립 취지와 부합하는 제반 사업을 추진할 경우 경제적인 지원을 통해 해당 단체의 활동을 활성화하고 궁극적으로는 불교 중흥의 대의를 달성하고자 추진되고있는 사업이다. 사업 내용으로는 불교방송국 설립 및 운영 지원, 군법당 건립 및 군포교 지원, 불서 발간 및 보급 지원, 불교학술 지원, 불교관련 행사 지원 등이 있다.

재단은 고 대원 장경호 거사가 생전에 발원하였던 불교방송국 설립에 주도적으로 참여하였다. 뿐만 아니라 1990년 개국 이후 현재까지 매년 운영비 등

충북 괴산군 조항산 기슭에 위치한 다보수련원 법당.(위)
다보사 개원 법회.(아래)

의 지원을 통하여 재정적 안정 속에서 불음 홍보에 전념할 수 있도록 모든 노력을 아끼지 않고 있다. 대중매체를 통한 불교포교의 새 장을 개척한 불교방송국은 현재 부산, 대구, 광주, 청주, 춘천 지방국 설립으로 2천만 불자들의 한결같은 염원에 부응하는 진정한 깨침의 소리가 되기 위해 더욱 노력하고 있다.

또 재단은 군 정신력 강화는 물론, 한국 불교를 이끌어갈 젊은 불자를 양산하기 위하여 1976년 장기적이고 체계적인 군 포교 활성화 계획을 수립하였다. 그에 따라 재단은 육군3사관학교 법당을 시작으로 현재까지 50여 동의 군법당 건립을 지원하였고, 35만여 부대에 달하는 불서를 보급하였으며, 산간벽지를 오가며 군포교에 전념하는 군법사들의 기동력 향상을 위한 차량 지원을 비롯하여, 군종법사단 보수교육, 군종후보생 교육 등을 지원하였다. 현재는 군포교위원회로 창구를 일원화하여 지속적으로 지원하고 있다.

그리고 1977년 동국역경원의 『현대불교신서』 발간비 지원을 시작으로 한국 불교포교사업회, 가산불교문화진흥원, 구도회, 어린이 불교 잡지 월간 『동쪽나라』(전 『굴렁쇠 어린이』) 등 수많은 불서발간사업을 지원하여 불서의 내실을 기함은 물론, 정법포교의 의욕을 고양하고자 노력하였다. 또한 중앙승가대학, 동국학원 등 불교계 여러 단체, 기관에서 추진하는 불서보급사업을 지원하여 부처님의 가르침을 보다 넓고 바르게 알리는 데 기여하였다.

재단에서는 불교 관련 학회나 단체의 학술지, 정기간행물, 연구논문집 등의 간행을 지원하여 불교 학자들의 연구 의욕을 높이고, 보다 많은 사람들에게 체계화된 불교사상을 보급하고자 노력하였다. 재단은 1978년부터 한국불교학회, 인도철학회, 한국교수불자연합회, 한국불교문학사연구회, 중국중앙민속연구소 등 불교학술단체의 학술논문지 간행과 중앙승가대학 전산화사업 등 현재까지 50여 건에 이르는 불교학술 지원사업을 추진하였다.

재단은 설립 이듬해인 1976년부터 부처님 오신 날 연합봉축대법회 등 각종 봉축행사를 지원하였다. 또한 대한불교청년회, 한국대학생불교연합회, 한국불교종단협의회 등 교계 각 단체에서 실시하는 불교행사의 지원을 통하여 불교의 대외적 위상을 높이고자 노력하였다.

대한불교진흥원의 주요사업과 지원사업을 살펴보면 모두, 장경호가 생전에 실천하고자 했던 내용이다. 그는 역시 선진적인 사람이었으며 불교 발전에 대한 그의 염원이 얼마나 생명력 있었는가를 확인하게 된다.

이 땅의 유마거사

　한 생을 잘 살다간 사람은 그가 세상에서 사라져도 높고 순결한 향기를 남긴다. 삶의 매 순간을 진실하게 살았던 사람이 주는 덕의 향기일 것이다. 대원 장경호가 남긴 향기는 매우 깊었다.

　그는 대중들 앞에서 강의를 한 적도 없고, 글을 써서 자신의 생각을 주장하거나 드러낸 적도 없다. 그저 한평생 '심조만유 일체유심조'라는 진리 아래 묵묵히 수행했을 뿐이며, 그 절대적인 진리가 뿜어내는 힘을 세상에 고스란히 회향했던 사람이다. 그는 어쩌면 이번 한 생에서뿐만 아니라 오랜 생을 두고 마음을 닦은 도력 높은 수행자였을지도 모른다. 그가 세상에 남긴 발자국이 너무 깊고 크기 때문이다.

　그를 두고 사람들은 동국제강의 창업주였던 훌륭한 기업가라 부르기도 하고, 세상을 불이(不二)로 보고 살았던 이 땅의 유마거사로 부르기도 한다. 그리고 이 나라 대중 불교 운동의 단초를 마련한 선각자요, 불교 중흥을 위해 왔다간 참보살이라고도 한다. 그러나 장경호라는 이름이 내뿜는 최선의 미덕은

대원 장경호 거사 부부 묘소를 참배하고 있는 대원정사 신도들.

'마음을 꿰뚫어 참나를 발견하려 노력했던 구도자'가 아니었을까.

　"마음을 비운 상태에서 일심으로 성심성의껏 사신 분이었다. 자식들에게 말씀보다는 맑고 깨끗하게 정도로 사는 법을 행동으로 보여주신 분이다. 그리고 올바르게 벌어서 올바르게 쓰는 것을 보여주었다."

　그의 아들 장상건의 말처럼 그는 맑고 깨끗하게 살았고, 바르게 벌어서 바르게 쓰는 법을 세상 사람들에게 보이고 그가 온 곳으로 다시 돌아갔다.

　"일심(一心)이 청정하면 다심(多心)이 청정하고, 다심이 청정하면 국토가 청정하다."
　생전에 장경호가 좋아했던 『열반경』에 나오는 말이다.

장경호, 그가 평생 치열하게 닦았던 일심은 이 땅을 청정하게 했다. 그러므로 그는 불경의 구절을 마음속 씨앗으로 품어 꽃피우려 했던 선지식이었다 할 것이다. 그는 또 '나'와 '저'가 둘이 아니라는 철학을 온몸으로 품어 얼마나 위대한 힘을 발휘하는지 보여준 보살이었다. 아마도 불국토를 꿈꾸었던 사심 없는 원력은 이 땅에 불교가 사라지지 않는 한 영원히 함께 갈 것이다.

　그는 가마니 장사에서 시작해 동국제강이라는 거대한 철강기업을 세운 기업가였지만 기업가로서의 욕심보다는 불자로서의 욕심이 많은 사람이었다. 도심에 불국사와 같은 고전적인 사원을 짓고 싶어했고, 남산에 큰 부처님을 세우고 싶어했다. 인류의 스승인 부처님을 우러르며 자아를 찾게 하고 싶어서였을 것이다.

　일흔일곱의 한평생을 살다간 그의 이름 앞에는 많은 수식어가 붙는다. 동국제강 창업주 장경호, 수십억 원을 이 땅의 불교 중흥을 위해 쾌척한 불교인, 검소하고 도덕적이었던 재벌, 참선 수행자…….

　그러나 그가 세상에 남긴 가장 큰 미덕은 그 하나다.

　"마음이 일체 모든 것을 만들며 세상의 모든 것은 마음으로 이루어졌으니, 이를 믿고 깨달아야 '참사람〔眞人〕'이 된다."

　그는 30년 전에 세상을 떠났지만 여전히 우리 곁에 있다. 인류가 탐색해야 할 단 하나의 정신 '마음'을 화두로 남겼기 때문이다. 그래서 그는 여전히 우리에게 '현재'로 있다.

　그는 아름다운 사람이었다.

장경호 거사 연보

1899년 9월 7일	부산 동래구 사중면 초량동에서 부농인 부친 장윤식(張允植), 모친 문엄이(文念伊)의 네 아들 가운데 셋째아들로 태어나다. 인동(仁同) 장씨 남산파(南山派) 31대손이다.
1912년	14세에 서울 보성고등보통학교(현 보성고등학교)에 진학하다.
1914년	16세에 추명순(秋命順)과 결혼하다.
1915년	17세에 동생을 죽음을 맞으면서 인간의 존재에 대해 깊이 사유하기 시작하다. 통도사 구하 스님을 통해 처음 불교에 눈을 뜨다.
1916년 4월 1일	보성고등보통학교를 졸업하다.
1917년	큰아들 상준이 태어나다.
1919년	3·1 독립 만세시위에 참여하다. 이 일을 계기로 일경에 쫓겨 일본으로 건너가다.
1919년	큰딸 복임이 태어나다.
1919~1920년	유학차 떠난 일본에 머물며 진로에 대해 고민하다. 이때 불교를 바탕으로 살아갈 것을 결심, 진로를 결정하고 귀국하다. 맏형이 경영하는 목재소에서 일하면서 새로운 사업을 모색하다.

불교공부에 몰두하면서 통도사 구하 스님에게 화두를 받고 참선 수행을 시작하다. 그가 받은 화두는 '만법귀일萬法歸一 일귀하처一歸何處, 만법은 하나로 돌아가는데 그 하나는 어디로 돌아가는가' 였다.

1922년 둘째아들 상문이 태어나다.
유엔대사를 역임했던 상문은 훗날 장경호의 불사를 이어갔다.

1924년 둘째딸 덕애가 태어나다.

1925년 통도사에서 첫 안거를 나면서 인생의 방향을 잡다.

1927년 셋째아들 상태가 태어나다.
상태는 동국제강을 이끌어 민간철강의 선두주자로 만들었다.

1929년 첫 사업체인 대궁양행을 설립하다.
넷째아들 상철이 태어나다.
상철은 장경호를 도와 동국제강 설립 후 주로 현장에서 일하며 동국제강을 성장시킨 아들이다.

1931년 셋째딸 덕애가 태어나다.

1933년 넷째딸 종민이 태어나다.

1935년 남선물산을 설립해서, 가마니 공장, 수산물 전국 도매업, 대규모 정미소를 경영하다.
다섯째아들 상건이 태어나다.

1930~1940년 통도사에서 많은 선지식들에게 법문을 들으며 안거에 들다. 대각사상을 주창했던 용성 선사에게 법문을 들으며 사상과 교화를 영향받다. 금강산 마하연을 찾아 수행하다.

1940~1945년 둘째아들 상문이 '반일단체 불령선인'이란 죄목으로 수감되자, 장경호도 곧 수감되어 조사를 받다. 20여 일쯤 수감되어 있으면서 참선으로 곤경을 이겨내다.

1941~1950년	통도사에서 수행 정진하면서 한암 스님, 한용운 스님, 동산 스님, 전강 스님, 경봉 스님 등에게 법문을 들으면서 수행의 깊이를 더해가다.
1942년	청도 운문사 사리암에 정초 불공을 드리러 가다가 폭설을 만나 죽음의 고비를 넘기면서 부처님의 위신력을 체험, 수행에 더욱 매진하는 계기가 되다.
1949년	6·25전쟁이 나기 직전, 철사와 못을 생산하는 조선선재를 설립하다.
1950년	전쟁이 나면서 피난민들이 몰려들자 부산에 설립한 조선선재는 못의 폭발적 수요에 따라 급성장하다. 이때 축적된 산업자본이 동국제강의 창업기반이 되다.
1951년	부산 금정산 금정사에서 수도하다. 피난중이던 효봉 선사와 함께 금정사 선방에서 참선정진하다.
1954년	7월 동국제강주식회사를 설립하다.
1956년	미국 미시간주립대학교에서 경영학을 공부하고 돌아온 셋째아들 장상태가 동국제강 전무로 입사하여 현대적인 경영체체에 돌입하다. 천양항운 설립하다.
1959년	동일제강 설립하다.
1960년	부산 금정산 무위암에서 하안거를 나다. 무위암에 요사채를 짓고 10여 년 동안 안거를 나다.
1961년	경상남도 양산 천성산 법수원에서 성수 스님과 함께 정진하다. 이후 10여 년 간 성수 스님과 함께 종합수도원 계획을 세우면서 방법을 모색하다.
1962년	대규모 철강단지를 건설하기 위한 계획을 결의하다. 부산시 남구 용호1동 177번지 일대를 구입하여 매립공사를 시작하다.
1963년	5월 18일 동국제강 부산공장 기공식을 갖다.

부산 용호동 21만 평을 매립, 국내 최초로 대규모 철강공장을 건설하다. 국내 처음으로 전기로 제강기술을 도입하여 선진 철강 기술의 국산화를 조기 실현하다.

1964년   동국제강 대표이사 사장에 장상태 취임하다.

1965년   고로를 준공하여 명실상부한 한국 최초의 용광로 시대를 개막하다. 또한, 아연도 강판 공장을 준공, 가동하여 월남에 수출하는 등 철강업의 국제화 시대를 열다. 민간 최초의 용광로를 설치하다.

1966년 10월   부산 공장 15톤 전기로 준공하다. 국내 최초의 전기로 시대를 개막하다.

1967년   서울 종로구 견지동에 불서보급사를 설립하다. 대중불교 운동의 첫 일환으로 설립되어 해안 스님의 『금강반야바라밀경』을 첫 출판하다. 동국역경원의 역경사업에도 뜻을 두고 일을 추진하다.

1970년   서울 용산구 후암동에 대중포교당 대원정사를 짓기 시작하다. 이때 불교방송 설립에 대한 원력을 세우다.

1971년 2월   부산제강소 후판공장 준공하다. 국내 최초의 후판 생산 공급업체가 되다.

1972년 9월 30일   대원회를 설립하다. '자아(自我)를 발견하여 지상에 낙원을 이룩한다'는 구호를 내세운 범불교적 신행단체인 대원회의 출범은 대중불교 운동의 본격적인 시발이었으며 새로운 방향정립을 위한 조직적인 움직임이 되다.(1989년 사단법인 한국불교대원회로 거듭남)

1972년 11월   한국강업(현 동국제강 인천공장)을 인수하다. 당시 부실했던 철강기업들을 인수하여 조기에 건실한 기업으로 정상화시키다.

1973년 5월 13일   대원정사가 완공되어 개원법회를 하다. 5층 1천 200여 평

	의 불교식 현대회관이 설립되다. 한국 불교 1,600년 역사상 불교의 대중화·현대화·포교화를 위한 새로운 전기를 마련하다.
1973년 3월	불교계 최초로 2년제 불교 전문교양대학(야간) 대원불교대학을 설립, 개원하다.
1974년	불교계 최초의 시민선방을 개원하다.
1974년 9월	동국제강 본사를 이전하다. 구 산업은행 자리에서 현 청계초등학교 교사로 이전하다.
1975년 4월	스웨덴 여행 중 발병, 스웨덴 대사로 있던 둘째아들 장상문에게 불사를 부탁하고 귀국하다.
1975년 7월	한국 불교 진흥을 위한 장문의 서한과 함께 박정희 대통령에게 사재 30억 원에 달하는 재산을 사회에 헌납할 뜻을 밝히다.
1975년 8월 16일	문화공보부로부터 재단의 설립 허가를 받고, 초대이사장에 구태회(제2무임소장관), 이사에 이원경(문교부 장관), 육인수(국회 문공위원장), 이선근(동국대학교 총장), 이서옹(조계종 종정), 감사에 홍승희(동양통신 사장), 장상준(동국제강 사장)이 선임되어 한국불교 중흥을 위한 대망의 첫발을 내딛게 되다.
1975년 9월 9일	장경호 타계하다.
1981년	장상문이 대원정사 이사장에, 그리고 신행단체인 대원회 회장에 취임하고 나서 300평 규모의 대원불교회관을 별도로 준공, 법회와 불교대학의 독립적 운용을 추진하다.
1986년	대원불교대학 지방강좌를 개최하다.
1987년	대원불교대학 법사과정과 통신과정 개설하다. 동국제강, 포항종합제철(주)과 합작으로 포항도금제강(주) 설립하다.

1989년	대한불교진흥원에서 충청북도 괴산군 청천면 삼송리 조항산 기슭에 부지를 매입하여 한국 불자 교육의 근본 도량이 될 '다보사·다보수련원'을 건립하다. 1996년에 완공된 뒤 불교 대중화의 산실로서 각종 불자 교육 프로그램을 운영하고 있으며, 매년 크고 작은 불교 수련 및 교육을 지속적으로 실시하고 있다.
1990년 5월 1일	불교방송국 개국되다. 장경호가 불음(佛音)이 이 땅에 퍼질 것을 고대하고 발로 뛰었던 원력이 실로 15년 만에 결실을 보다.
1991년 8월	재단법인 세연문화재단을 설립하다. 장경호의 넷째아들 장상철이 타계하자 그의 유족들이 설립해서 충북 음성군 감곡면 오향리 97번지에 세연철박물관 개관을 준비하다.
1993년 3월	미국 워싱턴에 대원불교대학 분교를 설립하다.
1994년	동국제강이 국내최초로 항구적 무파업을 선언하다. 이 선언 이후 노사 양측이 임금 협상을 무교섭으로 타결하는 전통이 생기다.
1995년 9월	대한불교진흥원은 마포 다보빌딩 대법당에서 대원 거사 20주기 추모법회와 설립 20주년 기념법회를 거행하다.
1996년 3월	동국제강에서 대원복지재단(송원문화재단으로 명칭 변경)을 설립하다. 부산 용호동 부산제강소를 폐쇄시키면서 총 100억 원을 출연해서 장학사업, 아동복지사업, 생활보호대상자 보조금 지원 등을 전개하면서, 창업주 장경호의 유지를 구체화하다.
1996년 7월	다보수련원 1층 로비에 대원 장경호 거사 흉상을 세우다. 1998년 12월 동국제강, 포항 지역에 26만 평의 공장부지를 마련하여 창업 이래 최대 투자인 1조 원을 투입하다. 최첨단 설비에 의한 연산 506만 톤의 철강제품 생산체제를 완

비하고 제2 창업을 선포하다.

2000년 7월 21일   장상철의 유족들이 설립한 재단법인 세연문화재단에서 세연철박물관(관장 장인경)을 개관하다. 우리나라 철강산업의 시작을 알린 우리나라 최초의 5톤 전기로가 전시되어 있다.

2003년 3월   대원불교대학에서 불교사이버대학을 개교하다. 이는 부처님의 가르침을 생활화, 현대화, 대중화하기 위하여 불교 지도자와 포교사를 양성하고자 교계 최초로 설립된 사이버대학으로 인터넷으로 강의를 들을 수 있다.

2005년 3월   부산 대원불교대학을 개교시키다. 장경호의 다섯째아들 장상건이 사재로 6층 건물을 마련, 신입생 200여 명을 시작으로 부산과 경남 지역의 불교 인재 양성에 기여할 것이다.

대원장경호거사평전간행위원회

위원장 송석구

위 원 최명준 박승기 김인태 신진욱 김범준

도움을 주신 동국제강주식회사 홍보실, 재단법인 대한불교진흥원, 재단법인 대원정
사, 사단법인 한국불교대원회, 재단법인 세연문화재단 그리고 사진작가 김민숙 선생
께 감사를 드립니다.

이 땅의 유마
대원 장경호 거사

초판 1쇄 발행 : 2005년 8월 20일

초판 2쇄 발행 : 2017년 10월 1일

편찬.발행 대원장경호거사평전간행위원회

발행인 : 김남석

발행처 : (주)대원사

주소: 06342 서울시 강남구 양재대로 55길 37, 302호

전화: (02)757-6711(대), 6717-9

팩시밀리 : (02)775-8043

등록번호 : 제3-191호

홈페이지 : http://www.daewonsa.co.kr

값: 14000원

ⓒ대원장경호거사편전간행위원회

ISBN 89-369-0780-8 03220